小学館文庫

都立水商！　２年A組

室積 光

小学館

入学を祝う会

四月。

新宿歌舞伎町《かぶきちょう》。

道行く人々のファッションが春を告げ、その華やいだ色の人波を縫うようにして、制服姿の水商生《みずしょう》が足早に追い抜いていく……。

そんな例年の光景が見られない。そもそも街に人影がない。

コロナ禍《か》で新宿の街全体が暗く沈んでいる。

全国一斉休校となり、生徒の姿のない都立水商の校舎は、その精気を失った街の中で灰色に佇《たたず》んでいる。

水商二年生冨原淳史《とみはらあつし》はテレビでそんな風景を眺めるだけの、自宅に籠る生活を余儀なくされていた。本来なら春休み中も毎日登校し、生徒会主催「入学を祝う会」の準備に忙しくしていたはずだ。都立水商の伝統で、学校主催の入学式はない。生徒会主催で「入学を祝う会」として新入生を迎える。それは、一年生にこの学校が生徒の自治によって運営されることを伝える、という大きな意味を持つ行事だ。当然生徒会幹部にも気合いが入る。

しかしその意気込みは空振りとなり「入学を祝う会」の中止は早い時期に決定した。本来、生徒の自主性を重んじる都立水商ではあるが、今度ばかりは世間と足並みを揃《そろ》えざるを得ない。何しろ敵は目に見えないウィルスだ。

その代わりにどうやって新入生たちに歓迎の意を伝えるか。三年生の生徒会幹部は、淳史たち二年生に下駄を預けた。

淳史は「都立水商生徒会運営心得」と題されたマニュアルノートを自宅に持ち帰り熟読した。開校以来、先輩たちが書き残してきたノートで、学校行事すべての運営方法が記されている。本来は教室棟八階にある生徒会室から持ち出し禁止だ。毎年、二年生はこのマニュアルに基づき、まず「入学を祝う会」に取り組む。前年にすべての行事の運営を経験した三年生は、基本的に見守るのみだ。本当に困ったときにしかアドバイスしてくれない。

淳史はこのマニュアルを読んで初めて、前年に自分たちが目にした「入学を祝う会」での演出のからくりを知った。読んでみれば、「なーんだ」と拍子抜けするような簡単な仕掛けだ。しかし、実行に移すには綿密な打ち合わせと練習が必要とされる。

（これはやってみたかったなあ）

自分たちの「入学を祝う会」では、暗転の中で校歌の前奏が始まり、ピンスポットの当たった校章と天井のミラーボールに気を取られていたら、明るくなった途端に大勢の先輩たちに囲まれていて驚いたものだ。イリュージョンの基本だろう。観客側の意識を他に逸《そ》らせて、その間に静かに移動するわけだ。マニュアルには、各クラスの隠れ場所や、暗転になってからの移動のタイミングとコース、すべてが細かく指定され、さらに練習の方法まで記されている。

自分たちが受けたインパクトを思い起こせば、それだけの手間をかける価値はある。達成感は大きいだろうし、驚愕《きょうがく》している新入生の表情を間近に見るのは痛快だろう。

この体験を諦めるのは悔しい。何とかその感動の一部でも得られないものか。

二年生有志はリモート会議を重ね、「入学を祝う会」ネット配信を決定した。これは淳史の発案である。淳史の頭の中には、テレビで放送された昨年の「水商祭」の印象があった。実際生で観《み》た水商祭の舞台が、複数のカメラで切り取られた映像を観返して、

(え？　こんな風になるの？)

と驚いたのだ。それには二つの意味がある。

水商祭での演目は、元々映像用に企画されていないから、テレビで観ると生の迫力が伝わらない面はどうしてもある。例としては水商名物のラインダンスが代表的だ。単純な振り付けでも、大勢が音楽に合わせて一斉に同じ動きをしただけで観ている側は胸を突かれるのだが、映像では単調な動きとしか伝わらなかった。ライブで観てい

た者としては拍子抜けする事態だ。

逆に生で観たときよりも数段よく映った出し物もある。それはカメラの切り替えのタイミングでグッとテンポが上がったり、出演者の表情がアップで紹介されたりする場合だった。

そんな体験を元に、

「最初から映像向けに演出すればきっといいものができると思うんだ」

淳史はそう提案し、すぐに全員の支持を得た。二年生の中で「入学を祝う会」の演出と舞台監督を任される予定だったのは、F組の森田木の実《もりたこのみ》だ。まず彼女が「入学を祝う会」用の動画のシナリオを書き、三年生の生徒会幹部に目を通してもらい、承諾を得た。

そこから映像を作り上げるのが大変だった。

シナリオを書いた木の実が演出も担当するとしても、撮影に関してはプロのカメラマンの助けが必要だ。いつも水商祭を撮影しているのはテレビ局だから、そこのカメラマンには頼めない。

そこで現役として盛り場で活躍中の先輩方に相談することにした。常連客の中にフリーのカメラマンはいないか尋ねてみたのだ。条件としては、

「融通の利く人」

スケジュールについてもかなり無理を聞いてもらわねばならないし、木の実の演出

に従って画面作りをしてもらう必要がある。プロに女子高校生が指示するわけだから、気難しい人には頼めない。短期間でそんな人物を探し出すのは至難の業と思えたので、先輩たちの力を借りたわけだ。

「常連客の中に頼めそうな人がいる」

と連絡してきてくれたのは、フーゾク科の先輩神先《かみさき》美紀《みき》さんだった。大物ＯＧだ。水商関係者で知らぬ者はいない。

淳史も昨年の水商祭でそのご尊顔を拝した。まあ、目立つ人だ。真っ白い肌に真っ赤な口紅が眩《まぶ》しかった。

(色気ムンムンてこういうことを言うんだなあ)

淳史もその魅力にドキドキしたが、男子生徒の中には見ただけで鼻血を出しているおっちょこちょいもいた。色紙にサインをお願いする生徒がいたのは、神先先輩がアダルトビデオの女優としても活躍しているからで、

「ぼ、僕は先輩の全作品を拝見していますぅ」

などと媚《こ》びていたホスト科岸本《きしもと》先輩が、ＳＭクラブ科松岡《まつおか》先輩に侮蔑のまなざしを向けられていた。

その神先先輩が紹介してくれたのは渡部《わたべ》健太《けんた》カメラマンだった。さっそく、閉校中の学校まで来てもらって、水野《みずの》会長、野崎《のざき》副会長、木の実と淳史の四人で会うことに

なった。

ふつう、フーゾク科の先輩の紹介ということになると、本人は多少照れながらの登場となりそうなものだが、渡部カメラマンはにこやかな表情でやってきて、

「いやあ、いっぺんここの校内に入ってみたかったのよ」

と嬉《うれ》しそうに語った。ギャラの交渉では、

「女子の実習を見学させてくれればいい」

というので即決。これには、

（大丈夫かなあ、この人）

そう密《ひそ》かに案じていた淳史だったが、いざ撮影が始まると渡部健太カメラマンは八《はち》面六臂《めんろっぴ》の大活躍だった。生徒から選抜されたカメラマンを指導して三台のカメラによる撮影で効率化を図ったり、ドローンでの撮影に挑んだりしてくれたのだ。

それでも当然のことながら、このコロナ騒動下に短期間で撮影を強行する苦労はあった。

まずリハーサルも撮影も三密を避ける算段をつけなければならない。それはこれまで先輩たちも経験していないハードルだ。淳史たちは、「都立水商生徒会運営心得」に新たなページを書き加えることとなった。

そんな苦労の末、なんとか完成に漕《こ》ぎ着けて「ようこそ水商へ」と題された動画は配信された。

教職員紹介では先生一人ずつのインタビューも入れ、その人となりを詳細に新入生に知らせた。

中にはいきなり趣味の鉄道模型で遊ぶシーンから登場する先生もいて、授業で初対面となるよりはずっと親しみを覚える。

一般科目の先生は校内か自宅での撮影で、割と効率よく進行したが、専門科の講師の先生方は注文が多くて面倒だった。ホステス科講師の紹介では着物姿にBGM「新宿の女」の指定があったり、「君の瞳に恋してる」に合わせてノリノリの踊りで登場したり、本人の趣味嗜好《しこう》に合わせた。

ゲイバー科講師も奇抜な扮装《ふんそう》や、プールの水の中から登場するなど意表を突く演出、そのうえ厚化粧にソフトフォーカスで、一瞬どこの誰だかわからない出来栄えとなった。

これは一般科目の教師の場合と逆で、教室での初対面で新入生がドン引きするのは必至と思われる。しかし、

「ま、これもわが校ならではだな」

ということになり、許容範囲とされた。

教職員紹介の最後は黒沢《くろさわ》校長先生で、そのまま新入生への校長挨拶があり、来賓祝辞と続いて、在校生代表挨拶は水野生徒会長だ。

いつもの「入学を祝う会」と違うのはその後に続く「野崎彩《あや》副会長による歓迎の舞

い」があることで、これは森田木の実の発案だった。

「去年のわたしたちは松岡会長の挨拶で衝撃を受けました。水商に入学したことを実感したのはラインダンスとSMクラブ科の生徒会長の挨拶でした」

前生徒会長松岡尚美《なおみ》はSMクラブ科の優等生で、入学を祝う会で現れたときの印象は強烈だった。

「それに比べると、水野会長の挨拶は立派なものになると思いますが、インパクトに欠けるとは思いませんか？」

木の実に言われて、

「はっきり言うな。だがその通りだ」

水野会長は怒らなかった。マネージャー科のリーダー格である彼は、一歩退いて主役を引き立てるのが信条だ。決して出過ぎた真似《まね》はしない。

「歓迎の挨拶の内容は会長にお任せします。それに続いて野崎副会長の歓迎の舞いといきましょう」

「何よ、それ？」

野崎先輩本人すら当惑していたものの、

「あれですよ、SM風新体操」

木の実の答えに、ああ、あれ、と全員が理解した。前年の水商祭で絶賛された野崎

先輩の出し物だ。みんなに鮮烈な印象を残しているから、

「あれならいいんじゃないか？」

という空気になった。

「会長もそれでいいですか？」

木の実に確かめられた水野会長も、

「うん、いいよ、木の実の好みってことで」

真面目な顔のままダジャレを飛ばして承認だ。

野崎先輩のパフォーマンスの撮影では、広いキャバクラ実習室のテーブルとソファを廊下に出してスタジオとした。

動画には三年生守谷真平《もりやしんぺい》のナレーションが入る。彼はこの年のすべての学校行事で司会を務めるはずだった。コロナ禍の被害で言えば彼の場合も大きい。開校以来花形と呼ばれた司会役の座を射止めたのに、活躍の場を奪われたのだ。その喪失感をバネとして、全編気合の入ったナレーションとなった。野崎先輩のパフォーマンスも守谷先輩の声が先行する。

【新入生諸君は本日めでたく入学されたわけですが、皆さんが本物の水商生となるのは、秋の水商祭を経験してからのことになります。と、わたしがここで申し上げても今はご理解いただけないかもしれません。それほど水商祭はわが校にとっては重要な

イベントなのです。本日は特別にその片鱗《へんりん》をお目にかけましょう。この人、二年連続水商祭のスター、現生徒会副会長、野崎彩の登場です！】

まさに立て板に水、プロの歌謡ショーの司会者に引けを取らない。音楽が入り、ホリゾントライトでスタジオ中央にセクシーな女性のシルエットが浮かぶ。

ここに歓声と口笛が重なる。

『よ、アヤ女王様！』

『待ってました！　アヤ姐《ねえ》さん！』

続いてスポットライトが当たり、野崎先輩が振り返ると、カメラがグッと寄る。水商祭のときとは衣装が変わっていた。今回は映画「バットマン」に出てくる「キャットウーマン」のイメージだ。頭部上半分を覆うマスクをしていても、野崎先輩が絶世の美女であることはわかってもらえるだろう。

カメラが切り替わってスタジオ全体が映り、所狭しと野崎先輩が躍動する。その肉体がしなやかで、まさに猫科の動物を彷彿《ほうふつ》とさせる。新体操のパロディと謳《うた》われているが、笑いだけに走らない高度なレベルのパフォーマンスだ。

前年の水商祭では、新体操ということで、ロープは緊縛用ロープ、フープの代わりにでっかい手錠、棍棒《こんぼう》の代わりは浣腸器《かんちょうき》の模型だった。そしてボールには男性の顔写真がプリントされていた。

ストーリー性のある振り付けで、テーマは「サロメ」だと聞かされたが、その頃の淳史には何のことだか理解できなかった記憶がある。

今回は新入生とその保護者向けに少し修正されていた。さすがに浣腸器は中学を卒業したばかりの彼らには刺激が強すぎるだろう。野崎先輩は鞭《むち》と何も描かれていないボールを使って演技した。

森田木の実のカット割りは入念に計算されていて、水商祭の舞台で観たときより迫力が数倍増している。ときには、革のマスクの穴から覗《のぞ》く鋭く美しい瞳のアップが入る。野崎先輩の普段の姿を知っている淳史でさえ、背筋がゾクッとする妖艶な迫力だ。

野崎先輩がフィニッシュのポーズを取り暗転すると、大音量の拍手が画面から溢《あふ》れてくる。それが止《や》んだ瞬間、

【校歌斉唱】

守谷先輩の声とともに前奏が入り、校舎全景の画になる。

『ネオン輝く歌舞伎町
栄華の巷《ちまた》と共に生きる
我ら街の子うたかたの
夢を彩る夜の花
ああ水商

咲けよ咲かせよ

都立水商業高校』

歌の部分になると、画面一面に二、三年生の顔が四十人分映る。みんな元気よく歌っているのが伝わる表情だ。その顔が次々に入れ替わっていく。つまりすべての上級生を紹介していく画面だ。この撮影には手間がかかったが効果は大きい。上級生全員が新入生を大歓迎しているのが画面から伝わってくる。三番の歌詞の終盤からは、夜の街で活躍する先輩たちの姿が次々に映し出され、カメラに向かったその口元が、

(頑張れよ)

(頑張ってね)

と動いている。中には感極まったのか涙ぐんでいる先輩もいて、それがまた現役の生徒たちの心を打つ。

この「オンライン入学を祝う会」は大成功だった。先生方やOBOGも高く評価してくれて、

「これで来年の志願者が増えるんじゃないか?」

とさえ言われた。コロナ禍で水商売に逆風の吹く中でも、この動画を観た中学三年生の心を動かす可能性は十分にある、というのだ。

だが、淳史たち上級生の思いは違った。

この動画のエンドロールの背景は、水商での日常の映像だった。授業、実習、楓光《ふうこう》学園との対校戦、夏休みの他校交流、水商祭。

それを観ていて上級生の胸は塞《ふさ》がった。

実は四月の段階で多くの恒例行事は中止を選択せざるを得なかったのだ。

誰を恨むわけにもいかない。一学期中間テスト後の対校戦は、毎年水商生全員が小田急線に乗り、楓光学園を訪ねることになる。つまり歌舞伎町から九百人近くの高校生が郊外の住宅街に移動していく。歌舞伎町の地名は都内でのコロナ感染源みたいな報道の仕方をされていた。警戒されても相手校を責めるわけにはいかない。

楓光学園の出羽一哉《でわかずや》生徒会長は水商野崎彩副会長の「下僕」と称されている。SMクラブ科の優等生野崎先輩はエリート中のエリートである出羽君を、出会ったその日に「服従」させてしまったのだ。野崎先輩が水商祭で「SM風新体操」を演じたとき、生首を模したボールにプリントされていた顔写真は出羽君のものだった。そのパフォーマンスの最後に野崎先輩がボールの写真にキスしたとき、出羽君は気絶した。それほど恋い焦がれ、信奉しているのだ。出羽君が野崎先輩に逆らうことは絶対にない。しかし二人の関係はそうであっても、彼は生徒会長として学友の健康を守ることを優先した。

「これは万一のことを考えての苦渋の決断です。この決定が両校の友情に傷をつけるものでないことを信じています」

両校生徒会幹部のリモート会議において、モニターに大写しになった出羽君が涙を浮かべているようにも見え、水商側は彼の誠意を認めた。

同じ理由で夏休みの他校との交流もすべて中止が決定した。学校の歴史上最初の交流の相手である花石《はないし》農業高校は岩手県立だ。岩手は、長く新型コロナ感染者数0の県として知られていた。そこに東京新宿歌舞伎町から大挙訪れようなどとは、暴挙と批判されても仕方ない。

同じ理由で、大阪府立水商業高校と、福岡県立中洲《なかす》水商業高校、北海道立ススキノ水商業高校との交流もキャンセルとなった。ただ、この三校に関してはお互い様といった印象ではある。

結局六月二十九日からやっと通常登校となったから、話し合わずとも自動的に一学期と夏休みの恒例イベントはすべて中止だったろう。夏休みに至っては、期間そのものが大幅に短縮されてイベントどころではない。

（二学期になれば……）

淳史はそこに一縷《いちる》の望みをかける自分自身が哀れに思えた。水商生、その保護者、卒業生の願いは例年通りに「水商祭」が開催されることだ。あの熱気と輝きを一年生にも全身で感じてもらいたい。

だが、この調子でいけば、まず間違いなく例年通りの開催は難しい。

（何とかできないか）

淳史は一人、打開策を模索していた。

就職戦線

都立水商で伊東《いとう》が過ごす時間は残すところあと二年。

まさか創立二十九年目を迎え、この学校が存亡の危機に見舞われるとは想像もしていなかった。

今年の卒業生は、三年間水商売についての専門的知識を学び、十分な実習経験も積んだうえで巣立っていった。しかし、そこで新型コロナ騒ぎの直撃だ。いきなり店は閉められた。次の局面に移り、徐々に規制が緩められたところで、今度はキャバクラやホストクラブでクラスター発生。水商売と夜の繁華街が目の敵にされた。

水商職員室では、卒業したばかりのOBOGから相談の電話がひっきりなしの状態になった。

今年の三年生はさらに悲惨だ。最上級生になった途端にすべての実習がキャンセルとなり、実力を店側に披露する機会を失った。これは店側の問題ではなく、学校側の判断だ。学校の責任として生徒の健康を脅かす事態は避けねばならない。ただ、このままでは来年の求人は一気に減るだろう。今の三年生が卒業時に就職先を決められるかどうか、コロナ禍の推移にかかっているが、それは誰にも予測不能だ。

そのため六月の登校再開後、進学指導担当の伊東は、これまで経験したことのない忙しさを味わった。

「とりあえず就職を諦めて、どこか大学か専門学校に進学したいんです」

という生徒が相談室の前に列を作ったのだ。

行き場がないのでどこでもいいから入れるところを、といういわば消去法の選択は、伊東にすれば絶対やりたくない進学指導だ。だが、背に腹は代えられない。

急遽《きゆうきよ》受験対策も考えられた。これにはいいサンプルがあった。今年の卒業生で生徒会長だった松岡尚美である。彼女はSMクラブ科の優等生であった。卒業前にはアメリカの高級SMクラブから百万ドルという契約金を提示されて勧誘を受けたが、それを断り、自らの意志を貫いてお茶の水女子大に進学した。

当然のことながら、実習に多くの時間を割かれる水商のカリキュラムの中だけでは、受験に備えた学習は不足する。彼女はそこを克服するための工夫をしたはずだ。それを後輩たちに教えてもらえないものか。

声をかけると彼女は快諾してくれた。後輩たちに勉強方法を指導してくれるという。

松岡尚美は、「大学卒業まではこういう形で母校に貢献したいです」と言ってくれているので、あと四年、進学志望の後輩たちのいい相談相手になってくれそうだ。

ただ数の上ではまだ就職希望者の方が大勢を占める。そもそも中学卒業時点でこの学校を選んだということは、三年後に水商売の現場でバリバリ稼ごうという意欲を持ってのことだろう。そこには学業成績と家庭の経済事情などを吟味したうえでの判断があったわけで、そういう境遇の生徒は簡単に進学へ舵《かじ》を切り替えられない。

水商売以外の就職先を選択するうえで、一番有利なのはマネージャー科だろう。彼らの得た知識と技術が通用するのはバーやクラブだけではない。ただ、コロナの影響は飲食業界全体にも及んでいるから、レストランのウェイターとしての就職口も減少してはいる。だが伊東が思うに、彼らの武器は徹底的に学んだ接客における精神だ。「三六〇度すべての人にへりくだる心、人を見下さない精神」は、飲食店以外の店舗、あるいは各種営業、製造現場でも通用するはずだ。

都立水商マネージャー科は「弱い立場の強い人間」を育てていると伊東は自負している。相手がへりくだると自分が偉くなったと錯覚する馬鹿はどこにでもいる。横柄で理不尽な要求をしてくる客に頭を下げながらも、「惨めだ」と卑屈になる者はここにはいない。そんなときにも誇りと矜持《きょうじ》を失わない教育をしてきた。

だから伊東は、こんな世相だからこそ、教え子たちは実力を発揮してくれると信じている。

男子の他の科でいえば、バーテン科はマネージャー科と事情は同じだろう。むしろ、バーテンとしての技術を発揮できる時期が来れば、本来の望む職場に挑めるチャンスはマネージャー科よりも多いはずだ。それを見込んだバーテン科の講師たちは、ごく早い時期にコロナ禍に対応する技術を指導に取り入れていた。

男子生徒で問題なのはホスト科とゲイバー科である。どちらも三密を避けるのとは、逆方向の指導を行ってきた。実際ホスト科OBたちの店でクラスター騒ぎが起こっていて、世間のホストに向けられる目が曇ってきている。

「悪いのはウィルスなんですけど」

という反論は全く通用しない。ホストクラブに勤め始めてすぐに転職を余儀なくされた今年の卒業生は多いし、来年のホスト科卒業生に至っては大半が別の業種か進学の道を選ぶしかないだろう。

それよりもさらに悲惨なのがゲイバー科だ。

「そもそもあたしたちなんてね、世の中にいなくたって誰も困らないものなのよ。っていうか、いちゃいけないぐらいに扱われてたんだからね。今さら騒ぐんじゃないわよ。お黙り！　もうギャアギャア騒がないの！」

と叱咤《しった》する講師もいたが、伊東たち教師の立場ではそうも言っていられない。

ゲイバー科の生徒の中からは、

「あたし、自衛隊に行きます」

という声が多数聞かれた。自衛隊志望の理由は、「実習先のオネエさんに元自衛官が大勢いたので」だ。

ゲイバーの従業員に自衛隊出身者が多いかどうかは、統計を取ったわけではない。ただ、生徒がそう感じるならば「いないことはない」程度の数かと思われる。

「それはどうなのかなあ？」

指導する側は当惑するばかりだ。

「元自衛官がゲイバー勤めに多い」は「ゲイバー科の生徒は自衛隊に向いている」となるのだろうか？

「逆もまた真なりとは言うけどねえ」

この件については職員室で誰も結論を出せなかった。

学業も優秀なゲイバー科の生徒の中で、OLとして一般企業に就職する者は学校創立当初からいた。今年も二人の生徒が、そういう女性としての人生を選択した。これは就職先の理解があればこそだから、そう簡単な話ではない。

また五人は、美容師、メイク、服飾デザインの専門学校に進んだ。

こういった生徒は、ある意味ゲイバー科で学んだ生き方を貫く形になるが、自衛官を志望する者は、結局は自分らしい生き方を放棄するということになる。

自衛官志望を言い出した生徒の中には、「先生、あたし、ナヨナヨしてたけど、これからは心機一転、ハードゲイに転向しようかと思ってるの」と宣言した者もいた。

「そういうの可能なのか？」

「あたし頑張る！」

と握った両拳が外向きに開いて可愛《かわい》らしい。

（無理だろう？）

伊東が一番心配しているのはここだ。ゲイバー科の生徒を自衛隊が受け入れてくれるか、仲間の自衛官に差別されないか、というのは「彼女」ら自身の問題ではない。伊東には、せっかくこの学校に来てようやく自分らしく生きる選択をした生徒が、就職を理由に世間に合わせようと健気《けなげ》に頑張る姿が気の毒に思えてならないのだ。

この学校で広く長く知られた名言で、

「『らしく』は水商の天敵」

というものがある。

「男らしく」「女らしく」「高校生らしく」というのは自分たちの敵だ、というものだ。誰が言い出したものかわからないし、紙に書き残されたものでもない。生徒たちは先輩の口からこの名言を耳にして受け継いでいく。

もしかしたら、元になったのは伊東自身の発言かもしれない、とも思う。かつて水商野球部が甲子園に出場した際、方々から「高校生らしくない」と糾弾されたのだ。そのとき伊東は、(らしく、って何？)と素朴な疑問を覚えた。現実の高校生に向けて「高校生らしくない」とは、要はその人がイメージしている高校生と違う、ということに過ぎない。なぜ他人のイメージに自分たちの方から合わせなければならないのか？

つまり「らしく」とは、実態よりも第三者のイメージを優先させる考え方なのだ。どうしても「らしく」を大事にしたいならば、一番は「自分らしく」だろう。これだけは自分自身の基準で決められる。他人が何と言おうとこれが自分だと頑固に主張する。この「らしく」は人間の尊厳に直結する。

世間のために自分を押し殺す事態は、そこが歪《ゆが》んだ社会である証《あかし》だ。

伊東はゲイバー科の生徒に、この学校に来たことを後悔させたくない。中学卒業時に、「僕は都立水商のゲイバー科を志望します」

と教師と親に宣言した勇気に、今ここで応えなければ、この学校の教師の敗北となる。

女生徒については、男子ほど悲惨な状況ではない。ホステス科は、確かに求人は減るだろうし、入学当初彼女らが夢に描いていたほどの収入にはしばらく届きそうにない。それでも、男子のマネージャー科と同じ事情で、この学校で学んだことを生かす道はいくらでもある。実際この二十八年の歴史の中には、ホステス科の校外店舗実習の際に見込まれて、世間に名の通った企業の秘書課に採用された卒業生もいる。

「彼女らにはどの分野においても通用する『成功へのカギ』を渡してある」

ホステス科の担任からは、伊東と同じく教え子の能力に全幅の信頼を寄せる発言がなされた。

フーゾク科とSMクラブ科においては、業界自体がこの苦境を乗り切るアイデアを示しつつあった。さすが、太古から途切れることのなかった職種である。需要は必ずある。要はサービスをどう提供するか、方法を論じるのみだ。

SMクラブ科では実習で「リモート調教」を取り入れていた。コロナ騒ぎで世界中が揺れ動き始めた、ごく早い時期からである。伊東も見学してみたが、そこには興味深い光景が展開していた。

パソコン実習室を用い、二十人の生徒が互いに距離をとってモニターに対する。画面に映っているのは調教されている男性だ。

「このブタが！」

と罵《ののし》る大声や、異様に甲高い嘲笑《ちようしよう》が時々聞こえていた。あとはネチネチといたぶる低い声がBGMだ。

柔道部女子のエースだった城之内《じようのうち》さくらは、何もしないでパソコンの前で読書して

いた。鈴木麗華《すずきれいか》講師に、

「あの、城之内がサボってますよ」

と囁《ささや》くと、

「いいんです。放置プレイなんで」

という返答だった。客にとってはそれでいいらしい。

（奥が深いな）

ＳＭの世界は結局伊東には理解できないままで終わるようだ。

こうした実験的試みも、成果が上がった場合には、そのノウハウを現場のお店に伝えた。「オンラインスナック」などは、家賃の安い地方で開店して経費を抑えられる利点や、海外の客も取り込めるという魅力もある。ぎりぎりの状況にあるお店の方にはこういう実験をしている余裕はないから、ホステス科の実習としてチャレンジし、その結果についての情報は重宝された。

また、こちらからアプローチしなくても、営業継続への突破口を模索する水商出身者は、たびたび母校を訪れて自分のアイデアへの評価を求めるのだった。

これも都立水商の存在意義である。水商売をあらゆる方向から分析して数値化することは、学校としての使命なのだ。

体育を専門とする伊東には、なかなかこの形で貢献できる場面はなかった。あらゆる方法、技術を検討し続ける専門科の講師たちをアシストするのみだ。

それは伊東に限らず、都立水商の教師が抱えるジレンマだった。コロナ禍で苦しむ教え子たちを何とかしてやりたいのに、一般科目の教員は絶望的に無力だったのだ。業界がかつてのペースを取り戻す道程はまだまだ遠いだろう。現場では多くの人々がこの危機を乗り越えるための方法を模索している。

伊東の頭に常にあるのは、かつてこの学校で学んだ生徒たちの顔だ。二十八年間、目にしてきた顔、顔、顔。一期生はもうすぐ五十路《いそじ》を迎えようとしている。当然今は大人の風格を備えている彼らも、伊東の中では少年少女の姿のままだ。

（頑張れ、頑張ってくれ）

伊東はそのかつての教え子の姿に向けて、心の中でエールを送り続けるのだった。

暗黒の二十八期

淳史たち水商第二十八期生を、先輩たちは「暗黒の二十八期」と同情をこめて呼んでいる。

一年生のときは充実していた。何もかも新鮮な初体験が続き、この学校の良さを知った。渋々といった感じで入学してきた生徒も、一学期のうちに後悔など吹き飛ばしたはずだ。淳史自身がそうだった。

しかし、二年生になってからがいけない。進級した途端にコロナ禍に見舞われ、本来「花の第二学年」になるはずが暗澹《あんたん》たる思いに支配された。

世間的にもインターハイ中止、夏の甲子園大会中止、国体長期延期、が早々と決定し、高校生スポーツマンは活躍の場を奪われた。

緊急事態宣言の下、授業も部活も制限された期間はきつかった。四月は「入学を祝う会」を動画配信する企画のおかげで気も紛れたし、それなりの達成感も味わえたからまだよかった。五月になりオンラインの授業が始まると、一般科目はまだしも実技の講義は無駄に思えた。トレイの扱い一つとっても、講師の先生がすぐそばにいる緊張感が、あるのとないのとでは雲泥の差がでる。

部活の練習は細々と継続していたが、クラスメイト全員と教室で顔を合わせたのは六月末になってからだ。学校側が他校よりも慎重に対処し、分散登校も避けてオンライン授業に徹したためだ。

久々に見る同級生は、マスクをしていてもその下でホッとした表情を浮かべているのがわかった。みな教室で集える日常がどんなに貴重か身に染みているだろう。

淳史たちの第二学年は伊東先生の訓示から大幅に遅れたスタートを切った。

「みんな久しぶり。知っての通り、わが校において二年生は『花の第二学年』と呼ばれ、すべての行事で中心になって活躍してきた。だが、おそらく君たちはその多くのイベントを例年の形で実施することは不可能だろう。これはわが校に限った話でないのはもちろんだ。世界中ですべての人々が初めて直面する事態に見舞われているわけで、オリンピックすら一年延期となった。誰を恨むわけにもいかない。しかし、こういうときこそ君たち二年生が中心となり、伝統の自治精神を貫いて逆境を乗り切るべきだ。水商精神の真髄を見せてくれ。これからは、四月五月の授業の遅れを取り戻すべく、過密スケジュールとなる。一日七時間授業がしばらく続く。ただ、校外実習は再開未定だ。先行きの見通しが立たなくても、この教室の雰囲気が暗くなるようじゃ、みんなの負けだ。コロナに負けるな。期待しているぞ」

続いて新任の先生が副担任として紹介された。

石綿直樹《いしわたなおき》先生。

大学を卒業したばかりの社会科教師だ。淳史の四歳上の兄・常生《つねお》とは、二歳しか違わない。まさにみんなの「兄貴」の雰囲気だ。

この人事の学校側の狙いは、生徒たちにもわかりやすかった。担任の伊東先生は淳史たちの卒業と同時に定年退職となる。創立以来この学校一筋だった教員が去る穴は大きい。その穴を埋めるために、石綿先生はそれまでの二年間で、伊東先生からこの学校ならではの教育方針を受け継ぐ必要があるのだ。

オンライン授業で石綿先生の顔を全員が知ってはいた。しかし、実際に会ってみると、思った以上の長身でかっこいい。ホスト科の先輩でもこれほどスタイルのいい人は稀《まれ》だ。

石綿先生の挨拶は、

「二年目を迎えた君たちはこの学校ではわたしの先輩になるわけです。教師といえどもこちらが教えてもらうことの方が多いと思うので、よろしくお願いします」

というものだった。それに対してクラス全員、

「よろしくお願いします」

声を揃えて応える。石綿先生は一瞬驚き、次に感動の面持ちで大きく頷《うなず》いていた。

それからは一学期のクラス体制作りだ。一年三学期の委員長だった淳史がそのまま議長としてクラス会議を進行する。

「それではこれから委員長選挙を始めようと思います」

そう宣言すると、

「選挙はいいよ」

突然内山渡《うちやまわたる》が言った。

「え？」

「もうさ、このままトミーが委員長やってくれよ」

意外な発言に淳史は戸惑ってしまい、次の言葉に困った。その様子を見た渡が立ち上がって続ける。

「トミーに委員長をやってもらった方が、俺《おれ》自身は勉強にも部活にも集中できると思ってる。政治家と違って、委員長やっていて責任はあっても何か得するわけじゃないだろう？　だから、委員長を続けてもらうのはトミーに申し訳ないという話で、独裁体制なんていう批判は当たらないさ。俺はこのままトミーがやってくれた方が効率いいと感じるから、どうしても自分がやりたい、という人がいないなら選挙なしでトミーに任せたい。どう、誰か委員長に立候補したい人いる？　じゃあさ、トミーでいいと思う人、拍手」

みんな拍手していた。それは黒板側からクラスメイト全員と対面している淳史には確かめられた。

「わかった、ありがとう。みんながそれでいいなら、僕もこのまま頑張るよ。伊東先生がおっしゃっていたように、大変な時期に第二学年を迎えたわけだけど、僕らの力でこの学校の伝統を守ろう」

これは就任挨拶だ。みんなはこれにまた拍手で応じてくれた。

「それで、そうなるとこのホームルームはもう議題がないな。何か発言したい人は？」

「はい」

筒井亮太《つついりようた》が元気よく手を上げた。

「どうぞ」

「ええと、明日の午後は一年生の校内見学と部活勧誘の時間になります。そこでラグビー部からお願いがあります。一年生の中に弟《おとうと》や妹《いもうと》がいる人はなかなかいないと思うけど、中学の後輩はいる可能性あるよね？　で、男子もだけど特に女子、女子の後輩がいる人は、ラグビー部を勧めていただきたい。というのも、ラグビー部は女子部員が一人しかいない。今のところ山本樹里《やまもとじゆり》一人。ご存じのように山本樹里はとんでもないスピードの持ち主で、一度部内で全員の50メートル走の記録を取ったところ、なんと！……」

ここで亮太は間を取った。

「もったいつけるなよ」

「なんと、なんだよ？」

ヤジと笑い声が起こった。亮太はそれを「まあまあ」と手で制してから、

「6秒フラット」

ドヤ顔で言った。

「えー！」

一斉に驚嘆の声が上がる。

「うちの部では彼女が一番の俊足だよ。つまり男が束になってかかっても敵《かな》わないわけ。ネットで調べたところ、インターハイでも国体でも陸上競技に50メートル走はないんだけど、非公認ながら6秒フラットは女子の日本記録になるらしい。ネットには日本女子の最速は6秒4とあったからね。つまりこれはどういうことかというと、ボールを持った山本樹里がディフェンスの間を抜いた場合、これに追いつく選手は日本国内にいないということ。そして、逆に彼女のタックルから逃げ切れる選手もいないということだよ。でだ、女子新入部員を増やすのに協力してほしい。山本樹里を擁するわが水商ラグビー部女子は最低七人部員を確保できれば七人制ラグビーに活路を見《み》出《いだ》せるんだ。というわけで、中学の後輩の女子を見かけたらラグビー部を覗くように言ってください」

亮太は最後に頭を下げて頼んだ。

「でもさ、誰でもいいってわけじゃないんだろう?」

この質問は亮太にとっては実にありがたい前向きなものだから、「そうそう」と細かく頷いて続ける。

「中学時代に走る競技、団体競技をやっていた子はいいね。陸上部、バスケット部、ハンドボール部あたりかな。いや、まったくスポーツ未経験でも構やしないんだよ。去年の楓光学園との試合を思い出してよ。あの秘策」

思い出してみんな様々な反応を示した。主に苦笑だが。

「あのゲイバー科の先輩だっていまだに部員だよ。どんなタイプも受け入れるのがわが水商ラグビー部ってことでよろしく！　あ、でもでも、女子に関しては日本一になるのも夢でない、ということは必ず言っておいて」

　この亮太とのやりとりで、また一つ教室のムードが明るくなった。多くのスポーツ大会が中止となったとはいえ、部活動の話題はまた一歩通常の生活に戻った印象があったのだ。


　新型コロナの影響で、各運動部が活動方法の変更を余儀なくされたとき、思い切った決断をしたのが、柔道部の花野真太郎《はなのしんたろう》と城之内さくらだ。真太郎はゲイバー科、さくらはSMクラブ科で、クラスは同じG組である。

　真太郎は大蔵《おおくら》中学時代に、「花野三四郎《さんしろう》」あるいは「投げの真太郎」という異名で知られた天才。さくらは東十条《ひがしじゅうじょう》中学時代に「城之内やわら」と呼ばれ、将来オリンピック金メダル間違いなしと期待された、これまた天才だ。

　つまり都内中学柔道界の男女のホープが揃って都立水商柔道部に入ったのだ。一年生の六月に行われた恒例の楓光学園との対校戦では、二人はそれぞれ男女の団体戦で先鋒《せんぽう》を務め、見事五人抜きを達成して母校の勝利に貢献した。

クラスも部活も同じ二人は常に行動を共にする。

真太郎はゲイバー科の優等生で、入学当初から女子の制服で通学している。また、水商祭での「ミス水商コンテスト男子の部」で優勝するほどの容姿である。

柔道着を着ると真太郎は女性ではなく少年に見えた。それもかなりの美少年だ。水商でゲイバー科の生徒と接しているとわかってくるのだが、どういうものか、女装しているとき綺麗《きれい》な男子がハンサムとは限らなかった。素顔を見るとパッとしない先輩が、女装した途端にゴージャスなまさに水商売の花になることは、この学校では一年生の早い時期に知ることとなる。だが、真太郎は男女どちらの姿でも輝くのだった。

さくらもその姿を目にした十人が十人、

「美人だ」

と認める美貌《びぼう》の持ち主だ。

この二人が並んで歩けば、当然すれ違う男性の目を惹《ひ》く。しかし、その正体は都立水商最強コンビで、不埒《ふらち》な男が下手に手を出そうものなら秒殺されるのは間違いない。

柔道部がコロナ対策で組手など身体接触のある練習を止め、互いに距離を保ってウエイトトレーニングなどで基礎体力の向上を図ろう、という方針を決定したとき、二人は退部した。

当然顧問の大野《おおの》先生は慌てた。大野先生は野球部の伊東先生と同じく学校創立以来柔道部を指導してきた。シドニーオリンピックの金メダリスト赤木良子《あかぎりようこ》は初期の教え子だ。城之内さくらを見て「夢よもう一度」という思いを抱いていたのは間違いない。大野先生は他の部員とは別メニューの練習を認めるなどを提案し、なんとか二人を引き留めようとしたらしい。

真太郎は元々ウエイトトレーニングを嫌っていた。男性的なごつごつした筋肉がつくことを避けるというだけでなく、今の階級で十分に戦えているから、わざわざ筋肉をつけて体を重くする意味がない、という発想からだ。確かにパワーをつけても技のスピードや切れが損なわれるなら意味はないだろう。そこは理解できるから大野先生も妥協できると言ったのだろうが、真太郎の決意を翻させることはできなかった。

さくらも同じである。

二人はオリンピック柔道に興味を失っていた。彼らが魅力を感じていたのはより実戦的な柔術の世界だったのだ。

さくらの実家は戦国時代から続く城之内合気柔術の宗家だ。城之内家は一子相伝で技を継承してきた。最近では真太郎も城之内家の道場での稽古に参加している。真太郎の実力はさくらの父と祖父のお眼鏡に適《かな》ったのだ。

淳史の認識も正確なものではないだろうが、城之内合気柔術は柔道と合気道、それ以外の古武術が合わさったようなものらしい。

一度さくらの試合を見たときのことだ。さくらの柔道着の袖を掴《つか》んだ相手がなぜか次の瞬間には寝技に引き込まれていた。何度その光景を思い出しても不思議な気がする。攻めて袖を摑みにいった側が逆に組み伏せられたのだ。

真太郎はそんな、パワーではなくテクニックで勝負する姿に魅了されたらしい。

城之内家は極端な男系重視である。さくらは兄弟の中では一番の才能を示しながら、認めてもらえないことに悩んでいた。さくらの兄である長男は技の後継者となることを拒否して東京大学医学部で学んでいる。現在さくらの父は、中学生の弟に望みを託しているが、まだまださくらの方の実力が圧倒的に上回るという。

そんな城之内家だから、真太郎もそこでの稽古に参加するときには男子高校生の格好で行く。これは彼にとっては苦痛なはずだ。しかし、それを差し引いても城之内合気柔術を学ぶことは興味深いことなのだろう。

淳史は真太郎に、城之内合気柔術がなぜそんなに面白いのか尋ねたことがある。

「城之内合気柔術は戦国時代の古武術だからね。スポーツじゃないんだよ。そこが面白いし、奥が深いかな」

「スポーツじゃないってどういうこと？」

「城之内合気柔術は武術だから、まず一対一で戦うことだけを想定していない。つまりお互い公平な条件でやることを想定していない。相手が武器を持っていることや、一人で三十人と戦うことを前提とした技も習う。そして戦場を想定しているから、時間制限なしだし、技をきれいに決めても終わりじゃない。相手を殺すか腕を折ったりして戦闘不能にすることを目的にしている。だから、試合はなしだよ。試合のたびに骨折させてたんじゃ大変だもの」

「でも試合がないと面白くないんじゃないの？」

「そんなことないよ。むしろ柔術を習ったあとで柔道の試合をしてると、使いたくても使えない技があって窮屈に感じるんだ」

つまりはさくらに誘われて始めた柔術に、柔道の世界には戻りたくない、というほど今では虜《とりこ》になっているらしい。それにこのコロナ禍で学校の柔道場に行っても、相手と組み合う練習はない。それなら、城之内家の道場での稽古に参加した方がいい、ということだろう。

大野先生ばかりでなく、他の運動部の顧問の先生も二人の退部を惜しんだ。

しかし、真太郎の方で逆に大野先生を説得にかかった。

「先生、あたしとさくらはこの古武術で他の運動部も強くしたいと考えているんです」

かつて都内のある高校のバスケット部が、古武術を練習に取り入れて、インターハイ東京代表になったそうだ。平均身長一七〇センチほどの小柄な選手たちが古武術の技を会得した結果、チーム全体が強くなったというのだ。

真太郎とさくらはそれに倣って愛する母校都立水商の運動部のレベルを上げたい、という意欲を持っているらしい。これには最初大野先生をバックアップしていた他クラブの先生たちも興味を示してくれた。

「もちろん、柔道部も強くなるように協力しますから」

最後はこの言葉で大野先生を納得させ、ついに二人は退部した。

ここまでのいきさつは二、三年生のほぼ全員が知っていると思う。柔道部男女のエースが退部したことはそれだけ衝撃的ニュースだったのだ。

淳史は二人と仲が良いので、その後の彼らの活動についても聞いている。

まず二人はさっそく他の部活の練習を見て回った。

「すごく面白かった」

とは真太郎の感想だ。

「ほら、あたしもさくらも柔道の練習しか知らなかったわけで、試合はテレビで観たことある競技でも、選手がふだんどんな練習するのかは初めて見たわけでしょう。その競技の選手がどんな能力を要求されるかがわかったよ。で、最初は見学するだけにして、あたしたちがどう力になれるかを検討したわけ」

どの運動部も真太郎とさくらが柔道部を退部した理由を知っていたから、練習見学では歓迎してもらえたらしい。これが例年であればそこまで協力的に受け入れてくれたか疑わしい。何しろどの部も主だった大会が中止となり、練習のモチベーションが落ち気味であったことは間違いない。逆にいうと、目前の試合のための練習に集中する必要がないので、

「古武術の技を応用する」

という二人に応じる時間的精神的余裕があったのだろう。

素人の淳史でも聞いてわかりやすかったのは、ラグビー部で二人が指導した技だ。ボールを抱えた状態でタックルに来る相手を手でかわすのに、城之内合気柔術の技は有効だったという。片手で相手を制するだけでなく、一瞬その相手選手を他の選手のタックルへの盾として使う。

ラグビー部の筒井亮太によれば、

「真太郎が実際にやって見せてくれたんだけど、いきなりすごかったよ、あいつ」

亮太はボールを持った真太郎にトップスピードでタックルにいったらしい。ところが、低く当たりにいった亮太の肩に真太郎が手を当てると、なぜか真太郎の走りを加速させるために押してやっているような状態になり、数歩一緒に走ったところで真太郎が手を離すと、

「俺そのまま倒れてさ。もう意味わかんなかったよ」

見ていたラグビー部員たちも、あまりの不思議さに一斉に唸《うな》ったそうだ。

「それで亮太もその技を会得した?」

と聞いてみると、

「いや、まだ全然。でもさ、これを身につけるとチームとしてはかなりレベルアップすることは間違いないからね。みんな必死さ。必死に真太郎とさくらに教わってる。さくらにはそのまま女子の試合に出てもらえるといいんだけどなあ」

水商女子ラグビー部の切り札は俊足の山本樹里だ。

「樹里が城之内合気柔術の技を会得して、ハンドオフでタックルをかわせば、確実にトライだろうね」

これはラグビーのルールを詳細まで知らない者にも容易に想像できる光景だ。城之内合気柔術の技を他競技で生かそう、という真太郎とさくらの目論見《もくろみ》は先行きが明るいように思える。二人の試みが成果を上げてくれれば、「暗黒の二十八期」といういわば汚名を晴らせそうだ。

かつて水商が夏の甲子園を制した翌年、志願者数が急増したという。それだけスポーツでの名声は世間の評価を劇的に変えるということだ。

今後野球部に限らず、何かの競技で全国に名を馳《は》せるほどの成果を上げれば、学校だけでなく水商売の業界全体にいい影響を及ぼすことが期待できる。

淳史は何らかの形で、二人をバックアップしたいと考えていた。

生徒会室

放課後、淳史は中村峰明《なかむらみねあき》と一緒に八階の生徒会室に向かった。

クラスメイトと顔を合わせるのが久しぶりなら、ここに生徒会幹部が顔を揃えるのも約三か月ぶりだ。花の第二学年を台無しにされた淳史たちも辛《つら》いが、水商での最後の一年と卒業後の進路が予測不能となった三年生はさぞや動揺しているだろう。暗い雰囲気を予想しながら生徒会室に入ると、

「久しぶり」

野崎副会長は大きな声で迎えてくれたし、

「『入学を祝う会』ではご苦労だったな」

水野会長も上機嫌の様子だ。

流石《さすが》三年生だ。二年生とは腰の据わり方が違う。きっと花の第二学年の一年間が、彼らに大きな自信を与えているのだろう。

さっそく幹部会議となり、今後の生徒会運営についてあらためて討議した。これまでリモート会議で延々論じてきたところであるが、いざ登校再開となるとまた違った

ものが見えてきて、活発な意見交換となった。ただ、議論が白熱化することはあっても、胸にある愛校精神は同じだ。淳史はそのみんなの愛校精神に訴える提案を試みた。

「かつて野球部が全国制覇して、わが水商の名は全国区になりました。甲子園優勝の翌年は受験者が急増したと聞きます。またそれ以前の話になりますが、柔道部の須賀《すが》鉄平《てっぺい》先輩が都大会で優勝したとき、一期生の心は一つになったという話です」

これは水商一期生にして生徒会担当である小田真理《おだまり》先生が一つ頷いて補足してくれた。

「そうなのよ。一期生のわたしたちにとっては、まだこの学校に愛着を持つ以前の、どちらかというと劣等感に支配されていた時期だったの。そこでの鉄平の活躍は『やればできる』という思いを持たせてくれた最初のきっかけだったわね。野球部の優勝はわたしが大学にいた頃になるけど、今思い出しても涙が出るほどの感動だった」

「その感動を僕らも味わいたくないですか？」

淳史は全員の目を見回しながら言った。

「それは味わってみたいものだけどね。だけど、各部に『頑張ってくれ』と言う以外ないだろう？」

水野会長は冷静だ。

「ですから、僕は口で応援すること以上のサポートをする提案をしたいのです」

みんな真剣な表情で淳史の続く発言を待ってくれた。

「提案というのは生徒会予算の再編です。各部とも大会中止を受けて遠征費などが浮いて、予算に余裕があると思いますが、そこにさらに支援するべきだと思うんです。これからの生徒会主催行事では、水商祭の予算については触れずにおきましょう。これは別格です。しかし、楓光学園との対校戦、夏休みの他校交流がなくなって、その予算が今余っていますよね。これを各部に再分配して、コロナ禍が去ったときのスタートダッシュの起爆剤にしてもらいましょう。今全国の高校運動部が膝を曲げてしゃがんでいる状況です。そこからジャンプするタイミングを待っているんです。わが校の運動部には今ここで力を蓄えて大きくジャンプしてもらいましょう。具体的には学校のコロナ対策に加えて各部に部室や練習器具の消毒対策の予算を回す。あとは各部の練習の効率を高めるマシンの購入や、この時期にだけ招へいするコーチやトレーナーの謝礼や交通費。とにかく強くなるための予算配分です。文化部も併せて部活を支援する予算再編成を考えましょう」

趣旨は伝わったようだ。みんな頷いている。水野会長がまず口を開いた。

「実にもっともな意見だ。生徒会のできる支援として予算再配分は現実的かつ一番効果を期待できる策だ。会長としては、予算再配分を採用したい。異議のある人は？」

「異議なし」

全員が応じた。

「そこでだ、どう再配分するか検討するに当たって、さっそく今日からでも各部の練習を見て回ろう。そうだな、一週間はそれに時間を取ろうか。それから各部の希望を聞いてみよう。練習を見て予備知識があれば、その要望に応えるかどうか考えるヒントになる」

言い終わった水野会長が立ち上がると、全員それに続いた。

体育館ではバスケットボール部とバレーボール部の男女が練習していて、生徒会幹部は舞台上からその様子を視察した。

「バスケ部にあんな背の高い選手がいたっけ？」

舞台側のコートではバスケット部男子が練習中で、その中の一際《ひときわ》長身の部員を見て野崎彩先輩が言った。

「あれが噂《うわさ》の徳永《とくなが》先輩の息子さんですよ」

「あ、野球部の？」

野崎先輩は、徳永英雄《ひでお》が野球部とバスケット部の両方の練習に参加していることを知らなかったようだ。

徳永英雄は、かつての都立水商甲子園優勝における一番の功労者、徳永猛《たけし》投手の長男だ。メジャーリーグで長年活躍していた徳永先輩は、昨年引退を表明した。両親とともに帰国した英雄は水商に合格し、野球部とバスケット部の練習に参加している。英雄はとても一年生には見えない。それはサイズだけの問題ではない。本場で鍛えられた基本動作が流れるようにスムーズで、他の部員よりプレイがスマートだ。

「あの子、細長いね」

野崎先輩が面白い表現をした。確かにその長過ぎる手足は、一見持て余しそうだ。しかし、スピードもありドリブルもうまく、バックコートから自分でボールを運んだかと思うと、待ち受けた先輩センタープレイヤーのディフェンスを長い脚を生かしたステップでアッという間にかわす。そうかと思えば、空いたスペースにトップスピードで走り込んで味方のパスを呼び、そのままダンクシュートに持っていく。

まず水商バスケット部にはサイズで対抗できる部員はいないから、制限区域内では無敵だ。その上、ミドルシュートもかなり高確率で、スリーポイントシュートも決めている。そのシュートフォームは素人目にも完成形に見える。

ディフェンスになると、三十センチ近く身長の低い相手の胸の辺りに顔がくるほど深く腰を落とし、影のようについていく。これでは相手もドリブルでの突破を断念するしかない。そこで外角からジャンプシュートを放とうとすれば、低い姿勢からゴムのように伸びてきた英雄の手がボールを叩《たた》き落とす。

「彼はバスケットの方が才能を生かせるんじゃないのかな？」

野崎副会長が言った。

「でもピッチャーとしてもすごい球を投げるらしいですよ」

淳史が渡からの情報を伝えると、

「へえ、じゃあ、また甲子園に出られるかな？」

今度はそんな話で盛り上がった。

フロアの壁際には真太郎とさくらが並んで立っている。バスケット部の練習を観察しているようだ。プロ選手並みのサイズとプレイスキルの徳永英雄がいて、他の選手が真太郎とさくらから指導を受ければ、

（バスケット部強くなるかもな）

淳史の期待はまだぼんやりとしたものだった。

徳永英雄

伊東は野球部監督として今年と来年の戦い方に思いを巡らせていた。メンバーはほぼ揃っている。何しろエース候補徳永英雄が入ってきた。身長二〇一センチの超大型投手だ。サイズだけではない。両親ともプロアスリートである彼は、他にも多くのも

のを受け継ぎ将来性は超ビッグだ。

入試当日、一際長身の英雄はとにかく目立った。今年で教員歴三十五年の伊東でさえ、これだけ大きな受験生は見たことがない。他の受験生の注目を浴びた英雄だが、本人はとりわけ緊張した素振りも見せず、淡々とした態度で試験をこなして帰っていった。

心配するまでもなく上位の成績で英雄は合格し、すでにコロナ禍で休校となっていた水商職員室の伊東の下へ、父親とともにやって来た。

「おかげさまで親子二代伊東先生のお世話になれます。息子をよろしくお願いします」

そう挨拶した父親の猛はホスト科だったが、英雄はマネージャー科だ。

「落ち着いたら入学前から練習に参加するか？」

本人に直接尋ねると、

「はい、練習したいです」

即答だった。伊東自身、この規格外の体が躍動するところを早く見たいと思った。

「伊東先生、息子はわたしのときより使えるまで時間がかかるかもしれません。在学中に間に合うか心配なんですよ。ご期待にお応えできるかどうか」

父親の猛も大柄で、下半身と上半身の連動がうまくいくまで時間がかかった。一旦歯車が合うととてつもないモンスターに変身したわけだが、父よりも体の大きな英雄がいつ脱皮するかは予測がつかない。すべて未知数だ。

「まあ、身長二メートルを超える高校野球選手は、この国では稀有《けう》な存在だからな。前例にとらわれずに練習方法を考えてみる。それより英雄君は日本の学校生活に順応できるかな？」

「大丈夫です」

ここは英雄本人がこともなげに答えた。

「向こうのクラスメイトとよく日本の高校生活を観てました。ユーチューブで検索かけて。みんな羨ましがってました」

「ははは、それはいい。現実が期待を裏切らないといいがな」

「僕からも希望があるのですが、いいですか？」

「うん」

流石に生まれて以来アメリカで過ごしていただけのことはある。英雄は物怖《ものお》じする素振りを一切見せず、率直に自分の要求を伝えてくる。

「僕はプロに進むまでは二刀流でいきたいと思います」

「二刀流？　大谷翔平《おおたにしょうへい》と同じようにか？」

それは別に問題はない。実力次第だ。高校野球で「エースで四番」は珍しくない。

「違います。僕は母にバスケットも教わって育ちました。野球とバスケットの二刀流でしばらくやりたいです」

これはアメリカでは一般的なことだろう。だが、日本では難しい。

「お父さんからも聞いていると思うが、日本の高校スポーツはシーズン制がない。一年中同じ部活をやっているんだ」

どう説得したものか伊東が悩んでいるとき、この会話を聞いていた男子バスケット部顧問の田村真輔《たむらしんすけ》が、自分のデスクから声をかけてきた。

「ランディ・ジョンソンは大学の途中までバスケットもやってたんですよね？」

身長二〇八センチの元メジャーリーガーの話だ。

「それであそこまでの大投手になったんですから、バスケットが野球に悪い影響を与えるとは思えませんが」

年長の伊東に対して、田村は少し遠慮がちな話しぶりになる。

「それはそうだよ。むしろ全身の筋肉を鍛えるのにバスケットは有効だね。でも田村先生もわかっていると思うけど、日本の高校スポーツのルールで両方やるのは難しいな」

「そうですけど、練習参加は大歓迎ですし、公式戦以外であれば、たとえば楓光学園との交流戦なら彼にも活躍してもらえますよ」

「それでバスケット部はいいの？」

「本場で鍛えられた上に、元プロ選手のお母さんの指導も受けている英雄君なら、他の部員に悪い影響を与えるとは思えません。伊東先生さえよろしければ彼に体育館にも顔を出させてください」

父親の徳永猛も当時のバスケット部顧問の好意に甘えて練習に参加させてもらっていた。そのときは他の部員も一緒だ。メジャーリーガーの動きを研究した伊東が、そこに他の競技の影響を発見したのがきっかけだった。外野手のフライの追い方にはアメリカンフットボールのレシーバーの動きが生きているし、内野手のフットワークにはバスケットのディフェンスの足捌《さば》きが共通していた。二つの球技に並行して親しんできた成果だろう。

伊東は野球で用いる筋肉を鍛えるためには、ウエイトトレーニングより他の競技をさせる方が高校生には有効ではないかと考えた。ウエイトトレーニングは、下手をすると余計な筋肉をつけて動きを妨げる可能性もあり、大変難しい。体操選手はウエイトトレーニングを一切しない、という話も参考にして、球技でトレーニングすることを選択したわけだ。

徳永猛は単調な走り込みよりも気分も紛れるバスケットに励み、下半身が鍛えられて投手として開花した。ケガさえ気をつければ英雄にも有効だろうし、バスケット選手としてみれば英雄は父親より遥《はる》かに優秀なはずだ。

「今の身長体重は？」

田村が英雄に尋ねた。

「二〇一センチの八五キロです」

「身長はこれからも伸びるだろうが、体重は今の身長でもあと十キロはほしいな。ですよね、伊東先生」

「そう、バスケットでも野球でもそれぐらいは増やさないとな」

「はい」

　と返した英雄の目を見たとき、

（こいつは本物だな）

　伊東は直感した。トップアスリートになるために必要な精神的準備ができている。おそらくプロのアスリートである両親の下で培ったものだろう。稀有な環境で育ったこの子には、他に類を見ない成功を収める可能性がある。

　伊東は徳永猛と目を合わせた。そこには当の息子以上に自信を湛《たた》えた瞳があった。たとえ息子が高校生のうちに開花しなくとも、その後には自分よりスケールの大きいアスリートになると信じている瞳だ。

　そんな事情から入学前に野球部とバスケット部両方の練習に顔を出していた英雄だ。ただこのところ問題が出てきた。休校期間中は午前中バスケット、午後は野球といった具合で両方の練習に参加できたが、登校再開でそれが難しい。この先雨の日はバスケットというのはありだが、どこまで特別扱いが通用するか。バスケットの方は、田

村によれば、

「いや、徳永はすごいです。今すぐU18で日本代表になれます」

という実力らしい。サイズで他選手を圧倒しているが、そのテクニックもほぼ完璧だという。

「お母さんから基本を徹底的に仕込まれていますね。自分なんかが教えることはないぐらいです。むしろ練習方法を徳永に聞いてます。おかげで他の部員の技術が向上してますよ」

つまりは英雄の存在の大きさは、選手としてだけのものではなくなっているようだ。いずれにしろ、野球もバスケットも大会がない以上、このまま両方の練習を認める以外にない。

伊東はしばらく結論を先送りすることにした。

新任教師石綿直樹

直樹は驚きの表情を隠すのに苦労していた。教師として威厳を保とうという気はハナからないが、あまり驚いては生徒に頼りなく思われそうだ。水商は、自分の高校時代と何もかも違う。

登校再開初日、まず校門で生徒を指導する講師の発言に度肝を抜かれた。

「ダメ！　ちゃんと髪を染めてきなさい」

「あなた、いつまでピアス開けないでいるつもり？」

直樹の知っている高校の風紀係の先生と真逆の発言だ。

（そっか、そっか、そういう学校なんだからな。驚いてはいかん）

そう自分に言い聞かせて乗り切った。

男子生徒の見かけは少年のあどけなさを残しているものの、女生徒はみんな美人な上に、それが制服からドレス姿になると、さらにおとなびて見えて気軽に声をかけられる雰囲気ではない。向こうから、

「先生」

と話しかけてくれれば、

「うん？」

と何とか平静を装って応じているものの、内心ドキドキだ。

二年A組での初めてのホームルームも感動ものだった。直樹の高校時代と違って、「ホームルーム早く終わらせろよ」などと言い出す退屈そうな表情の生徒が一人もいない。それにクラス委員長を選ぶときの内山渡の発言。何となくの流れで選挙となり、

それに続いていい加減で面白がった投票が大半を占めるというのが、直樹の高校時代だ。選挙なしで何も不都合がない、という議論は新鮮だった。クラス委員長に選ばれた冨原淳史も堂々とそれを受け入れた。

直樹は狭い「常識」に囚《とら》われていたようだ。手順さえ踏めばそれで民主的と思うのは危険なのかもしれない。クラスという少人数の中でリーダーを選ぶのは内山渡の主張したやり方で正しいと思う。

内山渡はすでに伝統ある水商野球部の中心選手だ。頼り甲斐《がい》のあるクラスメイトに日々のクラス運営を任せたい、というのは学業と部活に専念したい彼には効率のいい選択なのだろう。

その他の生徒についても、直樹はおおよそのプロフィールを把握している。全国一斉休校から登校再開になるまでの期間、毎日職員室で伊東のレクチャーを受けたからだ。

この伊東と組んで仕事しているという話に一番喜んだのが直樹の父だ。かつて水商が甲子園で優勝した姿に感動した父にとって、伊東監督はレジェンド、カリスマ教師だ。その伊東とタッグを組むと知った父は、

『それはお前、チャンスだろう。認めてもらえたということだ。ここで頑張れば社会人としていいスタートダッシュを切れるぞ』

電話でそう励ましてくれた。

当の伊東は、直樹に柔らかく接してくれる。年齢差も感じることはない。頭ごなしの指導はなく、最初から同僚として扱ってくれるのでかえって恐縮している。伊東からは、「これまで自分が生徒として経験した学校の教育方針や、生徒への評価を一度全部忘れるつもりで」と強調された。

「たとえば、この中村峰明だけど、わが校では優等生で通っている。たぶん全校で知らぬ者のいない存在だ。だが、彼は字が読めない」

「え？」

「字が読めないんだ。ディスレクシアという名の障害だ。日本語では失読症とか難読症と呼ばれている」

「すみません。それはなぜ？　なぜ読めないんですか？　字が覚えられない、ということですか？」

「中村は非常に記憶力がいい。字が読めないから聞いたことを一回で覚える。だから記憶の問題ではない。おそらく他の人間とは情報処理の仕方が違っていて、脳で形の判別をうまくできていないのだろう、と思う。私も専門家じゃないけどね、そう想像している。字が読めないから、中村は単純にペーパーテストを受けさせれば0点だ。中学までの彼はそれで劣等生だった。だが、彼が授業の内容を理解していないかというと、それは違う。これから石綿先生が日本史の授業をしたときには、授業中一番目が合う生徒は中村だ。彼はノートを取れないから常に教師に注目している。そして一言一句聞き漏らすまいと集中しているんだ。クラスメイトはわからないところがあると、授業後彼に尋ねるほどだ。これは実際中村と話して確認するといいよ。どの先生も感心しているからね」

確かにそんな生徒はどんなに学習内容を理解していても、証明するのに手間がかかるだろう。

「中村は我々が通った普通高校に進学していれば……まあ、それも実際には無理だがね。もし進学していれば中学時代と変わらず劣等生のままだったろう。全科目赤点を続けて落第、退学だな。彼はこの学校に来たおかげでそのポテンシャルが開花した。たとえば、彼は人の名前を一回聞けば覚える。これは客商売では強力な武器となる。常にホステスと客のすべてに気を配る能力にも長《た》けている。こんな部分は他の学校ではなかなか評価されないが、この学校ではすぐに実技の成績に反映されて、校外店舗実習でも店のスタッフから重宝される。そういったことから、中村は全校生徒に一目置かれる存在なんだ。まあ、ふつうに眺めれば、クラス委員長の冨原淳史が勉強も実技も上位で優等生、内山渡も勉強とスポーツで突出した存在だから優等生だ。この二人なら他の学校に行っても目立っていたろう。だが、水商の中での存在感は中村が上かもしれないな」

直樹はまだ実習の光景がうまくイメージできない。自分よりも五歳以上若い生徒がどんな風に夜の世界で実力をつけていくのか、想像しようにも予備知識が無さ過ぎる。生徒との初顔合わせになったホームルームまでには、全員の顔と名前を覚えていたから、（おお、これが中村峰明か……冨原は見るからにしっかりしているな……）などと頭の中で照らし合わせていた。

その後、授業と朝夕のホームルームで徐々に馴染《なじ》んでいけた。

伊東先生には自分の高校時代の経験は忘れた方がいいように言われていたが、顔を合わせればかつての同級生たちと変わらぬ高校生の姿がそこにあった。生徒たちと気軽に冗談を言い合える仲になると、教師として認めてもらえているように感じた。

特に嬉しかったのは、すでにトップアスリートの風格を備えている内山渡と会話が弾むようになったことだ。大学ではアメリカンフットボール部に所属していた直樹を、渡の方でもスポーツマンの先輩として扱ってくれる。これは少々くすぐったい思いもあるが、年齢からいって経験年数が上なのは間違いない。

ただ油断していると、この学校ならではの実情を知って面食らうことになる。

「野球部ではウエイトトレーニングもやっているの？」

渡にそう尋ねたときだった。大学のアメリカンフットボール部ではウエイトトレーニングは必須だったので、これに関しては多少アドバイスできるかと思って聞いてみ

たのだが、

「そんなにやらないです。伊東先生はウエイトトレーニングを重視してないです」

「そうだね、余計な筋肉つけてダメになるプロ選手もいるからね」

「難しいらしいですね。石綿先生はウエイトトレーニングをかなりやった方ですか？」

「そこそこね。まあ、ポジション的にはラインの連中はすごい重さを使ってたよ」

「この学校ではF組でウエイトトレーニングが盛んみたいですよ」

「F組？」

「フーゾク科です」

「フ、フーゾク科？」

「フーゾク科の森田木の実に聞きました。ローションを使ったマットプレイなんて重労働で、体幹鍛えていないとこなせないそうなんです。現役のソープ嬢のお姐さんたちも休みの日にはジムに通っているらしいですよ。木の実なんて腹筋割れてますからね」

「へえ」

「石綿先生、彼女らにトレーニングのやり方を教えてやってください。感謝されますよ」

「そうだね、考えてみよう」

終始笑顔で話した直樹だったが背中に冷や汗をかいていた。やはり直樹はこの学校では「一年生」であるようだ。

新入生

登校再開二日目の昼食後、淳史は各クラブの新入生勧誘の様子を一人で見て回った。昨年はクラスメイトの中村峰明、筒井亮太と一緒に実習室を見学し、各部活の様子を覗いたものだ。二年生になった今、亮太はラグビー部、峰明は芸者幇間《ほうかん》ゼミでそれぞれ勧誘する側に回っている。

淳史たちは、初めてできた後輩である一年生が気になっていた。

「一年のホステス科に有望そうな子がいる」

「ホスト科にこの学校の卒業生の父親から英才教育受けているやつがいるらしい」

などと盛んに噂している。

話題に上がるのは徳永英雄が一番だろうが、これは別格というか、内山渡や吉野《よしの》兄弟たちと一緒で、将来プロアスリートになるのがほぼ確実という内容で語られている。

気になるのはもっと身近な、いつか同僚となりそうな一年生たちの様子だ。だが登校再開直後で、まだ一年生全員の顔を見る場面がない。今日は絶好の機会だ。

六階より上の実習室では、どこも歓声が起こっている。三月まで中学生だった一年生が本物の高級クラブやソープランドに入ったわけもないから、一気にテンションを上げているのだ。

「あのう、冨原先輩ではないですか？」

突然呼び止められた。

「そうだけど」

声をかけてきたのは一年生の女子だ。

「わたし、桜新町《さくらしんまち》中学からきました」

中学校の後輩だ。淳史はその子の胸のネームプレートを見た。

「君は……北原《きたはら》さん？」

「はい、北原春《はる》です。この学校に冨原先輩がいることは桜新町中の先生に聞いてました。先輩の顔に見覚えがあったものですから、もしかしてそうかな、と思って」

そう言われても淳史には春の顔に見覚えはなかった。中学時代には毎日校内ですれ違っていた可能性もあるが、そもそも淳史はいじめにあっていた中学時代の風景を丸ごと忘れている。

「北原さんは何組？」

「一年D組です」

「ホステス科なんだ？」

「はい、わたしは母がスナックをやっているので、将来はそれを継ぎたくてこの学校を志望したんです」

ホステス科では、接客法だけでなく、オーナーとして店を経営する際に必要なことも教える。その部分はマネージャー科と重なる教育だ。この二つの科には家業として親の店を継ぐという生徒は珍しくない。

「なんか中学の後輩がいると思うと嬉しいな」

「わたしも先輩がいると頼もしいです」

「いや、そんなに頼りにはならないと思うけど、これから校内を見て回るのなら案内するよ」

「お願いします」

春は一人で校内を回るつもりでいたようで、連れはなかった。これは珍しい。クラスメイト全員が初対面といっても、一年生は心細くてすぐに数人で群れてしまう。去年の淳史自身がそうだった。

「ここがキャバクラ実習室」

中は混み合っていた。「キャバクラ研究会」の連中が新入生を勧誘するために席に案内して模擬接客をしている。

「初めて入ったんですけど、なんか見たことがあるような……」

春は首を傾《かし》げている。

「それはＣＭでここが使われてるからじゃないかな」

「そうなんですか？」

「うん、学校が休みの日にはよく撮影用に貸し出されてるんだ。最近目にするところでは、ウズキルーぺのＣＭだな」

「あ、そうだ。そうですよね。それで見てるんだ。わかりました」

春はソファに座ってクッションの具合を確かめている。

「北原さんのお母さんのお店はどこにあるの？」

「三茶です」

「三軒茶屋《さんげんぢゃや》ね。それで家は桜新町なんだ」

「そうです」

春のように親が夜の店を経営している子は、水商売に偏見もなく、そこに飛び込むのに気負いもない。この学校にもすぐに馴染むだろう。淳史は初めて出会った中学の後輩の屈託のない姿が嬉しかった。

次の実習室に移る。

「これがスナック実習室。狭いけど、ホステス科とバーテンダー科はよく使うところだよ」

「あ、うちのお店はこれぐらいです」

「お母さんのお店を手伝うのも勉強になるだろうね」

そうすれば、母親の下で実習をするようなものだ。それは母娘《おやこ》お互い都合がいいだろう。

「それが、うちの母はわたしがこの学校に入ることには反対だったんですよ」

「え？」

意外だ。

「わたしは立派な母と思ってるんですけどね。母自身は望んで進んだ水商売ではなかったみたいです」

そこは複雑な事情もあることかもしれない。淳史はそれ以上この話には深入りしないようにした。

隣の大広間に移動する。

「あれは部活動じゃなくてゼミだよ。芸者幇間ゼミ」

ゼミ生の中に峰明の姿があった。彼は一年生でこのゼミの単位は取ってしまったのだが、講師の桜亭《さくらてい》ぴん介《すけ》先生に可愛《かわい》がられて桜亭ぽん吉《きち》の名前をいただいている。つまり弟子のような立場だ。今年度も助手としてゼミの手伝いをするという。二年生では新たに花野真太郎と城之内さくらのコンビがゼミに参加している。それに森田木の実もだ。ふだんから仲のいい三人が浴衣姿になって動き回っている。

「冨原先輩はこのゼミを受けないんですか?」

「僕は去年受けたんだ。勉強になったよ。それに一度このゼミの校外実習があって、大物の外国人の接待をした。あれは面白かったな」

「わたしも受けてみようかな」

「いいんじゃない? 部活も並行してできるしね。部活は決めたの?」

「いえ、まだ」

「中学のときは何部?」

「バスケット部でした」

「桜新町中の女子バスケって強かったっけ?」

「去年の最後の区大会では優勝したんですよ」

「へえ、すごいね」

「中学までは私立といい勝負で、区立が勝つのもふつうです。高校からはいい選手はスポーツに力を入れてる私立に行くんでしょうけど」

「北原さんは試合に出てた?」

「ええ、一応キャプテンでスタメン、というかポイントゲッターでした。自分で言うのもおかしいですね」

「いや、すごいよ。じゃあ、バスケット部に入る？」

「それもちょっと考えてますけど、さっき言ったみたいに、高校だといい選手を集めてる私立には勝てませんよね。それがちょっと引っかかってるんです」

春は負けず嫌いらしい。

「なら、ラグビー部を覗いてみる？」

淳史はここで亮太の要望に応えた。バスケットのポイントゲッターならラグビーへの順応は早そうだ。

「え？　ラグビー部の女子なんてあるんですか？」

「あるんだよ、これが」

残りの実習室を見て回った後で、体育館棟に移動した。そこの廊下に長机を出してラグビー部が勧誘をしている。長机には筒井亮太と山本樹里が並んで座っていた。

「リョーチン、一年生の北原春さん、俺の中学の後輩なんだ」

「そっか、桜新町中だっけ？　よろしく、俺はラグビー部二年の筒井亮太で、こちらは同じく二年の山本樹里」

「よろしく」

挨拶のあと、樹里は一枚の紙を出した。

「これがラグビー部の練習日程。興味あったら一度体験的に参加して。仮入部ということでいいからね」

　この調子では、事務的で説得力がない。

「この山本さんはすごい俊足の持ち主なんだ。だから、女子部員が七人揃うと七人制ラグビーで全国制覇も夢ではないらしいよ」

　ここは淳史が春にラグビー部を売り込み、

「北原さんはうちの中学のバスケット部でポイントゲッターだったんだ」

ラグビー部に春を売り込んだ。

「それはいいね。ぜひ入部してよ。バスケットからラグビーに転向して成功した人は沢山いるらしいよ」

　亮太もここぞとばかりに説得にかかる。

「わたし、ラグビーは馴染みがなくて、ルールもよくわかんないんです」

　春が控え目なトーンで返すと、

「わたしもそうだったよ。そんなのふつうだから。一度やってみると楽しさをわかってもらえると思う」

　樹里も熱く語り出した。どうやら女子でラグビー部の勧誘に応えたのは春が初めてで、亮太と樹里の接し方の硬さはそのせいだったようだ。少し言葉を交わしてほぐれたのか、盛んにラグビーの素晴らしさを語る。聞いていると、樹里がラグビーに本気で取り組んでいるのがわかった。

ラグビーの魅力にとりつかれた二人に説得されて春もその気になってきたらしく、結局翌日の練習に参加する約束をしていた。

春とはそこで別れて、他の部活の勧誘の様子も見て回った。

ホームルームの後、八階の生徒会室に行く。

「トミー、どう思う？」

部屋に入るなり野崎先輩に声をかけられた。

「何ですか？」

「これよ、このことよ」

野崎先輩は「都立水商生徒会運営心得」を示した。休校期間中淳史が熟読したマニュアルノートだ。読んだだけでなく、今年初めて行なった「オンライン入学を祝う会」の動画作成の段取りを書き込んだ。本来この部屋からは出してはならない、水商の伝統を支える重要なノートだ。

「これがどうかしましたか？」

淳史はこのノートを何度も読み返していたが、特別今問題が生じるような覚えはなかった。

「ここよ、ここを読んで」

野崎先輩の指し示す箇所を読んで、ようやく淳史も飲み込めた。

例年なら、一学期の中間試験後の土曜日に楓光学園との対校戦がある。そしてその前に一年生の中から生徒会を手伝ってくれる人材を選抜することになっている。去年は淳史が選ばれて当時の松岡会長に声をかけられたのだ。

「つまり本来なら、今は一年生の中から選抜してある時期なんですね？」

「そういうこと」

「そういうことだ」

野崎先輩に続いて水野会長も言った。

七月に入ろうという今となっては大幅に遅れているとしても、事態が事態だ。やむを得ないとも言える。

「選びようがありませんものね」

淳史自身がどうやって選ばれたものかは聞いていないが、それにしても昨年は入学から一か月が経過していた五月中旬だった。今年はまだ登校再開から二日しか経《た》っていないのに明日から七月だ。予定カレンダー的には大幅に遅れているとしても、そんな事情だから仕方ないものと思われた。

「だが、これをこのまま放置しておくとだな、これからすべてがずれ込むことになって、それだとコロナに負けっぱなしという話になる。ここは無理してでも一年生をこの部屋に連れてくるべきだと考えるんだ」

　水野会長の言う通り、コロナのせいで学校生活のペースが狂うのは徐々にでも食い止めねばならない。

「わかりました。今日一人ホステス科の子で中学の後輩と知り合いました」

「その子でいいじゃない」

　野崎副会長がせっかちな反応を示した。

「いえ、その子はラグビー部の練習に顔出すようなことを言ってました。どこかの部活に影響が出るのは避けるべきです」

「それはそうね」

　野崎副会長はすぐに納得すると、「それでその子の名前は？」生徒名簿を手に尋ねてきた。

「D組の北原春さんです」

「あら、クラス委員長ね」

　水商では一年一学期のクラス委員は入試の成績順に割り振られる。北原春は一年D組では一番の成績優秀者ということになる。

「明日、北原さんに誰か適当な人を推薦してもらいます」

「そうだな、委員長から声をかけてもらえば話は早いだろう。自分から生徒会活動を手伝いたい、という子が名乗り出るかもしれん。まず一人連れてきてくれ」

水野会長から一任された以上、淳史が責任を持って探すしかない。

翌日、朝一番に一年D組の教室に春を訪ね、事情を説明した。

「わかりました。昼休みまでに探して、冨原先輩にお知らせします」

昼休み、食堂に行かずに待っていると、春が一人のクラスメイトを伴って現れた。

「うちのクラスの田中由美《たなかゆみ》ちゃんです」

紹介されて隣に立っている子がペコリとお辞儀した。淳史の第一印象は、

（ホステス科にしてはパッとしないな）

というのが正直なところだ。こちらからあえて聞いていないのに、春は由美を推薦する理由を付け加えた。

「わたしたちこの学校に通い始めて間もないですけど、由美ちゃんだけは入学前から水商に馴染みがあって、学校への思い入れのある人なんです」

「へえ。それはまたどうして？」

由美本人に尋ねると、

「私のいとこがこの学校の出身です」

という答えだ。なるほど、それなら水商祭で学校を訪れた経験もあるのだろう。

「冨原先輩は今年の卒業生の田中京《きょう》を知りませんか？」

「え？　知ってるよ。水商生なら知らないわけない、ホステス科のナンバーワンだった人だ。君、田中先輩のいとこなのか？」

「はい」

由美はニコニコと嬉しそうに答えた。その笑顔に人の好《よ》さが表れている。

（ホステス科で大丈夫かな、この子）

これも淳史の正直な感想だ。いわば男性を手玉に取ろうかというホステスさんを目指すのに、人が好すぎるのもどうだろう？　この子だと逆に騙《だま》されそうだ。

「冨原先輩、わたしは放課後すぐにラグビー部の皆さんとグラウンドに向かいます。由美ちゃんのことお願いできますか？」

この春の事情は承知している。

「わかった。由美ちゃん、終礼の後すぐに八階の生徒会室に来てもらえる？」

「わかりました」

由美は人懐っこい笑顔のままで返してくれた。


放課後、生徒会室には淳史が一番乗りだった。一人でやってくる田中由美にすれば、知っている顔がいなければ心細いだろう。それで急いで階段を駆け上がってきたのだ。

同じクラスの峰明は芸者幇間ゼミの日で、それが終わってからここにくる。

しばらくすると他の幹部より先に由美がやってきた。生徒会室に入るなり淳史の顔を見て、あの人の好いニコニコ顔になった。緊張している素振りはない。

(お、なかなか見どころあるかも)

物怖じしないのはホステスの条件でもある。ホステス科の講師の先生は、

「鈍くなるのも必要よ」

そう教えると、山本樹里から聞いたことがある。勘の鋭さと同時に鈍さも備えていないと一流のホステスにはなれないそうだ。どういう意味か淳史には今一つ理解できないところだが、とりあえず由美はその鈍さという条件はクリアしているようだ。

「冨原先輩は将来水商を背負って立つ人なんですよね?」

淳史にすすめられた席に座るなり由美が言い出した。ずいぶん大袈裟《おおげさ》な言い方だ。

「いや、そんなこともないと思うけど」

「京姉ちゃんが言ってました。入学したら冨原先輩と親しくさせてもらいなさいって」

「田中先輩、そんなこと言ってたの?」

「はい、冨原先輩はマネージャー科の優等生だから、ホステス科に入ったら絶対お世話になるということでした」

「田中先輩にそんな風に言われてたなんて嬉しいな」

淳史にとって田中京は尊敬できる先輩だった。

「オース」

　そこへ水野会長が入ってきた。

「お、この子か？」

「そうです、一年D組の田中由美さんです」

「よろしくお願いします」

　由美は淳史との初対面のときのようにペコリとお辞儀した。

「ああ、よろしくね」

　続けて野崎副会長以下他の幹部もやってきて、由美と初対面の挨拶を交わした。全員顔を揃えたところで、あらためて紹介する。

「由美ちゃんは田中京先輩のいとこなんだそうです」

「え？　お蝶《ちょう》夫人の？」

　田中京先輩は、軟式テニス部に所属し、他校のテニス部員には「水商のお蝶夫人」として超有名だった。なんでも「エースをねらえ！」というテニス漫画に出てくる主人公の先輩「お蝶夫人」にヘアスタイルがそっくりだったらしい。だが、「見た目ソックリ、実力サッパリ」という期待外れも甚だしい選手だった。

　それはそれとして、ホステスとしての実力はピカ一で、全校生徒が一目置く存在だったから、この場でも、「それはすごいな」とみんな感心している。

それが嬉しいのか、さらにニコニコ顔になって由美が言った。

「わたしは京姉ちゃんって呼んでるんですけど、その京姉ちゃんがわたしみたいに物を知らないことで成功したって言うから」

確かに、田中先輩は卒業式の答辞でそんなことを言っていた。

「それでこの学校を選んだわけ？」

「そうです」

田中先輩の実感はそうだったのだろうし、それも一面の真実だと思うものの、そのままホステス科の先輩に告げると叱られそうな発言だ。

「ほんとはですね、最初はわたし、去年の水商祭で見た野崎先輩に憧れてＳＭクラブ科を志望したかったんです」

「あら、ありがとう」

野崎先輩は満更でもない、といった表情でお礼を言った。

「でも京姉ちゃんから、ＳＭクラブ科は頭のいい人ばかりだから、由美には無理だよって言われました」

これには野崎先輩は、

「そんなこともないと思うけど」

そう控えめに反論する。

「でも去年の生徒会長はＳＭクラブ科のとても優秀な人だったんでしょう？」

「ああ、松岡先輩ね。あの先輩は特別。本当に賢い人だったから」

「進学されたんですよね？」

「そうよ」

「というと専門学校ですか？」

「大学よ。お茶の水女子大学」

野崎先輩、ここは（聞いて驚くな）とばかりに得意げな表情だ。対して聞かされた由美の方は真面目な表情で何か考えていたが、

「……お茶の水女子大学……水商売の大学があるんですね？」

と聞き返し、

「それ違うし」

野崎先輩の顔を当惑で曇らせた。

ここまで物を知らないのは逆に潔い。気持ちいいぐらいだ。

「とにかく、由美ちゃんは今年の一年生で最初にこの生徒会室に来てくれたんだ。大歓迎だよ」

水野会長が、ちょっと空気を変えてくれた。

「あ、はい、ほんとにわたしは物を知らないので、ご迷惑をおかけすると思います。

色々教えてください。よろしくお願いします」

　由美は立ち上がり、あらためて深々とお辞儀をした。口を開けば自分の無知を強調する由美だが、物を知らないのは確かなようでも挨拶は実に丁寧だ。

「それでわたしは何をすればいいんですか？」

　ここで初めて由美は緊張気味の表情を見せた。回答を求める由美の視線が居並ぶ顔を一巡し、それを受けて野崎副会長が口を開く。

「そうね、それについては例年の通りにはいかないので、すぐに答えられないんだけど、というのは、本来なら一学期の楓光学園との対校戦準備から一年生の誰かにここに顔を出してもらうはずだったの。そして夏休みの他校交流の前に他の一年生にも加わってもらって、一番大きなイベント水商祭に備える。ところが、今年は特別な状況でしょう？　わたしたちとしても由美ちゃんにこれをやってもらおう、という具体的な指示は出せないわね。とにかくわたしたちと行動を共にして。今は各部の活動状況を視察しているところ、部費の再配分を考えるためにね。それにつきあって」

「わかりました」

　野崎会長が話している間の由美の表情は真剣そのものだった。この聞く姿勢は幹部たちに認めてもらえただろう、と淳史は確信した。その証拠に水野会長が優しい口調で言った。

「合間に去年の一年生で最初に参加していたトミーに話を聞かせてもらえば？　例年ならば一年生がどういう体験をするか、それを知れば来年の一年生を迎えるのに参考になると思う」

「はい」

「トミーもその辺詳しく話してあげてくれよ」

振られた淳史は、

「はい」

大きく頷いて請け合った。

花の第二学年が台無しになった淳史たち二年生も悔しい思いをしているが、一年生の当惑はその比ではないだろう。一人でも多くの一年生に通常の学園生活を伝えていかなければ、水商の伝統が失われかねない。


その翌日から、田中由美は生徒会室に一番乗りするようになった。

「そんなに慌てて来なくていいよ」

淳史はそう伝えたのだが、淳史が生徒会室に入ると必ず由美は自分の席に着いているのだ。

挨拶はきちんとするし、時間は厳守する由美の評判は上級生の間で上々で、

「よく連れてきた」

と淳史の株も上がった。由美を選んだのは淳史というより春で、結果は偶然に過ぎない。淳史は、

「いや、たまたまです」

と本音を言うのだが、それも謙遜しているように取られてかえって居心地の悪い思いをした。

生徒会幹部が全員揃ったところで、各部の「視察」を繰り返す日が続いた。その間に、雑談の中で淳史は昨年の自分の体験を由美に話して聞かせた。

由美は聞き上手だった。無言で頷くだけの反応でも、こちらの言葉が正確に伝わっているのがわかったし、一度聞いたことは必ず覚えていて、淳史としても説明の手間が省けて楽だった。

(この子、頭いいな)

淳史がそう思い始めた頃には、二人の会話を傍《はた》で聞いていた先輩たちも同じ印象を持っていたようだ。

「よし、これで全部活を見終わったわけだ。続けて各部に予算の要望を聞いて回ろう。それを認めるかどうかはここで決める」

水野会長が生徒会室に戻ってそう宣言した日、その後の雑談の中で由美の話題になった。

「由美ちゃんはこの学校を選んだ理由としては、田中京先輩に勧められたこと以外にないのかい？」

まず水野会長が尋ねると、

「はい」一度答えた後で、由美は何かを思い出すように天井に視線を向けた。

「……それと、まあ、家の事情ですかね。京姉ちゃんが水商進学を勧めてくれたのも、わたしの家の事情を考えてのことだったと思います」

水商進学で家庭の事情というと経済的な理由がほとんどだ。つまりは貧しさから抜け出す手段として、若いうちから水商売で大きく挽回《ばんかい》しようと考える者は結構いる。由美もどうやらその類らしい。

「うち母子家庭なんです」

続けて聞く由美の家の話もこの学校では珍しいものではない。

「父は三年前に亡くなりました。七十九歳でした」

え？　淳史は聞き間違えたと思った。

「私は父が六十六歳のときの子なんです。うちの両親は年の差が三十六歳あるんで」

ふーん、という感じでみんなは受け入れた。水商に来る生徒の家庭事情のふり幅は大きい。だからこの学校で過ごす年月は何事にも動じない若者を育成する。かなり極端な例を聞かされても、「ま、そんなこともあるだろう」と受け入れる度量を持つようになる。このときも、由美の両親ほどの年齢差夫婦を知らなかったとしても、それもあり、とみんな思うのだ。

「それで、母がずっと仕事と家事に一人で頑張ってきたので、わたしが早く稼いで楽をさせてあげたい、と考えたんです」

由美はいつものニコニコ顔で話す。

「えらいわねえ」

野崎副会長は、もうハンカチを出さんばかりに感動している。野崎家は田園調布《でんえんちょうふ》に大邸宅を構える大金持ちで、野崎先輩は経済的苦労を知らずに育っているから、この手の話には弱いのだ。

「この学校には似たような動機で入ってきた人は大勢いると思うよ。そういう人と切磋琢磨《せったくま》して頑張ってね。じゃ、今日はこれで。明日もよろしく」

水野会長の言葉で解散だ。全員一斉に席を立つ。

生徒会室を出るときに、「一緒に帰りましょう」と野崎先輩に声をかけられた。二年生の淳史と峰明、木の実、それに一年生の由美の四人だ。新宿駅に向かう途中でハンバーガーショップに寄った。

都立水商御用達、放課後必ず生徒が何人か屯《たむろ》している店だ。上級生にとっては馴染みの店だが、由美は初めて入ったらしく、いつものニコニコ顔で周囲を珍しそうに見回している。

「由美ちゃんの兄弟は？」

野崎先輩は生徒会室での話の続きを聞きたいらしい。

「わたし一人っ子なんです。父が年取ってからの子なんで、よく父の方は再婚と思われがちなんですけど、両親とも初めての結婚です」

ふむふむ、と聞いている側は頭の中を整理している。よその家のことをあまり詮索するのは褒められたことではないが、ここはどうしても好奇心が頭をもたげてくる。

「え？　すると、ちょっと待って」

何か疑問が浮かんだらしい木の実が問いかける。

「田中京先輩と同じ田中さんだよね。すると京先輩は父方のいとこ？」

木の実があえて疑問に思ったのはわかる。田中京先輩と由美は三歳違いだが、すると田中京先輩のお父さんもかなり高齢だったのだろうか？

「いえ、田中は母方の姓です。母の弟が京姉ちゃんのお父さんです」

ここはまた別に事情がありそうだ。

「由美ちゃんが一人っ子だから田中先輩が可愛がってくれたわけね？」

そう尋ねた野崎先輩も、専科は違えど田中京先輩を尊敬している。

「そうです。母の家族はみんな父との結婚に反対だったそうです。それはわたしも聞いてますし、京姉ちゃんもそれを知っていて、それで特に気にしてくれたのだと思います。可愛がってくれたし、庇《かば》ってくれようとしました」

「庇って?」

「はい、わたしはそうは思わなかったんですけど、いじめられるだろう、って」

「いじめられたの?」

「いじめとは違うと思います。幼稚園の頃から父のことを『お祖父《じい》さんでしょう?』ってよく言われてました。わたしが『パパだよ』って言っても誰も信じてくれなくて。最後はもう面倒臭くてほっときました。わたしも幼かったからみんながそう思う理由がわかりませんでした」

「そうよね、生まれたときからパパはパパだものね」

「そうなんですよお」

また由美はニコニコ顔になった。

「でも、でも、かっこいいと思わない? そんなに年の離れたカップルって本当の愛があったって思えるでしょう?」

この木の実の言い方は本気のトーンだった。確かに三十六歳差だと恋愛や結婚の相手として仲を取り持ってくれる人もいないだろう。本人同士の気持ちしか結ばれる理由はない。

「由美ちゃんのお父さんとお母さんはどうやって知り合ったんだろう？」

これは立ち入った質問に思えて発するのが難しいところだが、峰明の素朴な口調だと嫌味がない。

「わたしの聞いたところでは、父は売れない役者で、母も同じ劇団に入って知り合ったらしいです。母に言わせると父は才能はあったのに運がなかったそうです。わたしが三歳の頃から父は病気がちだったので、わたしは父の舞台を観てません。昔の映画は観ましたけど」

「どうだった？」

これも峰明が聞いてくれた。

「出番は少なかったですけど、演技は上手だと思いましたよ。でも本当に売れない役者だったみたいで、還暦過ぎて四畳半のアパートに住んでた、と言ってました。母と一緒になって初めてトイレとお風呂のある家に住んだ、って。父は母に感謝してました。病気した後の父は働けずにずっと家にわたしと一緒にいて、母が働いてました。だから母の方は、父は運がなかったんだと言いましたけど、亡くなるときに父は、自分が母の人生をダメにしてしまったと謝ってました」

明るい表情の由美の口から重い情景が語られた。もうウルウルしてきている野崎先輩が尋ねた。

「そのときお母さんは何と？」

「怒りました。何言ってるの！　って。わたしは幸せだった、由美が生まれてよかったでしょう？　って。父も、ああそうだなあ、由美ありがとう、って」

もうダメだった。野崎先輩の瞳は完全に決壊して滂沱《ぼうだ》の涙だ。それを見た淳史たちも泣き笑いの表情を並べてしまった。由美一人がニコニコ顔だ。

「わたしは父と母が大好きでしたし、父と母もお互い大好きだったわけで、それで幸せってことじゃないですかね？」

「そうよ、そうよ」

野崎先輩は、ここは誰にも譲れない、という勢いだ。

「お金じゃないわよ、幸せは」

この発言を聞いた二年生三人で顔を見合わせた。

（そう言う野崎先輩は大金持ちなのに）

お互いの顔がそう言っている。

「由美ちゃんは本当に水商に向いているね」

あることに思い当たって淳史はそう切り出した。

「由美ちゃんさ、わが校の格言で『らしくは水商の敵』というのがあるんだ」

「らしくは、って何ですか？」

「男らしく、女らしくのらしくだよ。高校生らしく、とか。由美ちゃんのお父さんのことを、他の人は『お父さんらしくない』と思ったわけだろう？　年を取り過ぎているってことでさ。そんなの由美ちゃんにとっては大きなお世話だろう？」

「そうですね」

この会話を聞いて他のメンバーも納得の表情を見せてくれている。

「もしかして、由美ちゃんは常識を拒否したんじゃないの？」

木の実の話はちょっと飛躍している。聞いている方に「ん？」という間ができた。

補足説明するように木の実が続ける。

「ほら、由美ちゃんは物を知らないって自分で言うでしょう？　でもこのところ毎日会ってると、とても頭のいい子だとわたしは思うんですよ」

「そんなことないです」

由美は慌てて自分の顔の前で手を振った。

「僕もそう思うよ。由美ちゃんは賢いよ」

峰明はとてもよく人を観察している。その峰明が同意してくれたことで木の実は確信を持ったようだ。

「頭がいいから世間一般の『常識』を疑ってるんじゃないかな。そんなもの知る必要がないってことで、あえて頭から追い出しているような気がする」

「それはないですぅ」

ニコニコ顔になって由美は否定するが、淳史は一理あると思った。

「そうね、つまらない常識に縛られるのは時間の無駄よ。わたしはそう思う。だから水商を選んだんだけどね」

そう言っている野崎先輩の事情は知りたいと思いつつ、これまでなかなか聞いてみるチャンスがなかった。

野崎先輩の祖父野崎辰之助《たつのすけ》は大物政治家だ。今も衆議院で権勢を揮《ふる》う与党議員で、たびたびニュースで顔を見る。父の野崎辰雄《たつお》は都議会議員で、いずれ地盤を継いで国政に関わるのだろう。そんな名家の長女である野崎先輩が都立水商に進学した理由は理解し難い。野崎家の異端児であることは間違いないだろう。

「だから水商を選んだ、とはどういうことでしょう？」

淳史はここで踏み込んだ質問をしてみた。

「水商を選んだ理由？　わたしの場合は、城之内さくらちゃんと同じ事情かな」

「さくらと？」

「そう」

「どういうことですか？」

野崎先輩と城之内さくらは同じＳＭクラブ科だが、性格はまったく違う印象がある。

仲がいいか悪いか、というレベルではなく、会話が成立しないほど距離が離れているように感じる。

「去年、彼女と校外店舗実習で一緒になってね。ちょっと話し込んだことがあったのよ」

これは意外だ。野崎先輩は水商祭のスター、さくらはオリンピック金メダルを期待された柔道の星、一致する話題があるのだろうか。

「何を話し込んだんですか？」

問いかけたのは淳史一人だが、他の二年生二人も前のめりになって答えを待った。

「え？　家のことよ」

「家のこと？」

「正確には家の愚痴かな」

「愚痴ですか？」

これも意外だ。野崎先輩もさくらも愚痴とは無縁の強い人間に見える。

「さくらは先祖伝来の武術、城之内合気柔術の使い手なわけでしょう。それもかなりの達人らしいよね」

「そう聞いてますし、実際彼女の強さは人類の枠を超えそうですよね」

「そうよね。でも、彼女は女だということで、後継者にはなれない。兄や弟に負けない実力を持ちながら、そこは評価されていないわけ。わたしもそう。わたしも生まれたときから『男だったらよかったのに』と言われ続けた。祖父も父も後継者としての男の子が欲しかったわけ。わたしなんか残念賞よ。商店会のガラポン抽選の五等のティッシュね」

「いや、そこまで卑下しなくても」

「ほんとよ、実際そうなんだから。幸い弟がいるから、わたしは自由にさせてもらうことにしたの。両親の思い通りにお嬢様学校を大学まで進んで、政治家や実業家の息子との縁談に備えることはやめますってね。そしたら何て言われたと思う」

「え？　ご両親にですか？　何て言われたんですか？」

「好きにしろって。で好きにした。好きにして水商に決めたら父は怒って、母は泣いた」

この人の度胸の良さはどこからくるのだろう。いつも自信満々に見える。

「それから？　そのあとどう乗り切ったんですか？」

木の実は座っている椅子から落ちそうな勢いで、前の方まで体を進めてその先を知りたがった。

「ちゃんと言ったわ、わたし。お父さん都議会議員だよね？　その娘のわたしが都立高校に進学しようってのがそんなに変かな？　てね」

「お父さんは何て？」

「グウってさ」

「は？」

「グウって言ったまま何も言えなくなってんの。ありゃ笑ったわ」

　これは痛快な話だ。聞いている四人はみな、満面の笑みを浮かべた。

「それにね、父も母も祖父のことを気にしてんのよ。わたしが水商のSMクラブ科に進むと知ったら祖父に何と言われるか、それを気にしてんの。もうそこも笑っちゃうわ。まあ、母には悪いことしたと思ったわね。わたしの行動で責められるのは可哀《かわい》そうだと思った。大変な家に嫁に来てさ、女の子産んだら文句言われて、やっと男の子産んでほっとしてたんだと思うのよ。ほんと気の毒な立場だと思う。で、祖父が何と言ったかというと」

　ここで野崎先輩は飲み物のストローを口に含んだ。この気の持たせ方もSMクラブ科で習得したのだろうか、物語のクライマックス直前にはぐらかされて淳史はドキドキした。絶妙の間を取った野崎先輩が再び口を開く。

「面白いじゃないかって」

「へえ」

　四人で斉唱だ。

「やっぱり祖父は大物なんだろうね。わたしのことを、前からこの子は骨があると思ってた、父親よりも強いなあ、なんて持ち上げてくれてさ。彩、ま、何にせよ、一番目指せ、一番でなきゃじいちゃん認めんぞって、うーん、これはまあ励ましてくれたのかなあ」

なんとなくいい話を聞かされたような気分になってきた。

「余計なことしゃべっちゃったけど、今日は由美ちゃんの話が聞けてよかったわ。さ、帰りましょう」

野崎先輩が立ち上がった。

「ご馳走《ちそう》様でした」

声を揃えてお礼を言い、店を出た。

問題児・松橋浩二

登校再開はしたものの、淳史たちの校外店舗実習は見送られたままだった。淳史が二年生のマネージャー科を代表して実習再開を直訴したが、

「よく考えてみてくれ、もしどこかの実習先でクラスターが発生したとしよう。こちらの方がウィルスを持ち込んだにしても、逆に実習中の生徒がそこで感染したとしても、今後その店と学校との関係はどうなる？　学校側として校外店舗実習に慎重なの

は、第一にみんなの健康を気遣っての判断だけれども、生徒の側でも学校と後輩たちへの影響について配慮してもらいたい」

と黒沢校長に諭された。学校側の立場はわからないわけではない。それに三年生はもっと大変な思いをしているはずだ。何しろ三年生の校外店舗実習は就職に向けてのラストスパートの意味を持つから、焦ってもいるだろう。二年生はまだ来年の実習に望みを託せるのだ。

そう考えた淳史は、逆に同級生たちを宥《なだ》める側に回り、何とか丸く収めることができた。

その代わり、校内での実習はふだんよりも真剣なものになった。

一年生の校内実習については、二年生が全面協力した。実習での客役を引き受けたのだ。キャバクラ実習室で、最初はおとなしい上質の客を演じるが、一年生が慣れてきた頃に悪質な客に転じる。泥酔してホステスに絡む、セクハラ的行為を繰り返す、突然客同士で喧嘩《けんか》を始める。去年の校外実習で見聞きしてきたことを参考にして、迫真の演技を繰り広げるのだ。

黒服役とホステス役の二年生は、そんな不測の事態での対処方法を一年生に伝えていく。

これは一年生のためであるが、二年生にとっても勉強になったうえに自分たちの成長を確かめられる結果になった。初めての実習であたふたしている一年生を見ていると、（俺たちもこんなだったのかなあ）と感慨を覚えるのだ。

二年生には、どんなときでも慌てないという、仕事への心構えが身についているのに対し、一年生はアドリブが利かず簡単にパニック状態に陥ってしまう。

講師の先生方にも狙いがあるようで、一年生との合同実習の際には二年生のやることに口を挟まず、むしろ指導を任せるようなスタンスだ。マネージャー科講師渡辺《わたなべ》三千彦《みちひこ》先生からは、

「いいか、実際の職場でも先輩による後輩への指導は重要だ。その店独特のルールといったものもあるわけだからな。プラスこの業界には、教科書やノートで伝えられない不文律、あるいは暗黙の了解といったものがある。それは先輩が言葉や態度で伝えるしかない。二年生はここで一年生をちゃんと指導できないと、去年の校外店舗実習で学んだことが全然身になっていないということになるぞ。つまりこの合同実習での一年生の評価は、同時に二年生の指導力への評価になるという話だ。気合い入れていけよ」

そう発破をかけられた。

淳史としてはやはり校外店舗実習の方が勉強になると感じるところは多かったが、校内実習の利点としてやり直しがきくという面がある。

「今のところもう一遍やってみようか」と時間を巻き戻せるのだ。

店内で客同士のトラブルが起こった設定の場合、一年生ホステスはすぐにパニック

になってキャアキャア騒ぐ。その点二年生のホステス科生徒は大したものだ。風格すら感じる。だいたいが、まだ一年生ホステスたちはドレス姿もサマにならず、メイクも田舎臭く感じるが、二年生ホステスはとても同級生に見えないほど大人の風情だ。この一年間での彼女らの成長ぶりには舌を巻く。

一年生たちが客同士の喧嘩にうまく対応できない場合、淳史は実習を止める。

「はい、ここで大事なことは何か？」

広い実習室にいる全員に届くよう声を張って言う。

「まずケガ人を出さない。お客様とホステスさんの身を守るのが我々黒服の使命だ。まず、トラブルが起きたテーブル近くのお客様とホステスさんを誘導して避難してもらう。次にトラブル当事者のお客様を引き離す。喧嘩を始めたと言っても大事なお客様であることに変わりはない。身を守るべきお客様の中には喧嘩当事者のお客様も含まれる。このとき、極力男性スタッフはお客様の体に触れない。力で抑え込もうとすると火に油を注ぐ結果になりがちだ。ここはそのお客様から指名を受けているホステスさんに協力してもらう。喧嘩を始めたお客様も馴染みのホステスさんに顔が立てばまだ引っ込みもつく。何しろ酔っ払いの喧嘩だ。発端は些細《ささい》なことで、小学生の言い分とそんなには変わらない。一番よくないのはそのお客様に誰も味方がいない状態だ。それでは暴走は止まらない。ホステスさんからの、

『あなたが正しいと思うけど、ケガしたりさせたりじゃ、お店に迷惑がかかってわたしの立場がない』

というセリフで収まった例も見た。そして簡単には警察のお世話にならない。その場で収める。警察沙汰《ざた》になったというのはお店の評判にキズをつける。当事者の顔と名前を覚えて入店禁止の処置をとるにしても、あくまで店側の判断だ。警察といえども第三者はなるべく介入させるべきではない。何か質問ある？」

一人の男子が手を挙げた。

「あの、トラブルになりそうな前兆はわかるものですか？」

「それはホステスさんの方にはわかるものかもしれないけど、黒服の立場ではなかなか予測しづらい。一年生はまだ経験ない人の方が多いだろうが、酔うと豹変《ひょうへん》する人は珍しくない。そして、素面《しらふ》の人間にはまったく理解できない理由で怒り出すことも珍しくない。それが酔っ払いというものだ。それに、逆の例として去年の校外店舗実習の際やたら大声で怒鳴り合うお客様がいて緊張していると、地方から上京されていた方で、単に声が大きく聞き慣れない方言が喧嘩しているように聞こえただけだった。実は、ご本人たちは至ってご機嫌だったわけだ」

アハハ、と当時の状況を思い出した二年生が何人か笑い声をあげた。

「ということもあるから、いずれにしろトラブルは予測不能ということだ。つまり我々黒服は営業時間中、常に集中して、お客様とホステスさんに目を配れ、ということに尽きる。よし、ではもう一度」

こうして繰り返すと、一年生の動きは見違えるほど無駄がなくなっていく。淳史は一度、「早く本物のお店に出てみたいね」という一年生の声を耳にした。淳史たち二年生の指導を受けているうちにモチベーションを高めてくれたようだ。

事件はホスト科実習中に起きたらしい。らしい、というのは淳史の参加していない実習だったのだ。事件の詳細については、あとでその場にいた吉野兄弟に聞いた。

ホスト科の実習中に、トラブル対処のシチュエーションにもっていったところ、一人のホスト科一年生が乱暴な方法で客役に対したらしい。幸いケガ人は出なかったが、

「ホストが喧嘩売ったり買ったりじゃまずいだろう」

吉野典正《のりまさ》が苦々しい表情で言い、双子の弟の文正《ふみまさ》が同じ顔で同じ表情を浮かべていた。

「その一年生の名前は？」

「松橋浩二《まつはしこうじ》」

これは要注意だな、名前を覚えておこう、と考えていたら、

「松橋はトミーに用があるらしいよ」

文正の方に言われた。

「え？　何だろう？　何だって？」

「俺もよくわかんないけど、向こうはトミーを知ってたぜ？」

「へえ」

「『二年生をシメてるのは冨原ってやつらしいけど、そうなのか？』とかなんか言ってさ」

文正が言えば、

「ほんと、生意気なやつで、言葉遣いもなってないんだ」

典正が憤る。

「で、俺が確かめたわけ。『なんだ、お前は一年シメてんのか？』ってな。そしたら『おう』とかなんとか言いやがって」

文正が語ると、典正が続けた。

「俺たち、その日の練習で英雄に尋ねたんだ。ヒデ、本当にそうなのか、って。だってそうだろう？　あの大きな英雄を倒さないと一年をシメるのは無理なんだからさ。それに知ってる？　英雄はあの身長でバック宙するんだぜ」

「それも軽々とだよ。すんごく余裕あるんだ」

吉野兄弟に聞くまでもなく、徳永英雄の規格外の運動能力は全校中に知れ渡っている。あの体でそれだけ動けるなら、そうそう喧嘩に負けるわけもないだろう。

「それで徳永は何だって？」

典正が聞いたところでは、確かに一年A組の徳永のところへ、C組の松橋が来たそうだ。そして、『俺が一年をシメるけどいいか？』と申し出たという。

それに徳永が、『いいんじゃない？』と答えて終わりらしい。

「何だ、それ？　そこは話し合いなわけ？」

どうも納得のいかない話だ。

「英雄に言わせると『シメる』という意味が分からなかったってさ」

「そりゃそうだ、アメリカ帰りだもの」

徳永もいい迷惑だったろう。勉強とスポーツで忙しいのに、そんなことで煩わしい思いをさせられてはかなわない。

(気の毒に)

などと同情していた淳史だが、人の心配をしている場合ではなかった。

その翌日、一階の食堂で当の松橋と遭遇したのだ。

「先生、ちょっといいですか？」

「うん、なんだ？」

伊東は冨原淳史に全幅の信頼を寄せている。水商で一年を過ごし格段に成長した生徒だ。入学当初からいつでも相談に来るように言ってあるが、冨原の方からこうして職員室に顔を出すのは珍しい。石綿も横で聞いているから、新任教師を指導するにも絶好の機会だ。

「あの、松橋君という新入生がいてですね」

「松橋？　何科だ？」

「ホスト科だそうです」

「ほう、その松橋が？」

「はい、僕のところに来て『あんたがこの学校で番張ってるらしいな？』というわけです」

「バン？」

「はい、番長のことらしいです」

「番長？　懐かしいな、それ死語じゃないのか？」

「僕も知らなかったです、番長。それで彼が言うには僕と勝負したいと」

「勝負？　何の勝負だ？」

「喧嘩らしいです」

「なんだ、それで勝った方が本校の番長ということか？」

「いや、まず二年生を制覇して、次に三年生の番長をやっつけて、この学校をシメるそうです」

「今どきそんなやついるんだな。四、五十年前の少年漫画の世界だ。昭和の話だぞ、令和になってそれはなかろう。それでどう答えたんだ？」

「はい、それなら僕が相手じゃなくて花野真太郎だろう、って答えておきました」

「そりゃいいな」

「大丈夫でしょうか？」

「何だ？　その一年生の心配してるのか？」

「そうです」

「そうだよな」

そこまでノートにメモりながら聞いていた石綿が顔を上げた。

「ちょっといいですか？」

「うん」

「伊東先生、これほっといていいんですか？　校内で暴力沙汰はまずいでしょう？」

「いや、花野なら大丈夫だよ。喧嘩にならないと思う」

石綿にそう答えた伊東が、冨原に「な」と確かめると、彼は無言で大きく頷いた。

「喧嘩にならないとはどういうことでしょう？」

石綿には意味が伝わっていないようだ。

「そうか、まだ花野真太郎のことは話してなかった。真太郎はゲイバー科だからな」

「ゲイバー科ですか」

「うん、で、元柔道部。無茶苦茶強い」

「はあ、そうなんですか？」

「どれぐらい強いかというと、冨原、石綿先生が真太郎と戦ったら何秒立っていられると思う？」

冨原は石綿を見てちょっと頭を傾けると断言した。

「3秒」

「だそうだ。ま、そんなもんだろう」

石綿にすれば心外な判定のはずだが、

「そんなに強いんですか？」

という反応からすると、伊東だけでなく、生徒である冨原の発言にも信頼を置いているようだ。

「見た目は美少女だ。それも去年の水商祭で『ミス水商男子』に選ばれたほどのだ」

「『ミス水商男子』……ですか？」

「ちょっとわかりにくいな。水商祭ではミス水商コンテストの女子の部と男子の部がある。で、真太郎は男子の部で優勝した。つまりは、本校ゲイバー科で一番の別嬪《べっぴん》だが、全男子の中で一番強いのも真太郎だ」

「うーん、ほんと、面白い学校ですね」

「そ、面白いだろう？　だから真太郎に勝とうと思ったらふつうの人間だと絶対に無理。つまり真太郎対……松橋だっけ？」

「松橋です」

「これはもう、成人男子と幼稚園児の戦いだ。実力差がありすぎるからお互いケガする心配はない。というわけで冨原、松橋の心配はいらない。ケリをつけといた方が今後のためだ」

「では、いいですか？」

「許可する」

その一言を確かめると「失礼しました」と冨原は職員室を出て行った。それを見送った石綿が尋ねる。

「何を許可したんですか？」

「決闘」

伊東は涼しい顔で答えた。

直樹は格闘技観戦では結構燃える方だ。大学時代にはアメフト部の仲間と一緒に格闘技のテレビ中継を観て盛り上がっていた。

しかし、今度の「決闘」については流石に教師の立場では生での観戦は難しい。

「ただ見てたのか？　仲裁しなかったのか？」

そう責められて当たり前だ。そこで生徒に頼んで動画を撮ってもらった。

「いいっすよ。ユーチューブ用に撮影しようと思ってたとこです」

と言って引き受けてくれたのは、二年A組の筒井亮太だ。

亮太が見せてくれた動画は三階の窓から中庭を見下ろすアングルだ。決闘は教室棟と体育館に挟まれた中庭で行われ、ソーシャルディスタンスをとるという観点から、見物は校舎の窓から、ということにされたようだ。このあたりはきっちりしていて感心だ。当日は一階から四階辺りまで見物が窓辺に集っていた。

動画の中では一年の松橋浩二は、同級生の立会人だか子分だかを数人引き連れている。一方、二年は冨原と女子の制服姿が二人。そのうちの一人が花野真太郎らしい。

全員マスクを着用しているところも、コロナ対策に配慮していて立派なものだ。

亮太はスマホで動画を見せながら解説してくれた。

「ここ、何か言ってますよね？　これは、まず真太郎が、『ルールは？』と尋ねて、松橋が『喧嘩にルールなんてねえよ。ルール無用だ』てなことで粋がっているところです。続けて、『どうして喧嘩するの？』と聞くと、『俺は喧嘩で天下取るんだ』と宣《のたま》って、二年生の失笑を買ったところ。で、『何がおかしい？』がここですね、ここ。

で、ここから真太郎が正論を吐きます。『日本一を目指すなら何かスポーツをやればいいよ。ルールがちゃんとあって、第三者が日本一を決めてくれる。喧嘩じゃ日本一を決められないでしょう?』。松橋はアホですから、言い返せない正論の前では『うるせえ、このオカマが!』とキレて見せるしかない。次がこれです」

「これ、どうなってるの?」

「いやあ、これは一瞬のことで何が何やらなんですけどね。真太郎が松橋の手を取ってからすぐにこうなりました」

画面の中央では松橋が丸まっていた。ちょっと意味がわからない。言葉にすると、小学校の体育のマット運動、それの前転後転の途中で首の後ろまでを地面につけてお尻を真上に向け、足先は自分の頭の上の地面についている状態、松橋はその状態で真太郎に手首と足首の両方を摑まれている。

「これ音が小さくてわかりにくいんですけど、松橋はずっと声を出していたらしいです」

「え?　勘弁してくれ、って?」

「逆です。『野郎、オカマ、てめえ、調子こいてんじゃねえぞ。何してんだ?』ってです」

「それかっこ悪すぎ。誰か応じたのかな?」

「真太郎が『君こそ、何してんのかな?』って言ってバカにしてたみたいです。で、『これで終わりってことでいいかな?』と聞いたら、松橋は『お、おう』と」

何かコントを見ている感じで、格闘技としての迫力は皆無だ。

動画の中では、真太郎に解放されて、服についた汚れを払った松橋が、流石『ルール無用』と言っていただけのことはあり、背中を向けている真太郎に後ろから殴り掛かった。すると、

「あれ？　これは真太郎？」

「違いますよ先生、制服なんでわかりにくいですけど、これは城之内さくら、二年G組です」

「女子？」

「女子」

さくらは真太郎に向かって突き出された松橋の右腕を掴み、そのまま豪快に一本背負いを決めている。地面に背中から落ちた松橋は十分な受け身も取れず、塩をかけられたナメクジのように身悶《みもだ》えている。さくらはそのまま松橋の腕を取り関節技に入った。そこからは松橋が何事か大声を上げているのはわかるが、内容までは聞き取れない。

「これは？　何言ってるんだろう？」

スマホに耳を近づけても意味不明だ。

「ここはですね。意味としては『痛い』と。こいつ根性あるのかバカなのか、『参った』とか『勘弁してくれ』と言わずに痛みを訴えているわけです」

　すると、少し離れてソーシャルディスタンスを確保していた冨原が松橋に近づく。

「冨原が松橋に話しかけているように見えるけど」

「そうです。トミーが『もう終わりでいいかな？　今、君がやられているのは女子だよ。でももう勝負にならないよね？　やめよう』と言ったらしいです」

　それで話はついたようで、さくらが松橋から離れる。立ち上がった松橋は卑怯《ひきょう》にも一番近くにいる冨原に殴り掛かり、またさくらに制圧されている。

「懲りないやつだな」

　今度はうつ伏せで制圧されて、真太郎とさくらに背中に座られている。真太郎に促されて冨原も並んで座った。

「ここから先はつまんないですよ」

　とは亮太の解説だ。

「このまま二十分説教です」

「このままでか？　そいつはかっこわりいな、一年の番長」

「ハハハ、ですね」

「ほら一緒にいた一年生は？」

「もう、完全に戦意喪失です。真太郎に『君らもやる？』と聞かれて『僕らはいいです』と答えて去りました」

「じゃ、これで終わり？　決闘」

「決闘終了です」

伊東先生の言っていたとおりだ。成人と幼稚園児の戦い。レベルが違い過ぎてケガ人は出ない。

「こういうのよくあるの？」

とりあえず直樹の通った高校でこれはなかった。

「あるわけないでしょう。まず松橋みたいなバカがいないと始まらない話ですよ。あ、でも一期生は屋上で男女の決闘があったらしいです。聞いてませんか？　先生」

「いや、知らない」

「勝負は当時あったソープランド科の女子による『手こすり千回』攻撃で男子がイって終わりだそうです」

「女子の勝ちか？」

「そうです」

「へえ」

「え？　本当に全然聞いてないんですか？　その女子が小田真理先生ですよ」

「ええ！　そうなのか？　へえ、すごい歴史だなあ」

これは皮肉ではない。

翌日から松橋の顔を見ない。あまりにもひどい完敗で大恥を掻《か》いたのだから、しばらく学校に顔を出せない気持ちもわかる。

一年C組の担任江向《えむかい》先生の話では、しばらく放っておくそうだ。ほとぼりが冷めた頃にひょっこり登校してくるだろう。

水商祭

淳史は水商の伝統を継承する方法を考えていた。水商祭のことである。それほどこの学校にとって水商祭は重要なイベントなのだ。かと言って、今年は例年通りの水商祭は望めない。いつもなら体育館に立錐《りっすい》の余地もないほど観客が入る。とてもじゃないが、ソーシャルディスタンスを保てない状態だ。

逆にソーシャルディスタンスを保つとなると、入場者を大幅に制限しなければならない。しかし、その状態でいつも通りの演目を並べても、伝統を継承したといえるだろうか？　継承すべきはあの熱気だ。中途半端に生の舞台にこだわると結果は悲惨なものになると思う。

オンラインの「入学を祝う会」がこの際大きなヒントになった。そもそもは水商祭のテレビ中継を思い起こして提案したのが、「入学を祝う会」を動画にして配信するという形だった。

淳史はずっとこのことを考えてきた。今日こそこのアイデアを生徒会室で会長以下の幹部に承認してもらい、総力を挙げて水商祭の伝統を後進に繋《つな》ぐのだ。

淳史は生徒会室に向かう前に二年A組の自分の机で、プレゼン内容を確認した。

(よし、これなら大丈夫だ。みんなを説得できる)

そう思いを新たにして教室を出た。

いつもより遅れて生徒会室の扉を開ける。

(ん?)

何かいつもと空気が違う。ちょっと浮わついた感じ。これはなんだ?

「あ、来た来た、トミー、見てみ」

野崎副会長に声をかけられて、そちらを見ると、

(?)

知らない女性が座っている。すごくゴージャスな女性だ。美人揃いで全国に名を轟《とどろ》かせている都立水商でもこれほどの美人は滅多にいない。不覚にもちょっと見入ってしまう間ができた。

その淳史の表情を確認してから野崎副会長が、その女性を手で示した。

「田中由美ちゃんだよ」

「えぇー！」

別人だろう？　いやいや全く別人だ。

「どうですかあ？　トミー先輩」

本人の口から出た声は聞き慣れたものだった。

「本当だ、由美ちゃんだ。どうしちゃったの？」

これほど驚いた経験はいつ以来だろう？　もしかすると初めて花野真太郎と出会って以来かもしれない。あのときは女生徒とばかり思っていた真太郎が、一緒に男子トイレに入ってくるものだから度肝を抜かれたのだ。

「メイクの授業が今日から復活したのよ」

野崎副会長の説明に、ああ、そういうこと、と思う。

例年なら、四月の入学後ほどなくして、女子とゲイバー科の男子はメイクアップの指導を受ける。ところが、このコロナ禍でそれが先延ばしにされていた。

校内実習で見るホステス科女子の二年生と一年生の差はここにあった。一年生の女子はいくら着飾ってもメイクのせいで精彩を欠いていた。

メイクアップの講師の先生は、当然のことながら指導する生徒の顔の間近に迫る。そうでなければ化粧法の細かい指導などできるはずもない。そこがソーシャルディスタンスを保つ上での課題になっていた。やっと今日からそこをクリアした上での授業となったらしい。

「どう？　トミー、由美ちゃんイケてると思わない？」

「思います、思います」

これなら、どこかオオバコの店のナンバーワンと紹介されても誰もが信じるだろう。

しかし、思わぬことで出鼻を挫《くじ》かれた。みんな、由美がいとこの田中京並みの大物ホステスになれるのでは、という話題に熱中している。

それはそれでいい感じだ。長い休校期間を経て、まだ今一つ盛り上がりに欠ける学園生活が、急に明るくなってきたように思える。よその高校では、入学したばかりの一年生がこれほど変身する例はなかなかないだろう。そしてその変貌ぶりを全員が肯定的に捉えることはさらに珍しいだろう。他校なら急激な変貌は不良化の兆しとされて警戒されそうだ。

次第に室内の空気が落ち着いてきたところを見計らって、

「今日は皆さんに提案があります」

淳史は切り出した。

「水商祭のことです。本来なら今の時期は水商祭に向けて準備段階に入る頃です。しかし、今年は水商祭の開催そのものが不透明なままです。開催できたとしても一般の観客の入場は制限され、下手をすると生徒だけの観客席になる可能性もあります。その場合は保護者や卒業生はネットでその様子を見てくれ、という形になるでしょう。ならばいっそのことですね、今年の『入学を祝う会』に倣って、最初から動画配信の水商祭を企画するのはどうでしょうか？」

ここまでの提案は「まあ、それしかないよね」という空気でみんなが応じた。

「それで、トミーは具体的にどんな形で考えてるのかな？　いつものテレビ中継みたいに水商祭を撮影するわけ？」

水野会長が先を促してくれた。

「いえ、それではつまらないと思います。ステージを生配信という形でなく、『入学を祝う会』のときのように、すべて動画用に企画しましょう。たとえば、演劇部と英会話部には舞台劇ではなく、映画にしてもらいます。どうしても映画がいやだというなら、スタジオドラマ的に一つのセットで演じてもらって、複数のカメラで撮った録画でもいいですけど。吹奏楽部やロック研究会の演奏はMV的にかっこいい動画にします。その他の舞踊、コントなどもカット割りを考えて編集しましょう。それを『オンライン水商祭』としてネット配信するんです」

そこまで言った淳史は、みんなが頭の中でイメージしてくれるのを待った。由美が遠慮がちに挙手した。メイクのせいかそんな動作まで色っぽく見えてしまう。

「由美ちゃん、何？」

「あのう、お父さんにそんな番組のことを聞いたことがあります。昔、テレビでバラエティショーというのがあって、三十分か一時間の番組の中に歌や踊りとコントが混じっていたって。今みたいに出演者がフリートークするのでなくて、全部台本があってのことだったみたいです。そういうのを目指すということですか？」

淳史もそんな番組は観た覚えがない。由美の亡くなったお父さんの話とすると、昭和時代のことなのだろう。だが、イメージとしては淳史の頭の中のものに近いようだ。

「まあ、そんな感じかな。で、この動画は、生徒会が全体を把握して制作しましょう。つまり例年の水商祭では演目の内容については出演者に任せていて、それをプログラム通りに進行させるという形でしたが、今回は我々が演目の中身も把握して撮影スケジュールと予算を組むんです。そうすれば、たとえばセットの使い回しで予算と時間の両方を節約できるなど、すべての面で効率化を図れるはずです。今回に限り、各部にこのやり方を承諾してもらうわけにはいきませんか？」

最後は水野会長に要望する形になった。

「そうだな、その形でやるなら全出演者に了承してもらう必要がある。俺が説得して回ろう」

「わたしも一緒に行く」

水商祭の華と呼ばれた野崎副会長の説明で納得しない生徒はいないだろう。二人はその日のうちに各部の承諾を取ってきてくれた。実のところ、各部の責任者である三年生たちは途方にくれていたらしい。運動部と同じく各部とも大会すべてが中止になり、この上水商祭も中止となれば部員のモチベーションは維持できず、部の消滅の危機ですらあったのだ。だから生徒会長と副会長が突然持ってきた提案は、まさに渡りに船と呼ぶべきものだった。

個人で参加する生徒には、各クラスの委員長からホームルームで伝えてもらった。

それからの毎日は動画制作についての話し合いが続いた。

撮影と編集にはプロの指導が必要となる。これについては「入学を祝う会」で担当してもらった渡部健太カメラマンがまた引き受けてくれるか心配したが、幸いOKの返事がきた。

「こっちもコロナで仕事の予定無くなっちゃってさあ。大変なんだよ。時間ならいくらでもある」

という事情もあるらしい。

「入学を祝う会」では在校生全員の顔を撮ったので、二、三年生は渡部カメラマンに会っていて、その人柄から、「ケンさん」と呼ばれ親しまれている。初対面の緊張がない分、各部とも撮影現場では忌憚《きたん》ない意見の交換が期待できる。

各部から、演目の台本や曲目などの決定事項があがってくると、ケンさんを交えて生徒会室で撮影について相談した。

流石プロだなと思ったのは、

「これはロケ撮影がいいと思うがねえ。ロケ場所はここかな……」

などという提案が的確だったことだ。中には漫才やコントなどの演目をロケ撮影にする、生徒側にとっては意外な提案もあった。しかし、

「いつもは体育館ステージだけでの水商祭だったんだから、それが中止になったことを逆手に取らないとさ、意味ないでしょう？　どんどん屋外に出るべきだと思うよ」

というケンさんの意見はもっともだと思えた。

例年の水商祭では本番当日に向けて生徒一丸となって進み、体育館の舞台で一気にエネルギーを爆発させる印象だったが、今年に限り映像の出来上がった順に試写会を行う形だ。

撮影真っ最中の部もあれば、撮影準備や稽古に追われる部もあり、忙しさや気合いの入り方がまちまちになっている感じで、やはりそこは校内の雰囲気もいつもと違う。ただ、この形になってよかったと思えるのは、例年なら自分の練習に追われて観客側に回るしかなかった運動部員も、うまくスケジュールを合わせて撮影に参加できることだ。

内山渡や二組の吉野兄弟、それに期待の一年生徳永英雄など、その存在感は映像でも生きるだろう。

「ロック研究会」に所属するバンドのMVが最初の撮影となった。夜の歌舞伎町を見下ろす校舎屋上にステージを作り、一曲の演奏を複数のカメラで撮影だ。あとはロケで撮影する部分もあり、それを編集で挿し込むという。

生徒会幹部全員で見守った撮影は順調で、出来上がりにも期待できそうだ。

翌日の生徒会室で、

「生徒会でも何か作品を出してみればどうだろう？」

と水野会長が言い出した。確かに今回の形であれば、いつもは運営にだけ関わる生徒会幹部も参加することは可能だ。それにまだ三か月ほどの時間はある。

「いいかもしれないですけどねえ」

ここまで言って淳史はお茶を濁した。そこへ、

「お邪魔します」

と現れたのは松岡尚美先輩だ。

「いらっしゃい」

野崎副会長がはしゃいだ声で歓迎した。

現在お茶の水女子大学一年生の松岡先輩は、週に一度、進学希望の三年生に受験勉強の助言をしている。

「ちょっと早く着いたから」

ということで、顔を出してくれたらしい。何しろ昨年は彼女がこの部屋の主、生徒会長だったのだ。

淳史が松岡先輩に恋していることを知っている野崎副会長は、淳史の隣の席に先輩を案内した。

（本当にもう）

一々余計な気遣いをする野崎副会長の姿を苦々しく思いながらも、本音はちょっと嬉しい淳史だ。

「水商祭は動画配信だってね。鈴木先生に聞いたわ」

松岡先輩はSMクラブ科の鈴木麗華講師の秘蔵《ひぞ》っ子《こ》と呼ばれていた。今その地位にあるのが野崎副会長だ。その野崎副会長が応じる。

「そうなんですよ。それでこの生徒会でも何か作って参加しようかという話が出たところなんです」

「へえ、面白そうね。水野君は何かアイデアがあるの？」

問われた水野会長は、

「いえ、僕は何かやることだけ思いついたものの、具体的なアイデアはないんですよ。松岡さん、何か思いつきませんか？」

そう質問を返した。

「そうね、ドキュメンタリーはどう？」

「ドキュメンタリー？」

「そう、さっき鈴木先生と話したときに美術部のことも聞いたの」

鈴木麗華先生は美術部の顧問でもある。先生自身が美術大学卒なのだそうだ。

「で、美術部もいつもの作品展示だけでなく、共同制作する壁画の創作過程を撮影してもらうんでしょう？　これはドキュメンタリーよね？　もう一本ぐらいドキュメンタリー作品があっても面白いんじゃない？」

この提案には聞いている側の「なるほど」という表情が応じた。

「ドキュメンタリーかあ、例えばどんな？」

松岡先輩を心底尊敬する野崎副会長は、聞けるところはすべて聞いておきたいのだろう。

「そうね、『ある水商卒業生』で、誰かこの近辺のお店に出ている先輩の日常を追うとか、『ある教師の一日』で先生に密着するとか」

だいたいどんなものかイメージできてきた。

「よし、決まりだな、ドキュメンタリーだ、ドキュメンタリー。トミー、そのラインで企画を考えてくれ」

結局実働部隊はあくまで二年生だ。

「はい」

淳史の心構えはできていた。

ニュース

帰宅した淳史はリビングで両親と一緒にテレビを観た。ドキュメンタリー作品を撮るのにヒントになるような番組でもないかと思ったのだが、そんなタイミングのいい話があるわけもなく、久しぶりに両親と長い時間過ごすことになった。一時期、父はリモートワーク、息子二人はオンライン授業となり、家族全員自宅に籠もっていたものの、お互い気を遣ったのか、そのときは思ったほどには会話は増えなかった。

「あのね、ドキュメンタリーってあるじゃん」

両親のどちらにでもなく話しかけてみる。

「うん」

「どうだろうね？」

「なんだそりゃ？」

「いや、だからさ、すごく感動したものとかある？」

父と母は顔を見合わせた。

「わたしは一度映画館にドキュメンタリー作品を観に行ったことあるわね」

テレビではなくわざわざ映画館に行って鑑賞とは、母にしては意外な行動だと思った。それが淳史の表情に表れたのか、言い訳するような調子で母が続ける。

「それがね、ゲイの人たちの日常を追ったドキュメンタリーで、大学の同じクラスの男子が『男だけでは入りづらい』ってことで、女子が何人だったかな、つきあってあげたのよ」

へえ、と父と一緒に声を上げてしまった。

「で、その映画どうだったの？」

「面白かったわよ。本当にふつうの人たちなの、出てくるのがね。真太郎君みたいな感じじゃなくて、本当に見かけはふつうの男の人。でも男性が好きなのね。男性同士で同棲《どうせい》しているカップルも何組か出てきて、それが男女の夫婦と変わらない感じでね。ほんとまったく変わらない。自然なのよ。で、観終わったあとに、一緒に行ったクラスの男の子の中にも実はゲイの人もいるんじゃないのかって、女の子同士で噂したわ。

あの人怪しい、なんてね」

「そっか、ゲイの人たちのドキュメンタリーかあ」

それなら取材対象はいくらでもいる。卒業したばかりのラグビー部ＯＢ海老原《えびはら》先輩の今の日常なんてどうだろう。

「ドキュメンタリーに興味があるのか？」

父はパジャマ姿で缶ビール片手に寛《くつろ》いでいる。

「いや、今度の水商祭でドキュメンタリー作品にチャレンジしてみようか、って話」

「ふーん、いいかもな……だけど、学校大丈夫か？」

「え？」

不意を突かれた思いで父を見た。

「いや、噂だけどな、水商を閉じろっていう意見もあるらしいからな」

それは淳史も随分以前に耳にした。歌舞伎町でコロナのクラスターが発生したとき、水商売の店とそれに関わる人々が槍玉《やりだま》に挙がり、その火の粉が水商に降りかかったような話だった。

『成人のホスト、ホステスは自己責任でもあるし、独立して生活しているだろうが、水商生は盛り場で実習した後で家族のいる自宅に帰るわけで、中には罹患《りかん》した場合のリスクの高い祖父母と暮らしている子もいるだろう』

というもっともらしい理屈から始まり、

『そもそも、創立当初から存在意義に議論のあった学校だ。これを機会に廃止するのはどうか？』

という極論にまで行きついた形だった。

淳史の印象としては、常々水商に向けられる視線は温かいものばかりではなかったから、こういうときには叩かれることもあるだろう、というぐらいだ。それに、そういう批判に反論して擁護してくれる声も、決して少数ではなかった。そしてコロナ感染者数が飛躍的に増えた段階で、水商売だけを批判する声も聞かれなくなっていた。

「まだそんなこと言う人いるのかな？」

「いや、噂だよ、噂。コロナで求人が減っているだろう？　それで水商売も人が余る状況になるんじゃないか、ならわざわざ高校で専門に勉強しても意味がなくなる、という理屈だな。そんなことを言う輩《やから》は前からいるだろうけど、権力者がだな、つまり政治家がそれを言い出すのじゃないか、と。そうすると事態は変わるだろう？　でも、ま、淳史の心配することじゃない。閉校になるにしても早くて三年先だろう。淳史の卒業後の話だ」

そういう問題じゃない、と言おうとした淳史は唇を噛《か》んで止めた。家族にも水商生の気持ちは簡単に理解してもらえないと思ったからだ。

そのとき、テレビはそれまで観ていた番組に続きニュースの時間になっていた。

『こんばんは、9時のニュースです』

挨拶するアナウンサーの横にニュース項目が並んでいる。その一つを目にして淳史は凍りついた。

【東京都「都立水商」の閉校を検討か】


翌日、登校途中で見かける学友たちの顔が青ざめているように見えた。教室に入ってもみなニュースの話題に触れず、いつもより無口になっている。

しかし、朝のホームルームでの伊東先生はいつもと変わらなかった。それがクラスメイトの心を落ち着かせたのを淳史は肌で感じた。伊東先生がホームルーム終了を告げようとしたとき、

「先生」

突然、淳史の真後ろの席の峰明が立ち上がった。

「この学校がなくなるって本当ですか？」

いつもにこやかな峰明の思いつめた表情が痛ましい。文字の読めない彼は耳でしか情報を得られない。登校後、誰もこの話題に触れなかった間、どんなにか心細い思いをしていただろう。淳史は親友として語ってやらなかったことを反省した。

「なくなると決まったわけじゃない。これから話し合おうということだ」

少しの間を置いた後、伊東先生はいつもより優しい口調で言った。

「でも、でもなくなるかもしれないんですね？」

「それはここの先生方にもわからない。校長先生にもだ。決めるのはわたしたちではないからね」

「困ります！」

峰明が叫んだ。本当にそれは「叫び」だった。喉からではなく心から出ている声だ。

「この学校がなくなると困るんです。僕は、僕は……」

峰明の大きな両目から涙が溢《こぼ》れ、思いも溢れて声は滞った。

誰も何も言ってやれない数秒があった。入学したその日に、

『僕、この学校に来て本当によかったです』

と高らかに宣した峰明だ。そのことはこの教室にいる全員が知っている。誰にも引けを取らない愛校精神の持ち主が、この学校の行く末を案じて泣いている。大きな丸い目から大粒の涙が机の上にぽとぽと落ちる。何と言ってやればいいのか。

「大丈夫だよ、ミネ」

すぐ目の前にある泣き顔に向けてそう告げた後、淳史は立ち上がった。

「伊東先生がおっしゃるように、この学校をどうするか決めるのは先生方じゃない。

なら、僕たちで決めよう」

そう言ってみたものの、自分でも強引な主張だとは思う。

「でも、僕もわからないけどさ、こういうのは都議会か何かでさ、お役人や政治家が決めるんじゃないのかな」

一番前の端の席で天野広之進《あまのひろのしん》が遠慮がちに反論した。正論だ。

「だったらさ、この中から政治家出そう」

広之進の三つ後ろの席は内山渡だ。渡はいつもグラウンドを制しているキャッチャーの野太い声で続けた。

「そうだ、トミー、お前政治家になれ。俺たちみんなで応援するよ。世の中は変わる、変えられる。コロナで変わった。地震や台風で変わることもある。だけど、都立水商は変わらない。変わるのは世の中の方だ」

渡が言い終わるのと同時だった。

「その通りだ」

伊東先生が渡に負けない声で言った。

「みんなで世の中を変えてくれ。つまらない世の中と決めつけるのは簡単だ。変えていくのは大変だ。だけど変えてくれ。みんなで力を合わせて変えてくれ。これでホームルームを終わる」

そのとき笑顔の伊東先生の目から一筋流れた涙を、生徒全員見逃さなかった。

（まずかったなあ）

職員室に戻り、伊東は自分のデスクでため息を吐《つ》いた。ふだん生徒の前で感情を露《あら》わにしないよう、自分を戒めている。喜怒哀楽はあくまで私事だ。教師として生徒の前に立つ身は公人だ。私情に振り回されてはならないし、生徒にそれを悟られてはならない。常に同じ精神状態で指導すること。それで信頼が得られるのだ。

これは長年取り組んできた野球を通して身につけた哲学であり、習慣である。

大学一年の秋のリーグ戦、ここで負ければ優勝の望みが絶たれるという大事な試合で先発を任された。五回までは完璧に抑えたものの、六回ツーアウトから味方のエラーと不運なポテンヒットが続いた後、相手の二番打者に四球を与え、三番打者に二塁打を打たれて負け投手となった。その夜、最後のリーグ戦優勝を逸した四年生エース石丸太一《いしまるたいち》に合宿所の部屋に呼ばれた。

部屋に入ると石丸先輩は開口一番、

「エースになりたいか？」

伊東の瞳の奥の方を見て言った。心の中を覗き込まれたように感じた伊東は、

「はい」

短く答えた。

それで伊東の覚悟は伝わったようで、石丸先輩は大きく一回頷いた。

「よし、伊東、お前は力でいえばもうエースと呼ばれるだけのものを持っている。投手として、俺なんかより数段上のスケールだ。あとはどれだけチームメイトから信頼されるかだ。球速だの球威だのだけで信頼は得られない。エースといえども打たれることはある。いくら打ち込まれても、満塁ホームランをかっ飛ばされても信頼されるのがエースだ」

「はい」

「それだけの信頼を得るために試合中は一切感情を顔に出すな。三振を取ってもホームランを打たれても無表情でいろ。チームのエースはみんなが見ている。野手が見ている、ベンチが見ている。相手のベンチも、観客席の他チームも注目している。そこで一々表情を変えているようなら味方は信頼してくれないし、敵からは見くびられる。常に試合に集中して、心を動かさない。その心がけさえ身につけば、お前はエースだ」

その翌日、石丸先輩は大学生活最後の試合に登板した。まさに有言実行、この日で四年間身に着けたユニフォームを脱ぐ感傷など、一切感じさせない見事なピッチングだった。

石丸先輩の言葉を胸に掲げてからは、伊東は何があっても大崩れすることのないピッチャーに変身した。日米対抗野球や世界選手権で日の丸を胸にすることもできたし、ドラフトで指名を受ける選手にもなれた。

この成功体験があるから、教師としての心構えの一つとして取り入れたのだ。

水商が甲子園に出場した夏、石丸先輩は宿舎のホテルに伊東を訪ねてくれた。関西の強豪社会人チームに進んだ先輩は、その頃はスタッフとしてもチームから退き、責任あるポジションの企業戦士になっていた。

「伊東、すごいチームを作ったなあ」

石丸先輩は自分のことのように喜んでくれて、決勝までの全試合応援に駆けつけてくれた。

それから六年後石丸先輩は亡くなった。死因は脳腫瘍だった。

訃報が届いたときは当然悲しかったが、その前に伊東が関西まで見舞いに行こうと電話したとき、『わざわざ東京からお見えになっても、主人にはもう伊東さんがわからないと思います』そう奥さんから告げられ、受話器を握ったまま号泣してしまった。

それからは、さらに生徒の前で感情を表すことのないよう心掛けた。石丸先輩からの大切な遺訓だ。

だが、そもそも伊東は涙脆《もろ》い性質《たち》なのだ。今朝のあの場面はどう頑張っても涙を留《とど》め切ることはできなかった。

そこへ石綿が戻ってきた。このところ石綿は、毎朝校門に立っている。遅刻した生徒を迎え入れた後、門扉を閉める当番だ。

「今日は生徒にやられたよ」

伊東はホームルームの出来事を石綿に伝えた。生徒には悟られないよう気にかけている自分の心の動きだが、この若い同僚には語っておきたい。いずれこの将来ある教師にとって、何かの糧になるかもしれない。

「それで伊東先生は涙を生徒に見られたことを気にしておられるのですか？」

「まあね」

「でもその涙で、とても大きなメッセージが生徒に伝わっているんじゃないでしょうか。先生が感情を表さないように努められてきたからこそ、ここで伝わるものが大きいということです」

「そうかな？」

「はい、そう思います」

この新人教師に自分の方が励まされている。

（どうも俺は先輩にも後輩にも励まされる立場だな。あ、教え子にもか）

伊東は自分の幸運に感謝した。

放課後、淳史が生徒会室に入ると、すでに水野会長と野崎副会長が自分の席にいた。

野崎先輩が怒っているのは漫画のようにわかりやすい。全員が顔を揃えたところで、

「始める」

水野会長が短く宣し、

「戦うわよ」

野崎副会長が吠《ほ》えた。

「誰とですか？」

淳史はあえて尋ねた。ここから先が野崎先輩の言いたいところなのだから、尋ねるのが礼儀というものだ。

「大人たち、特に政治家どもだね、あいつらさんざん水商売に世話になっておいて、こういうときに自分の存在を示すのに利用する気よ。あいつらのスケープゴートにはならないよ」

「スケープ……なんですか？」

今日はメイクしていない由美が挙手して尋ねた。

「スケープゴート、生《い》け贄《にえ》の山羊《やぎ》」

怒っていてもここは野崎先輩、後輩に優しく説明する。

「生け贄……わたしたち水商生を政治家が生け贄にしようと……怖いですね。具体的にどの政治家なんですか？」

無知の看板を掲げている由美だが、質問のツボは外さない。

「東京都議会文教委員会、個人的にはわたしは親父《おやじ》との闘いだね」

「親子喧嘩ですか？」

「そうよ、あの親父許せん！　知ってる？　うちの父親は文教委員会の副委員長なんだよ」

「へえ。じゃあ、お父さんに言って、水商をなくさないようにお願いすればいいじゃないですか」

「だめよ。うちの父は祖父に比べるとずっと小物なの。自分の娘が通っている学校を守ったと言われることの方を警戒してる。逆の忖度《そんたく》だね。自分が公平な人間であることをアピールするのに利用するわ。わたしのことなんか気にしないでね」

「ひゃあ、おっかない」

由美がビビッたのをSの女王様の目で一瞥《いちべつ》すると、野崎先輩はさらに吠えた。

「水商を閉校にするなんて許せん。そんな提案を話し合うことすら許す気はない！」

野崎先輩の鼻息は荒い。ここはまた「あえて」だが、反論する必要がある。

「いや、話し合ってもらうのはいいと思いますよ」

淳史が静かに言うと、

「何を？　なんで？」

嚙みつくように野崎先輩が返してくる。

「水商が必要かどうか話し合うわけですからね。僕たちでこの学校の価値を、必要性を証明すればいいわけです。ここで頑張って証明しておけば、これから先、今回のような愚問はどこからも浮かんできませんよ」

野崎先輩は熱しやすいが、納得すれば冷めるのも早い。

「そうね」

これも漫画のようにわかりやすく、「ふむふむ」と細かく頷いている。

「そうだな、我々がここで頑張れば、将来後輩たちが余計な心配をしなくてすむわけだ」

水野会長がうまく言ってくれた。ここでも、

「そうねそうね」

野崎先輩はさらに小さく、何度も頷き、

「まずは今回の水商祭で目にものを見せてくれようぞ」

古い言い回しだが、冗談ではない様子で決意表明だ。

「それじゃあ、ここで水商閉校問題への対策を練っても仕方ないから、水商祭のことを話すか。トミー、例のドキュメンタリーの案はまとまった？」

「はい。それこそ水商の価値を証明する作品を目指そうと思います」

「お、いいね。で、どんなの？」

「題しまして、『ある師弟の物語～絶対怒っちゃダメざんす』です」

すぐには意味を理解できない顔が並ぶ中で、

「え」

峰明が反応し、続いて野崎先輩が、

「絶対怒らないといえば桜亭ぴん介先生のことよね？」

とわかってくれた。

「野崎先輩、芸者幇間ゼミを取ったんですか？」

「うん、一年生のときにね。わたし、ぴん介先生大好き」

「でしょう？」

「でも師弟の物語というのは？」

「弟子の方はミネですね」

峰明は丸い目を大きく見開いて驚いている。

「僕？」

「そう」

ミネこと中村峰明は淳史の一番の親友だ。

峰明のディスレクシアという障害は全校生徒に知られている。これは知能の問題とは別だ。峰明と話せば頭脳明晰《めいせき》であることはすぐわかる。そして校外店舗実習では、峰明はその能力を誰からも高く評価されている。

水商においては優等生と呼んで差し支えない峰明は、ただ一つ読み書きについては些《いささ》かの能力も持ち合わせないのだ。

入学早々にこの事実を知らされたクラスメイトは一様に困惑した。文字の形が識別できない、という彼の立場を理解するのはどうしても時間がかかる。文字を読むことは特別難しいとは思えないことであり、峰明の目に映る情景をクラスメイトは想像することさえできなかった。

しかし、彼らは峰明を受け入れた。というより入学早々峰明はクラスの人気者になった。

峰明がみんなに好かれる理由はいくつかある。

一つには男女ともに好感を抱く外見だ。これはかっこいいというのではない。淳史は峰明を初めて見たとき、

(何もかも丸い子だな)

と思った。体形も顔も大きな目もすべて丸い感じだ。子熊か何かのぬいぐるみを連想させて、相手の気持ちをほっこりさせてくれる。

そして入学初日に峰明の発した言葉が、クラスメイトの心を摑んだ。

「僕、この学校に来て本当によかったです」

彼が何かにつけてこの言葉を繰り返すので、

「そのセリフは卒業のときに聞かせてくれ」

伊東先生がみんなを笑わせた。確かにこの言葉を入学直後に出すのは早すぎる。

だが、これを耳にしたクラスメイトは笑いながらも救われる思いをしていた。

水商に入学してきた者は何かしらのコンプレックスと二人連れだ。それは主に勉強の成績によるものである。

「俺は小学校のときからずっとデキが悪かったからな」

そう自嘲的に語る者がクラスの大半を占める。自分で志望してきたとはいえ、この学校で過ごす三年間に前向きな意味を持てない者が多かった。そんな自信を失ってい た新入生の目に飛び込んできたのが、愛嬌《あいきょう》のある風貌をしたクラスメイトの素直に入学を喜ぶ姿なのだ。

実際水商入学で峰明の人生には光明が差していた。それだけ中学までの彼の受けたいじめが深刻なものだったということだ。

すべての教師がディスレクシアに関する正確な情報を持ち、適切に対処できるかといえば、まず頭に浮かぶのはクエスチョンマークだ。ましてや小学生が字の読めない同級生を理解するわけがない。その点、庇うわけではないが、峰明を異分子として扱った同級生だけを責めるわけにはいかない。峰明の同級生たちには、彼の障害に関する入念な指導が必要だったはずだ。しかし、教師にすら正確かつ詳細な知識がなかったなら、同級生に理解してもらえる可能性はまずない。絶望的だ。峰明にとっては耐えるしかない小中学校の九年間だったろう。

しかし、都立水商に来て事情は大きく変わった。

伊東先生によれば、水商は峰明のようなディスレクシアや、計算のできないディスカリキュリアの生徒を受け入れてきた実績があるそうだ。

「この学校では、中学校までとは評価の基準が違う」からだ。

ペーパーテストの結果は、ここではあまり意味がない。実習での「現場」の評価が優先される。そこで一番評価されるのは「人の心に寄り添う精神」だ。この点で峰明は他の生徒より大きく先んじていた。字の読めない彼は授業中に常に教師の言葉に集中していた。そこでしか情報を得られないのだから当然だろう。授業中だけでなく、常に誰に対しても集中していて、つまり「顔色を見ていた」のだ。

マネージャー科の渡辺三千彦先生はこの点を高く評価していた。

「よく世間では、『人の顔色を見る』ことを悪い意味に捉える。卑屈である、狡《ずる》いといった印象を持たれる言葉だ。しかし、我々の職業だけでなく、実社会では必要とされる能力だ。お客様の要望に先回りできないマネージャーやホステスは『気の利かないやつ』で片づけられる。ゲストの言葉によるリクエストにしか対応できない者は、ここでは『使えないやつ』だ。その点、中村はいくつ目があるのか、と思うほど、オオバコでも常に全体を把握している。みんなも見習わないとな」

実際、峰明が六本木のキャバクラでの実習において、初めてやった「つけ回し」は完璧で、水商の先輩でもあるその店の支配人に、「彼は何者ですか？　天才ですね。卒業後はうちに欲しいです」と言わしめたほどだ。

常に全員の表情を観察している峰明は、飽きている客や、その場が苦痛になってきているホステスの気持ちを察した。逆に会話が弾んでいるテーブルから、ホステスをあえて抜いて指名に繋げる技もすぐに会得し、店とホステスの両方に喜ばれたのだ。

「ねえねえミネ、どうしてお客さんの気持ちがわかるの？」

淳史は他のクラスメイトとともに峰明に尋ねたことがある。

「どうしてって、ふつうに見ていればわかると思うよ」

そう答えた峰明は困ったような顔をしていた。

結論としては、やはり峰明は情報処理の仕方が他の人と違うのだろう、ということになった。つまり同じものを見ているようでも、脳における処理の仕方が違っているのでなかろうか。専門家の先生に聞けばまた違うことを答えるかもしれないが、淳史たちはそう解釈した。峰明の見ている景色は、淳史たちが見ているものとは大きく違うもので、数十人の集団を見ていても、一人ひとりの表情の変化を読み取れているのだろう。

峰明が丸いのは外見だけではない。性格も丸い。峰明が誰かと争う可能性は一切ない。生まれついての柔和な性格の上に、都立水商の教育がさらに彼を争いから遠ざけた。入学早々、「芸者幇間ゼミ」に参加した峰明は、講師桜亭ぴん介先生から、

「幇間を志すからには絶対怒っちゃダメざんす」

という指導を受け、すぐにそれを実践してすべての怒りを否定するようになった。クラスメイトが、「ミネ、ここは怒った方がいいよ」と意見しても、頑固にそれを退け師の教えを守り通した。

同級生たちは最初その態度に違和感を覚えていた。若い正義感は、時として情熱を怒りに向けるきっかけを与えるものだ。常にそれに冷水を浴びせて引き止める峰明は、彼らの目には愚か者にしか映らないこともあった。

しかし、やがて峰明のそんな姿勢に誰もが「哲学」を見出すこととなり、それは彼の師であるぴん介先生への尊敬の念にも繋がっていった。

淳史はこの師弟の関係をカメラで追うことを提案したのだ。「幇間」という現代ではあまり馴染みのない仕事に一生を捧げた師と、水商に来てその秘めた能力を開花させた弟子の姿。これを通じて他の高校にはない価値が、都立水商にあることを世間に知らせたい。

このプレゼンで、ドキュメンタリー「ある師弟の物語～絶対怒っちゃダメざんす」制作は生徒会幹部一同の承認を得た。

「撮影は僕と木の実ちゃんでケンさんの指導の下でチャレンジします。由美ちゃんはアシスタントということで」

「ＡＤ一人じゃ現場は大変だろ。この際、というかそろそろ由美ちゃん以外の一年生の参加を願いたいんだがね」

水野会長は今後のことも考えて、生徒会活動に参加してもらう一年生を増やす意向だ。

「由美ちゃん、誰か心当たりない？」

野崎副会長に問われた由美は、

「あの、わたしはまだ女子しか知り合いはいなくて。男子がいいですよね？」

と申し訳なさそうに応じる。

「いえ、いずれは男子にも参加してもらいたいけれど、男女問わずもう一人探したいのよ」

例年からするとすべてに遅れをとっている状態だから、男女の希望など贅沢《ぜいたく》は言っていられない。

「わかりました。明日教室で一人ずつ聞いてみます」

由美にしてもクラスメイト全員の個性を把握するまでの時間的余裕はなかったろうから、ここは地道に当たるしかないだろう。

「あの、由美ちゃんのクラスに夏目美帆《なつめみほ》さんているると思うんだけど、知らないかな？」

峰明に尋ねられ、

「はい、います」

由美は不思議そうな表情で峰明を見た。

「え？　ミネの知ってる子？」

淳史も初めて聞く名前だ。

「うん、芸者幇間ゼミを取ってる子なんだけど、この前生徒会を手伝いたいって言ってたから」

この峰明の発言は全員を呆《あき》れさせ、

「なんで早く言わないんだよ」

淳史はそんなみんなを代表して言った。峰明は周囲のリアクションに驚いたのか、

「違うんです、違うんです」と慌てて言った後でこう釈明した。

「それがね、その夏目さんは大学受験のときに有利になると思うから生徒会を手伝いたいって言うんだ。そんなことあるの？　僕はそこがよくわからなかったから彼女に返事しなかったし、みんなにも黙ってたんだ。ね、そんなことあるの？」

尋ねられても淳史にも答えられない疑問で、峰明と一緒に水野会長を見てしまった。

「まあ、ないことはないよ。大学によっては自己推薦という枠もあったりして、生徒

会でリーダーとして活躍したことはアピールの要素にはなる。そうでなくても内申書に影響はあるだろうしね」

この答えに淳史と峰明は納得したが、野崎先輩は別の側面から納得しなかった。

「そんな理由で手伝うっていうのはどうなの？　なんか打算的でさあ、わたしたちを利用しようってんでしょう？」

やはり野崎先輩は真《ま》っ直《す》ぐな人なのだ。それに対して、

「確かに動機としては不純な感じはするけど、ちゃんと動いてくれるならそれはそれで助かるし、今は緊急事態といえるからね、一度顔を出してもらった方がいいと思う。じゃ、由美ちゃん、その夏目さんだっけ、明日ここに連れてきてもらえるかな」

水野会長は大きく構えた決定を下した。

夏目美帆

翌日の放課後、由美に連れられてきた夏目美帆はモデル並みの容姿に恵まれた子だった。

身長は一七〇センチを超えているかもしれない。手足が長くて、ショートカット。

バレーボールの選手か宝塚の男役を連想させる。鈴木麗華先生に似た印象だ。ホステス科にしては、

「一年D組、夏目美帆です。……よろしくお願いします」

という自己紹介が硬く、暗い。なんだかSMクラブ科の方が向いてそうだな、と思った淳史だったが、当のSMクラブ科の優等生である野崎先輩は美帆に冷ややかな視線を送っている。彼女の生徒会に参加する動機に警戒しているようだ。

「よろしくね。夏目君には何を手伝ってもらうかというと……」

説明しようとした水野会長を遮るように、

「あの、わたし議事録なんかをまとめるのにお力になれると思います」

美帆は暗い声のまま言った。

「あ、ああ、そう」

水野会長は当惑したように見えたが、こんなことで怒る人ではない。

「なぜそう思うのかな？」

気を取り直して美帆にそう質《ただ》した。

「あの、わたし漢検一級と英検二級を取ってます」

本人は決して誇らしげな調子ではないが、聞いている方は、「へえ」と一様に感心している。中学生のうちに漢検一級と英検二級に合格とは、かなりの秀才と言える。

「すごいね。じゃあ、バラって漢字で書ける？」

水野会長が面白い質問をした。

「薔薇書けます」

「レモンも？」

「檸檬書けます。だから、そこはお役に立てると思います」

淳史には薔薇は読めても書けそうにないし、レモンに至っては漢字があることすら知らなかったから、また、

「へえ」

と間抜けな反応をしてしまった。

「何？　それどういうこと？」

峰明が淳史の肘のあたりを突《つつ》いてくる。

「いや、彼女は難しい漢字が書けるって話なんだけどね」

「へえ、字に難しいのと易しいのとあるってこと？」

「そう」

「ふうん」

峰明はこの件についてもっと聞きたそうだ。

水野会長に水性マジックを渡され、ホワイトボードに向かった美帆はキュッキュッ

と「薔薇」「檸檬」と書いた。バランスのいい綺麗《きれい》な字だ。

「なるほどね、立派なもんだ」

水野会長も読めても書けないクチらしい。

「じゃあ、モウキンルイ」

続けてのテストも、美帆はササッと「猛禽類」と書いてクリアした。

「モウキンルイって何ですか？」

由美の小さな声がした。同じ一年生でこの差はどうよ？　とは全員が思っていることだろう。

「猛禽だよ、鷹《たか》とか鷲《わし》とかの、肉食で獰猛《どうもう》な鳥のこと」

これも小さな声で峰明が由美に教えてやっている。

「へえ、それはあの字を書くんですか？」

「それは知らない」

二人の小声の会話が聞こえていないかのように、水野会長は真面目な調子で美帆に確認する。

「字を書くのが得意だから、書記を希望ということだね」

「はい、会計は勘弁してください」

控え目な調子ながら、美帆は自分の要望を述べた。

「そうはいかないかもね」

ここはすかさず釘《くぎ》を刺す野崎先輩だ。

「あなた、大学進学に有利になるように生徒会を手伝うんでしょう？　まあ、それは構わないけど、だったら言われたことをやってもらわないと」

野崎先輩は叱る口調ではないものの、発言の内容は厳しい。だが正論だ。

「あの、でも……」

美帆が困ったような表情で何事か言おうとしたとき、

「こんちは」

勢い良くドアが開いて、ケンさんこと渡部健太カメラマンが姿を現した。

「おはようございます」

全員で挨拶を返す。

ケンさんが着席したところで、

「夏目君には、まずは冨原君のドキュメンタリーの撮影を手伝ってもらいたいんだ。今日はここでケンさんに撮影についてのアドバイスをもらうからしっかり聞いて、それこそノートを取ってまとめておくといいよ」

水野会長は美帆に最初の仕事を伝え、ケンさんに今回の撮影スタッフを紹介した。カメラを持つ淳史と木の実、アシスタントに一年生の由美と美帆だ。

このところ打ち合わせで生徒会室に顔を出すことの多いケンさんは、ここにいるメンバーとはすでに顔馴染みだ。初対面の美帆に興味を示して、「ふうん、美帆ちゃんね。何科？」と尋ねた。

「わたしは由美ちゃんと同じクラスでホステス科です」

「ウソ！　SMクラブ科が似合うのに」

ケンさんは淳史と同じ印象を持ったらしい。

「絶対SMクラブ科に向いてるって。この前、道玄坂のM性感に行ったけど、こんな人いたもん」

自分の体験を語るケンさんの口調が熱い。

「M性感ですか？　それはSMクラブではないわけですか？」

水野会長が困惑気味に尋ねる。

「違うよ！　そこはきっちり境界線あるよね。いやだなあ、水商の生徒会長ならば、ここは押さえておいてもらいたいよね」

「すみません」

頭を下げて謝る水野会長に「ま、いいから」と手のひらを見せた後、ケンさんは得意げな表情で解説をした。

「ま、M性感でしたらね、このタイプの綺麗な方がおられますよ。基本着衣で、つまりボンデージファッションとかでですね、全裸になることはないし、性的なサービスも手で済ませられるから他の風俗よりハードル低いし、マニア向けだから顔バレの確率も低い、と。それでまあいわゆる上玉が揃うんではなかろうか」

「へえ、わたし今度そこで実習お願いしようかな」

興味津々という表情で野崎先輩が言った。

「いいかもしれない」

ケンさんも真剣に勧める。

「ま、この前は美帆ちゃん系美女のサービスを受けて、俺は死にかけたけどね」

「死にかけた⁉」

何人かが斉唱し、由美が、

「こわーい」

悲鳴に近い声を上げた。

「そ、死にかけた。俺は仰向《あおむ》けに寝て、その女性は手でシゴきながら……こんな話ここでしていいの？」

「そういう学校です」

水野会長がお墨付きを出す。

「そうだよね。よその高校なら一発で出禁だな。で、手でシゴきながらその女性は俺の顔の上にお座りになったわけだ。気持ちよかったのよ、気持ちよかったんだけど、なんか息を吐き出せないなあ、って思ってたら急に気が遠くなって、気がついたらその女性が俺の頬《ほ》っぺた叩いていて、目が合った途端に『よかったあ、生きてたあ』って涙ぐんでたな」

「死んでたら業務上過失致死ですもんね」

野崎先輩が真剣な表情で指摘した。

「え、そうなの？」

ケンさんの問いにそのままの表情で野崎先輩が頷く。

「そうか、業務上過失致死……あれは『業務』だったんだ」

ケンさんが感慨深げに語り、しばし微妙な空気の間ができた。

「あの、それでケンさんの方の業務なんですけど」

水野会長が促す。

「あ、そうだった」

そこから仕事のできるカメラマンの顔になったケンさんは、淳史と木の実にカメラの操作について説明してくれた。

「せっかく二台で撮るんだから、似たような画じゃつまらないからね。トミーが顔のアップを狙っているときに、木の実ちゃん……木の実……ノミーか、ノミーが全体の画を撮るとかするといいよ」

　ケンさんはホワイトボードに図を描いて、撮影する際の位置についても細かく教えてくれた。

「あの、わたしと美帆ちゃんは何をすればいいですか?」

　由美のいいところは、いつも白紙でいることだ。この場合も一から説明してやれば、忠実にそれを実行してくれる。ケンさんは丁寧に現場での仕事のやり方を教えてくれた。一年生二人の仕事の割り振りも考えてくれて、美帆の希望が書記なのを聞くと、

「じゃあ、美帆ちゃんがスクリプターでいいんじゃないかな。スクリプター、記録さんね。監督の補佐役的なことなんだけどね。どの場面で何を撮ったとか、それが何分何十秒で、とか」

「時間も計るんですか?」

　美帆が暗い声で尋ねる。

「そう、スクリプターはいつもストップウォッチで計ってないといけないよ。それでさっきの場面にこの場面をプラスして何分だとか計算しないとね。どうだろう? 作品的には全体で三十分くらいのもんかな?」

　尋ねられた淳史が「そうですね」と答えようとしたとき、

「あの、わたし無理です」

美帆が言った。声の暗さに拍車がかかっている。これには野崎先輩はカチンと来たらしい。

「やる前からそれはやめて。できるかできないか自分で決めないでよ」

美帆を快く思っていないにしても、ここでも野崎先輩は正論を述べているだけで、特別きつく当たっているわけではない。

「無理なんです」

「なぜ？　やってみないとわからないでしょう？」

これは美帆が悪い、改めるべきだ、とそこにいた全員が思っていただろう。

「それがわかるんです。わたし……簡単な計算もできないんです」

そう言った途端に美帆の顔が歪《ゆが》んだ。

淳史と峰明は顔を見合わせた。

「じゃあ、ディスカリキュリア？」

二人の頭に同時に浮かんだ言葉を淳史が口にする。

「何ですか？」

由美の小さな声の疑問に峰明が答えた。

「ディスカリキュリア、計算ができない学習障害だよ」

この説明はその場にいた全員の耳に届いたはずだ。

「計算ができないというのは、つまり算数が苦手なわけかな?」

ケンさんの疑問はディスカリキュリアに初めて出会った人のものだ。淳史は自分の知っている範囲の説明をした。

「違います。もっと深刻なものです。中学生になっても5+2ができないとかですね。人によって程度はまちまちですが。ただ、勘違いしがちなことですけど、知能の問題ではありません。別の問題なんです。美帆ちゃんはどんな感じなのかな? 説明してもらえる?」

問われて美帆は無言で頷いた。その目は悲しげだ。

「5+2は7ですよね? それは知ってます。でも丸暗記してるだけで、なぜそうなのかはよくわかりません。小学校の算数では他の人もそうしているのかと思っていました。先生の言っていることをそのまま暗記しているんだと思っていたんです。次第にそれが違うと気づきました。丸暗記が通用したのは一桁の足し算だけで、すぐに何のことやらわからなくなって、引き算ではもっとわからなくて。リンゴが十個あって何個食べたら何個残るとか、まったくイメージできません。こうやって指を使うと、十個あって、一、二、三、四、五、六個食べると、残りは一、二、三、四個ですね? これが頭の中ではできないんです。答えを聞かされても、ああ、そんなものなのか、と思うだけです。掛け算は、九九は暗記だからできるかと思われがちですが、2の段

3の段まではいけましたけど、それ以後はダメでした」

「そうか、それで時間もダメなんだね」

「はい、時間も距離もダメです。数字で言われても理解できないです。あと椅子を何列でいくつ並べるといった作業も人に言われるままにしか動けません」

美帆の暗さの理由がわかってきた。

「いじめられたね？」

淳史の問いかけに美帆はまた無言で頷くだけだ。淳史も頷き返し、それ以上はこのことに触れないようにした。どんないじめに遭《あ》っていたかを尋ねれば、彼女はそのときのことを思い出さねばならない。

「でも、中学でいい先生に出会えて、その先生にこの学校を勧められました。わたしは数学は0点ですけど、国語と英語と社会はほぼ満点なので、この学校なら合格すると言われました。大学は私学の文系なら入試に数学のないところが大半だから、何とかなるからと」

「国語英語社会は満点なんだ？　なんかサラッと自慢入ったね」

淳史は緊張を緩めようと冗談を言ってみた。

「あ、いや、自慢でなくて本当なんです。ただ、社会科でも地理は地図の等高線の意味がわかりませんし、国語でも三百字以内で書けという問題などは、答案のマス目を埋めればいいわけですけど、残り何文字で終わる、ということがわからないので不利なこともあります。でも、わたしは本を読むのが得意で、一日に三、四冊読むんです」

「それは信じられないわね」

野崎先輩が割り込んできた。確かに読書量を誇るにしても大袈裟な言い方に思える。

「あ、でもほらそこはディスカリキュリアですから、数が正確でないのかもしれないですよ」

淳史は美帆のために言い訳したのだが、当人が、

「いえ、本当です。毎日夕飯から寝るまでの間に三冊か四冊読みます。人よりも読む速度が速いんです」

妙に頑《かたく》なに言い続ける。

「テストすればいいさ」

水野会長は「都立水商生徒会運営心得」を美帆に差し出した。

「これ、今読んでもらえる」

ふつうの大学ノートだが、細かい字でびっしり書き込まれている。それに今年の「オンライン入学を祝う会」に際して淳史が新たに書き加えたので、そろそろページも尽きそうな分量だ。

受け取った美帆は書かれた分量を確かめるようにパラパラとページを繰った。

「じゃ、読んでみて」

腕時計をストップウォッチモードにした水野会長が声をかける。

「読みました」

「えー！」

誰も予想しなかった返答に驚きの声が上がった。美帆がノートを捲《めく》っていたのは、時間にして十数秒のことだった。

「本当に？」

野崎先輩が疑わしそうな目で確かめた。これは彼女が美帆に抱いている感情とは関係ない。今この場にいる全員の心にある疑問だ。

「トミー、試してくれるか？」

水野会長は淳史がこのノートを読み込んでいるのを知っている。

「わかりました」

淳史は覚えているいくつかの要点を整理した。

「『入学を祝う会』の打ち合わせで最初に顔を揃えるのは？」

「えっと、それはですね……会長、副会長、演出責任者で舞台監督の二年生、ラインダンスのリーダー、司会役の三年生です」

正解だ。

「同じく『入学を祝う会』で、校歌斉唱時のイリュージョン、二年生男子の待機場所は?」

「体育館のトイレ前の通路。入り口に衝立《ついたて》を置いて隠れます」

正解だ。淳史は水野会長に視線を送ってそれを伝えた。

「楓光学園との対校戦、最初の打ち合わせに行く時期とメンバー」

「ええと、一学期の中間テスト前に会長副会長、二年生と一年生一人ずつ。このタイミングで一年生を一名選びます。それは、ええと、楓光学園との関係を円滑にするため、各学年に相手校との顔見知りを作っておくためです」

驚いた。あのスピードで目を走らせて正確に解釈している。

「『卒業生を送る会』が終わったときに、会場の体育館から前庭に出ていいのは?」

「卒業生と担任の先生方だけです。在校生は校舎の中から見守ります」

この問題については、二、三年生は体験的に答えを知っているから、淳史の判定は必要ない。

「最後にわたしから」

野崎先輩が挙手して言った。

「水商祭の模擬店で認められないものは? その理由も」

「ええと……風俗の店です。第一回水商祭では校内にファッションヘルス店が出たのですが、中学生の男子が入店しかけるなど、教育上の大問題が発生するのと、近隣の風俗店から苦情が出ることなどが予想され、先生方が説得してやめさせました。見返りとして、その後男子生徒を実験台としての校内実習が盛んになり、そのことで男子の受験者が増える結果となりました」

間違いない。あの十数秒の間に水商生徒会の聖書とも呼ばれるマニュアルノートを読破している。

「すごいな」

ケンさんが静かに驚いた。

「今のは速読術？」

水野会長が尋ねると、

「いえ、よくそう言われますけど、そういうのを習ったわけではありません。なんというか、生まれつきです」

淡々と答える美帆だ。

「しかし、その調子で毎日読書してるなら、すごい読書量だね。知識もすごいことになりそうだ」

水野会長の独り言に近い問いかけに、似た感じの言い方で美帆が応じた。

「確かにわたしは変なことまで物を知っているかもしれません」

これは誰にも想像はつく。何しろ美帆の読書量は、同級生の平均の軽く三、四十倍になるはずだ。

「これはまたいい一年生コンビができたな」

水野会長が由美に視線を送って言うと、それにつられた他の人の視線も浴びて、

「そうですね、無知なわたしと物知り美帆ちゃんですね」

ニコニコ顔の由美が応じた。美帆の方は硬い表情のままだ。淳史にはその対比が印象的だった。

「スクリプターの件は美帆ちゃんで大丈夫だと思います。今回、取材対象の一人が暗算得意なミネ君だから、その場で計算してもらって書き込めばいいわけだし。このメンバー、この役割でいきましょう」

木の実がそう話を締めた。

ある師弟の物語

翌日からドキュメンタリー「ある師弟の物語～絶対怒っちゃダメざんす」の撮影が始まった。

まず芸者幇間ゼミの光景からだ。小田真理先生を通じて撮影の依頼をしていたが、

ぴん介先生にはあらためて挨拶する。

「先生、このたびはよろしくお願いします。お邪魔でしょうが、もし撮影中に不都合がありましたら、何なりとおっしゃってください」

代表して淳史が言うと、

「いやあ、参っちまったねえ、こんな老いぼれを撮ろうなんて物好きなこって」

「いえ、われわれは先生のご指導の様子を通じて、わが校の価値を世間に伝えようと思っているんです」

「ひゃあ、こりゃてえへんだ。あっしゃあ、そんな価値のあるこたあ言いやしやせんよ」

「そんなことはありません。中村峰明君など、先生に心酔しています」

「あ、ぽん吉ね。そりゃ、生徒の方が優秀って話でござんすよ」

「確かに彼は優秀ですが、幇間一筋七十数年のぴん介先生の影響は非常に大きなものです。そんな師弟のやりとりをドキュメンタリー作品として残したいというのが今回の企画の狙いです」

「そりゃ、お冨さんが考えたってことですかい？」

「まあ、そういうことになります」

「あ、そう、いやあ、お冨さんのこたあ、最初からね、このお人《しと》はどっか違うと思ってやした。へえ、そう、てえしたもんだねえ」

「いや、その、先生、僕をヨイショすることはないです」

「ヨイショだなんてお人が悪い。あたしゃあ、本心からそう思ってやすよ」

「またまた、やめてくださいよ、先生」

「怒りますよ！」

「あれ？　絶対怒っちゃダメなんじゃあ？」

「そうざんすよ、その通りでござんす。幇間は怒っちゃいけやせん。そのあっしが怒ろうってんですから、こりゃ、本気でお冨さんに感心してるってことざんしょ」

この徹底したヨイショ精神からして記録しておく価値がある。

ぴん介先生との話が終わる頃には、大広間に着物姿のゼミ生たちが集まり始めた。

「やあ」

真太郎とさくらも揃ってやってきて淳史に挨拶してきた。当然のことながら、真太郎は着物でも女装だ。

撮影スタッフのうち木の実と美帆はゼミ生でもある。だから二人も着物姿で、木の実はカメラを持ち、美帆はゼミ用とは別に撮影用ノートを手にしている。

ホステス科の生徒でこのゼミを受講する者が多いのは、銀座のクラブのママを目指すからには、着物に慣れておく必要があるからだそうだ。

今年からこのゼミ担当教師は新任の石綿先生だ。石綿先生自身、見ているだけで勉強になることも多いだろう。石綿先生が出席を取ったあと、芸者の先生の講義が始まった。講師の先生は現役の芸者さんだから忙しくて、何人かが交代で顔を出してくれる形だ。したがって毎回この場にいるのは石綿先生とぴん介先生の男性二人ということになる。

女性講師の話に続いてぴん介先生の講義になった。講師歴の長いぴん介先生の話は淀《よど》みなく、聞いていていてわかりやすい。

「ぽん吉っつあん、お手本を」

ぴん介先生に言われて峰明がサッと立つ。まさに阿吽《あうん》の呼吸、この場面だけで師弟の絆《きずな》を理解してもらえそうだ。

一年生のときにこのゼミを取っている淳史は、指導の邪魔にならないように要領よく撮影できた。全体を撮りながら、時々ゼミ生の表情も押さえる。木の実の方でゼミ生側から見たぴん介先生を撮ってくれているはずだ。

驚いたのはちょっと見ない間に峰明が長足の進歩を果たしていることだ。ぴん介先生の言葉を完全に理解している様子で、助手として効率よく動く。ときには言われる前に先回りしているような場面もあり、それがまたぴん介先生を喜ばせている。そのうえ、生徒の立場もわかっているから、理解不足のゼミ生に短い言葉で適切なアドバイスを送っている。

これなら淳史自身が受けた昨年のゼミより数段わかりやすい。短い時間に目に見える形でゼミ生が変貌していく。一言でいうと着物姿がサマになっていくのだ。

ゼミの終わった後、ぴん介先生と今後の撮影スケジュールを相談し、由美と一緒に生徒会室に戻った。しばらくして着物から制服に着替えた二人もやってきた。

木の実と互いの撮影部分を確認し合う。

「トミーどう思う? このあとにゼミ生のインタビューも入れた方がいいのかな?」

この木の実の提案を検討するために美帆に感想を聞くことにした。

「どう? ゼミは面白い?」

「まだそんな面白がる余裕まではないですけど、奥が深そうだとは感じています」

相変わらず小さく暗い声だ。

「ぴん介先生はどう?」

「そうですね、なんというかすごい先生なんだと思います。今はうまく説明できないですけど、大変に豊富な経験をお持ちで、それをわたしたちに伝えてくださろうとしている」

「助手のぽん吉は?」

「ぽん吉さんですか……中村先輩はこの学校の優等生だと聞きましたけど、その理由がわかりました。ぴん介先生を完全コピーしようという姿勢を感じます」

　これは言い得て妙、まさに淳史の感じていたのはこれだ。峰明はぴん介先生の人格を丸ごと学んでいる。教わったことを抜粋したり、要点をまとめるということではなく、師匠を丸呑《まるの》みにしている。

「今のいいね」

　横で木の実がぽつりと言った。

「え？」

「だって、今のが『学び』の原点じゃないのかな。丸ごと真似る」

「そっか、そうだね」

「それこそ、トミーが言う水商の価値に通じると思うけど？」

「そうだよねえ。しまったなあ、今の撮っておけばよかった」

　ケンさんには言われていたのだ。ドラマやMVと違って、ドキュメンタリーは予想外の面白さに出会う可能性があるから、常にカメラを回しておけ、と。

「美帆ちゃんに今と同じことをもう一度カメラの前で言ってもらおうか？」

　木の実はそう言ったものの、

「それはヤラセっぽくなるしね」

　と応じた淳史が言い終わる前に頷いていた。作り物の匂いがしただけでドキュメンタリーは駄作になる、とは共通認識だ。

　この失敗の反省から、話を聞くときにはカメラを回すことにして、次の峰明からはカメラを構えた木の実がインタビューする形になった。

——芸者幇間ゼミお疲れ様でした。

「お疲れ様です」

——ぴん介先生の助手という立場で、心がけていることはありますか？

「ええと、邪魔にならず支えになる、ということです」

——少し詳しく教えてください。

「ぴん介先生からゼミ生に直接教えていただくことが一番大事です。そこに割り込んで邪魔をしてはいけません。ただ、僕の方がゼミ生よりも教えていただいた期間が長いわけなので、自分で理解しているところはアドバイスできるかもしれません」

——具体的にはどんなことですか？

「アドバイスすることですか？　それは、そうですね……ぴん介先生は『師匠の言うことは鵜呑《うの》みにすることが肝要』とおっしゃいます。なぜそうする？　とかの疑問はいらない、ということですね。言われたまま受け取る。これは中学までの教えとちょっと違います。高校でも違うかな？　なぜそうするか疑問を持つことを推奨されがちですから。でもぴん介先生のやり方は違います。とやかく言わずにやりなさい、ということです。なぜそうするのか、その理由は言葉にできないものであったり、何十年も経ってからわかるものだったりします。芸者幇間ゼミでの先生の教えは、テストの解答欄に書き込むものではなく、自分の中に生かすものなのです。このやり方を不親切と受け取るのは間違いです。でも今の生徒はそう受け取りがちなので、僕が率先して馬鹿になって見せることも大事なのかな、と思ってます」

予想以上に深い。言われたことを鵜呑みにすることに関しては、読み書きのできない峰明の方が他の生徒よりも先んじているのかもしれない。

——あの、ぽん吉さんはぴん介先生を丸ごとコピーしている印象がある、と言う人がいるのですけど、実際そう心がけているのですか？

「そう言ってもらえると嬉しいです。父にそうアドバイスされたので、頑張っているつもりです」

——どんなアドバイスですか？

「はい。父は僕の長所は素直なところだと言います。それで、正しく生きるために正しい人の真似をしろ、と。でも、そもそも誰が正しいのか見極めるにはどうすればいい？　そう尋ねたら『わからなかったら、自分が好きな人を真似ろ』という答えでした。僕はぴん介先生と伊東先生が大好きなので、このお二人を真似しようと考えました。伊東先生については教師になるかスポーツ選手になるなら徹底的に真似ればいいと思いました。僕にはその両方が無理そうなので、今はぴん介先生を徹底的に真似しようと思っているのです」

　これを聞いて、淳史はカメラを構えている木の実と目を合わせた。撮影初日からいい言葉を録《と》れた。

「正しく生きるために好きな人を丸ごと真似る」

　ちょっと聞いただけでは愚かな言葉にも思える。だが、峰明とぴん介先生の関係を知る人には、また違った響きで聞こえてくることだろう。

　次の土曜日にぴん介先生のお宅にお邪魔することになっている。それまでは峰明の日常を追うしかないところだったが、「ミネ、お父さんに話を聞けないかな？」淳史は無理を承知で聞いてみた。峰明の父親は商社マンで多忙な毎日を送っている。

「今聞いてみようか？」

　峰明はすぐに父親に電話を入れてくれた。

「ちょっと待って、お父さん今は出られないみたいだけど、すぐ折り返してくれると思うよ」

　淳史は峰明の家庭の事情をそれとなく聞き出してある。ディスレクシアのせいで母親とギクシャクしている峰明は、芸者幇間ゼミ初の校外実習をきっかけにして、父親とはいい関係を築いているようだ。

　十分ほど待ったところで、峰明の父親から電話があり、話はすぐにまとまった。時間を作ってインタビューに応じてくれるという。

翌日、放課後の生徒会室のモニターに峰明の父親の姿が映し出された。リモートインタビューだ。撮影スタッフだけでなく、他の生徒会幹部も見守る。インタビュアーは淳史が務めることになった。

峰明の父親中村真《まこと》氏は大手商社七光《しちこう》物産に勤めている。モニターに映るその姿は エリート商社マンらしくスマートなもので、初めて目にする三年生たちから「かっこいいね」という声と「ミネ君と似てないね」という感想が聞こえてくる。確かに峰明はこの父親に似ていない。淳史は中村家の家族全員を知っているが、コロコロした体型は峰明だけだ。

——本日はお忙しいところを貴重なお時間いただきましてありがとうございます。

『いえいえ、息子がお世話になっていますし、特に芸者幇間ゼミの皆さんには校外実習という形で、わが社のゲストをもてなしていただいて大変助かったのですよ。これぐらいのことでお役に立てるならお安い御用です』

——ありがとうございます。

『それに今回は桜亭ぴん介先生のことですよね？　ぴん介先生にも大変お世話になりました』

——そのぴん介先生を峰明君が丸ごとコピーするようにして勉強していることをどう思っておられますか？

『大変いいことだと思います。これは峰明にも言ったんですが、経験豊富なぴん介先生を完全に真似ることができるなら、峰明自身の人生が倍になるようなものですよ。単純に百数十年生きることと同じだと思います』

——ぴん介先生にお会いになったときの印象はどうでしたか？

『わたしにとっても祖父の世代のご年齢だと思うのですけれども、一言で申し上げると、人生の達人、という印象ですね』

——人生の達人ですか？　どんなところでそう感じられたのですか？

『そうですね、生徒の皆さんもぴん介先生が誰かをヨイショするところをご覧になったことがあるかもしれません。どうですか？』

——はい、何かにつけて先生はどなたでもヨイショされます。

『自分もヨイショされたという人もいるでしょう？』

——はい、僕も先日先生にヨイショされました。

『ね？　そのとき嫌な思いはしなかったでしょう？　ぴん介先生にヨイショされる人は、それがヨイショだと、お世辞だとわかっていても、誰も嫌な思いをしていないとは思いませんか？』

この指摘に、モニターに注目していた面々は互いの顔を見合って一斉に頷き合った。

――確かにそうだと思います。

『これはなぜかというと、ヨイショしているぴん介先生が本気だからなのだと思います。サービス業の人は、人でなくお金に頭を下げているのだ、という表現をする向きもありますが、わたしはこれには懐疑的です。それは相手に伝わると思います。ぴん介先生のヨイショは誠意に裏打ちされています。ぴん介先生はお金にヨイショしていません。それは誰にも自然に伝わります。その心の持ち方が人生の達人と思える第一の理由です』

中村氏は熾烈《しれつ》なビジネスの現場で、それも世界中を舞台にして生きている人だ。この分析には重みを感じる。

――ぴん介先生の言葉で印象に残っているものはありますか？

『そうですね……あんたの息子を信じなさい、ホレ信じなさい、ホレ信じなさい、というのですかね』

中村氏の語るぴん介語録は歌のようでもあった。

『初対面でこれを聞かせていただいて、わたしは反省しました。これまでの息子との接し方をです』

父親の言葉に頬を赤らめている峰明の姿が、淳史の視界の片隅に認められた。きっと嬉しいのだろう。

——峰明君に正しい人の真似をしろ、とおっしゃったそうですが、その真意は？

『はい、そう言いました。幸い水商に進んでからの峰明は、冨原君はじめいい友人に囲まれ、充実した毎日を送っています。しかし、実社会に出ればいい人ばかりに出会うとは限りません。ご存じのように峰明は読書の習慣が持てません。皆さんも心当たりがあると思いますが、読書は人生を広げてくれます。未熟な若者も先人の経験を追体験できます。それは実体験ではなくとも、いわば厳しい社会に出る前にワクチンを打つようなもので、マイナスになることはありません。それが峰明には欠けるのです。何度も彼には申しましたが、騙されるのはまだいいのです。騙す悪い人に引っかかることも一度や二度経験してもらっても構いません。しかし、唆《そその》かされて悪事に手を染めることだけは避けてもらいたい。性質のよくない人の言葉を信じて、唆されて、誰かに迷惑をかけるようなことは困ります。人に騙されて損をするのは自分だけで完結することですが、被害が他に及ぶことだけは避けてほしいのです。読書で哲学を得られないなら、どなたか哲学や矜持を持っている人を真似てくれればいい。そう思って彼に勧めた話です』

生徒会室の空気が引き締まったように感じる。ここにいる者は全員誰かの子どもの立場でしかない。親心の有難さを知ってみんな感動している。字が読めないという息子にどう対処するか、この父親は長年悩んできたに違いない。自分の手を離れた後、この息子はどう生きていくのか？　不安にもなっていただろう。

中村氏は息子の人生に大きな成功を望んでいない。他人に迷惑をかけずに生きていってほしいと考え、その結果誰か「正しき人」に学ぶことを勧めたのだ。

インタビューが終わり、モニターから中村氏の姿が消えると、

「ミネ君、立派なお父さんで幸せだね」

野崎先輩の声がした。


次の土曜日、神楽坂《かぐらざか》にあるぴん介先生のお宅に撮影に向かった。何度かお邪魔したことがある、という峰明の案内だ。

そこは不思議な空間だった。淳史の知らない昭和の時代にタイムスリップしたように感じる。

てっきり神楽坂駅近くのマンションの一室に案内されると思ったら、峰明に連れていかれたのは小さな木造一戸建てだった。それも、どんなお金持ちが住んでいるのだろう、という豪邸の裏に回った場所にあり、都会の喧騒《けんそう》からも隔絶されている。

「いやね、ここの旦那《だんな》が奇特な方でしてね、あっしがおっちぬまではここにいていい、ってお話なんで。ま、贅沢させてもらってます」

とぴん介先生は言うが、贅沢とは程遠い暮らしぶりだ。六畳と四畳半に古い流し台。トイレはあるが風呂はない。家具もテレビの乗っている小さな和箪笥《わだんす》に、冬は炬燵《こたつ》になるらしいテーブルだけだ。

ただ、南側に縁側があり、付近のマンションやビルに邪魔されずに陽《ひ》が差してくる。この明るい縁側を撮影場所に決め、ぴん介先生の人生を語ってもらうことにした。

これには美帆が大きな戦力となった。

誰にも負けない読書量を誇る美帆は、淳史たちが知らない戦前の学制などにも通じていて、

「すると、高等小学校卒業の年に勤労動員で兵器工廠《こうしょう》に行かれたのですか？」

などの短い質問の中に、あとで解説してもらわないと理解できない言葉が三つも入ってくる。ぴん介先生もこれには感心して、

「あなたあ、夏目さんだっけね、美帆さんね、いやまた古いことを知ってますなあ、昭和の生まれ？　ひどい落第だか浪人だかしたのかねえ。ま、どっちにしろ、てえしたもんだ」

などと言っている。話しやすいと感じてもらっているようだ。

淳史と木の実はその場で打ち合わせて、美帆にインタビュアーを任せることにした。縁側に座るぴん介先生にカメラの横から美帆が話しかける形だ。

——先生のご家族は？

「あっしは正真正銘の独りもんですな。親戚もいやしない。あっしもね、そりゃ生んで育ててくれたおっかさんとおとっつぁんがいやしたよ。石から生まれた孫悟空じゃねえからね。だが、まああっしもこの年だ、親なんてものはとうに冥途に行きやした」

——ご兄弟はおられなかったのですか？

「兄さんがいました。十違いの。本当はその間に姉さんがいたんだけどね、学校上がる前に病気で亡くなって。おとっつぁんなんざ、そのことをずっと悔やんでいやしたけどね。早く医者に連れてきゃあよかった、とか言ってやしたっけ。まあ、あのおとっつぁんも、おっかさんも同じだけど、子どもとの縁が薄かったんだろうねえ。兄さんの方は藍染めの職人になるつもりで修業してたんだけど、まあ時代でさあね、兵隊にとられやした」

——召集ですか？

「いや、現役ざんすよ、昭和十六年の正月に入営で。一度おっかさんに連れられて連隊まで面会に行きやした。たくさんオハギをこさえてね。あたしなんざそっちの方が嬉しくて。まあ、薄情なもんだねえ、たった一人の兄さんに会うことより食い物が嬉しいなんてねえ。こんなんじゃ、バチが当たっても文句は言えねえなあ。でもね、久しぶりに会った兄さんはしゃんとしていい男でしたよ。ほれ、海軍さんと比べたら陸軍の兵隊さんは泥臭く見えるもんだけども、何かこざっぱりしてねえ、粋に見えやした。そのとき兄さんに直接聞いたんだか、帰って親同士で話してたのを聞いたのか、今となってはこれがはっきりしねえんだけど、兄さんが妙なことを言ってたんで」

──え？　どんなことですか？

「今度ばかりは長くなるかもしれねえ、ってね。ふつうは二年御奉公すれば晴れて地方にけえれるんだけどね。地方ってのは軍隊の言葉で一般社会のことですな。これが自分たちは長くなりそうだ、とこう言うんで。こりゃね、今から考えても不思議な話でござんすよ。兄さんなんか軍隊の中でも一番の下っ端だ。面会に行ったときなんざ、正真正銘の下っ端、二等兵でござんすよ。それがそんなことを言ったってのが、どうも腑《ふ》に落ちねえ。兵隊の間でそんな噂が立ったってことでしょうよ。で、実際その年の暮れには大東亜戦争が始まって、兄さんは一度も家に帰れずに、戦争の間は生き延びたってえのに戦後ソ連に抑留されて死んじまった」

──それはいつ知ったのですか？

「昭和二十三年でしたねえ、兄さんと一緒に抑留されてた戦友って人が訪ねてくれて、知らせてくれやした。その前の年の冬に病気で亡くなったって話です。そりゃあ、親の落胆ぶりはてえへんだ。ずっと帰ってくるもんと待ってたからねえ。またいい兄さんだったから。あっしとは比べ物にならねえ孝行息子だもの。もうその頃のあっしは師匠について太鼓持ちだ。情けねえたらありゃしねえ。で、それから三年もしねえうちにおとっつぁん、続けておっかさんが亡くなりやしてね。そこからあっしは天涯孤独。本所《ほんじょ》の伯父さんってのがいたけどね、こりゃなんだ、空襲で一家全滅でしてね」

――三月十日の空襲でですか？

「そう。……本当によく知ってんねえ。今の高校生ってことは二十一世紀に生まれてるはずだけど、美帆ちゃんは前世紀の遺物ってやつかい？」

――いえ、わたしは本で読んだだけです。その、立ち入ったことをうかがいますけど。

「何でも聞いておくんなさい」

――ありがとうございます。あの、結婚しよう、家族を持とうとは思わなかったんでしょうか？

「それはなかったねえ」

――どうしてでしょう？

「どうしてかねえ。あっしは世を拗《す》ねたっていうやつですかねえ、それに近いところがあるんで」

――世を拗ねた？

「はい、あんまし褒められたことじゃないけどねえ、あんなに真面目で優しかった兄さんが、何も悪いことしてなかった兄さんが、呆気《あっけ》なく死んじまった。で、この出来の悪い弟が呑気《のんき》に暮らしてる。何だろうね、この理不尽てのは。この世の中、真面目に真っ当に生きた人間が報われない。なんて嫌な世の中だろうって、そんなことを考えたんで。そりゃね、戦後すぐ兄さんが、『ただいま』って玄関に顔出してくれてたら、あっしは兄さんをお手本に生きようってことも考えたかしれねえ。兄さんは時々戦地からハガキをあっしに送ってくれやしてね。そ、軍事郵便てやつですな。『元気にしてますか?』『勉強頑張ってください』『親孝行しなければなりません』綺麗な字でそんなことが書いてありやした。それ以外にも『ここは夕日が綺麗です』だの『見たことのない広さです』だの『経験したことのない寒さです』だのってね」

――満州にいらしたんでしょうか?

「そういうこってすね。なんてたって戦争だ。一兵卒として戦ってるんだから、自分の方が大変な思いをしてたろうに、まあ、そんな優しい言葉で弟のあっしを励ましてくれてやした」

――帰ってきてほしかったたですね。

「ええそう、帰ってきてほしかったねえ。兄さんが入営して今度の正月でちょうど八十年でさあねえ。へ、そんなに昔の話じゃ、諦めるか忘れるかしろい、って言われそうだ。でもね、諦めきれねえ寂しさと、忘れられねえ悲しさってのは……あるね」

こんなぴん介先生の表情は初めて見た。淳史はいいものが撮れたと一瞬思い、そんな自分が不謹慎だと感じだ。

——ぽん吉さんはぴん介先生の生き方を丸ごと真似ようとしています。

「え？　ぽん吉が？」

——はい。それについてはどう思われますか？

「そいつぁいけねえな」

——いけない？

「ああ、そう、いけねえよ。あっしの拙い芸を真似しようってのは構わないけど、生き方ってのはまた別だ」

——正しく生きるために正しい人の真似をする、というお話です。

「それはダメだ。これ、ぽん吉」

師匠に呼ばれて、峰明が進み出た。ここから先は師弟の会話を撮影することになりそうだ。淳史は木の実と目配せして、それぞれの撮影位置を決めた。淳史はぴん介先生を狙う。

「今のは本当かい？　あっしの生き方を真似ようって話」

「はい、本当です」

「そいつぁあいけないよ」

「どうしてですか？　あっしはぴん介師匠を真似して生きれば、正しく生きられると思ったわけで」

　峰明はぴん介先生と話すときは言い回しまで同じになっている。

「正しかありませんよ、あっしなんざあ、世を拗ねてここまで来てんだ。そりゃね、芸を真似してもらうのは構わねえよ、実際あっしも師匠を真似たんだ。そうやって繋げていく芸ってものはあらあね。でも生き方ってのはまた違うでしょう?」

「でも、あっしはぴん介師匠が大好きなんで」

「そんなヨイショしたって始まらねえよ」

「いえ、ほんとなんで、あっしは師匠が大好きなんで」

「……照れるじゃねえか……嬉しいことを言ってくれるねえ……って、ダメだよ。真似する人を間違ってるよ」

「じゃ、教えておくんなさい。誰の真似すれば正しくなれると思います? 総理大臣とか言っちゃいやですよ」

「大統領も?」

「大統領も天皇陛下もダメです。真似しようがねえもの」

「そりゃそうだ。大統領ったって韓国の大統領なんざ、みんな牢屋《ろうや》に入るしね」

「正しくないすよ」

「そうだね」

「誰がいいです?」

「とにかくあたしはダメだよ」

「そりゃねえな、師匠だったらちゃんと教えておくんなさいな」

「うーん……そうだ、おとっつぁんだ。お前のおとっつぁんを真似するのが一番だ」

「ダメだなあ、そりゃダメだ。これだもんなあ、一番ダメなの言っちゃうんだもの」

「何がダメなものかい。立派なおとっつぁんだろう?」

「はいはい、あっしも一度は考えました。あっしもあのおとっつぁんが大好きだからね。でもね、ダメなんでござんすよ。ああ見えてあのおとっつぁんもいい大学出てやしてね。とても真似できるレベルでねえんで」

「そっか、あっしなら真似できるしね、って、こら」

「すみません」

「でなくて、馬鹿だねえ、ぽん吉は。前々から馬鹿じゃねえのかなあ? こりゃひょっとして馬鹿か? なんて思ってたけど、ほんとに馬鹿だよお。誰が学歴まで真似しろっつった? 学歴なんざいいの。あのおとっつぁんもそう言うよ。お前のおとっつぁんはいい大学に合格して、そこから立派な会社に就職してって、こりゃあまあ成功体験だ。この成功を真似しろなんて、ハナからおとっつぁんも思ってないよ。他人様《ひとさま》から成功者だ、出世したね、なんて羨ましがられることを望んじゃいないっての。真っ当に真っ正直に生きてもらえりゃそれでいいんで。それでまた自分と同じような幸せな家庭を持ってほしいと思ってんだよ」

これは中村氏のインタビューのときに、立ち会ったみんなが感じたことだった。父親として、中村真氏は息子の立身出世を望んでいない。不思議なことに、中村氏とそこまで話し込んでいないはずのぴん介先生が、見事に父親としての心情を言い当てている。

つまりぴん介先生と中村父子《おやこ》は理解しあったいい関係だ。ここまで自分の人生を真似られることを拒否するのはどうしたことだろう。

師弟の会話は結局堂々巡りを続け、キリのいいところを見計らって、淳史は退散することにした。

歌舞伎町の学校に戻ると、土曜日だというのにほとんどの生徒が登校していた。水商祭の準備や稽古もあれば、運動部の練習もある。この活気こそ本来あるべき水商の姿だ。

生徒会室でこの日の撮影分をチェックする。

「ミネとぴん介先生の会話よかったね」

淳史が言えば、

「ほんと、落語聞いているみたいで小気味よかった」

木の実も褒め、

「ほんと？　ありがとう」

峰明は嬉しそうだ。

「それに美帆ちゃんのインタビューもよかった」

この木の実の感想は淳史も感じたことだった。

「ありがとうございます」

答えた美帆は初めて笑顔らしきものを見せた。それを目にした淳史の中で（これだ）と閃《ひらめ》くものがあった。

「これからインタビュアーは美帆ちゃんに任せたいと思うけど、木の実はどう？」

そう言いながら目を合わせた瞬間、淳史の真意が伝わったように感じた。

「それ、いいと思う。わたしなんかだとトンチンカンで無駄な質問しそうだもの」

木の実の答えに、

「そんなことはないと思います」

反論しかけた美帆だが、

「いや、お願いするよ。作品のためにはそれがいい」

淳史は有無を言わせなかった。

「それとさ、ナレーションも全部美帆ちゃんに任せてもいいかな？」

「ナレーターをやれということですか？」

「読むのもだけど、書く方もお願いしたいんだ」

「はあ」

「さっき現場で木の実とも相談してたんだけど、僕らは美帆ちゃんの知識を生かしてほしいと思ってる。僕らからしたら、ぴん介先生のインタビューを文字に起こすのも大変なんだよ。もう出てくる熟語からしてわからないからね。聞いていてどんな漢字を書くかも見当がつかないぐらいだ。だから、美帆ちゃんに書くことだけでも頼もうかと考えたんだけど、読むにしても正確な意味がわかっている人の方がいいと思う。なので、大変とは思うけど両方お願いするよ」

美帆が答える前に、

「絶対それがいいと思う」

木の実も言い、横で由美も頷いている。その由美が、

「あの、美帆ちゃんはインタビュアーに回るということでしたら、わたしがスプリンクラーをやりましょうか？」

と志願してくれた。

「スクリプターね。スプリンクラーは火事のときに天井から水が出てくるやつ」

「あ、わたし、やらかしました？」

「やらかしたねえ」

ドッと五人で笑った。今度の美帆の笑顔はフルサイズになっていた。いつもの憂いがどこかに飛んでいる。笑いが収まったところで、

「でも、ありがとう。由美ちゃんにスクリプターをお願いするよ。漢字がわからないときは美帆ちゃんに聞いて。計算はミネに任せればいいからね。これが適材適所だな」


それからの美帆は見違えるほど積極的になった。

「今度、ここを撮影したいと思うのですけど」

などと提案してくる。それはかつてぴん介先生の実家があったところであったり、母校があった場所であったりした。「ある師弟の物語」を追うことで、期せずして東京の戦後史を辿《たど》る小さな旅が始まったのだ。

淳史たちは東京大空襲の被害を初めて詳細に知った。資料はすべて美帆が探してきた。美帆の資料を読破する速度は常人のものではないから、彼女が抜粋して提示する事実は正確なうえに、今回の作品の中で使うのに適した量だった。

当のぴん介先生も当時の被災地図を見せられて、

「はあ、こりゃ、あっしの家が焼け残ったのは奇跡のような話でさあねえ」

とあらためて感心していた。

美帆は戦後の闇市の様子や、花柳界の話もぴん介先生から聞きだす。その質問事項

はとてもではないが、現代の高校生が思いつくレベルのものではなかった。

作ろうとしているものが自分の手を離れ、大きく深いテーマに踏み入っていることに淳史は早い段階で気づいていた。そして夏目美帆の姿は初対面のときに比べると、遥かに生き生きとして明るいものになっていった。

オンライン水商祭

どの部の作品も出来上がるたびに試写会が行われ、全校生徒で作品の出来を確かめられたので、十月の一般公開に向けて徐々にテンションが高まっていった。その校内の雰囲気は例年の水商祭と変わらぬ印象だ。

「これが一番の成果かな」

とは水野会長の言葉だ。

「これ、とはどのことですか？」

「試写してお互いの出し物の出来をチェックしたから、負けてはならないとみんな頑張る相乗効果があって、そのうちに自分たちの出し物以外も素晴らしいから、どれも沢山の人に鑑賞してもらいたい、という気持ちが起こってきた。それってさあ、毎年水商生が感じてきたことじゃないのかな。いつもと違う形の水商祭にはなってしまったけど、この雰囲気、この気持ちを一年生が味わってくれただけで大成功だよ。来年以降に繋がるからね」

　これを聞いた淳史は水野会長をあらためて尊敬した。「花の第二学年」をコロナ禍で台無しにされた淳史たち以上に、水商最後の一年を暗雲立ち込める中で過ごさざるを得なかった三年生は、悔しい思いを抱えていたと思う。それなのに不貞腐《ふてくさ》れた態度など一切見せず、自分たちが卒業後の母校の心配をしてくれていたのだ。

　コロナ対策の一環で、試写会は校内に生徒が分散した形で実施された。体育館のスクリーンだけでなく、視聴覚室や各教室、実習室に設置されたモニターで全校生徒が同時に視聴したのだ。

　英会話部の英語劇は前年シェークスピアの「ジュリアス・シーザー」が、峰明の演じたアントニーの出来が素晴らしく大評判だった。峰明はいわば助っ人《すけと》での参加だったので、今年は出演していない。今年はソートン・ワイルダーの「わが町」だ。字幕付きなので、これはこれでわかりやすくていい、と好評だ。

　今回はオーストラリアからの留学生が男女一人ずつ、助っ人として参加していた。これも例年には見られないことだ。英語が母国語の留学生が英会話部に参加するわけはなく、これまでは英語劇以外で出演したり模擬店を出したりしていた。今回の形であればこその、他とのかけもち出演だった。

演劇部は短編劇映画に挑戦していた。これは映画研究会とのコラボだ。

演劇部は、一人の部員が自分の家庭問題を題材に脚本を書き上げていて、それでコンクールにも出場する予定でいた。しかし、コンクール自体が中止になったので、映像で形にして多くの人に観てもらいたい、という希望があった。

映画研究会は、鑑賞して批評することを活動の中心にしていたのが、コロナ禍で映画館での鑑賞がしばらく難しくなっていたから、この機会に自分たちの作品をものにしたい、という希望があった。

両者の思惑が一致しての映画製作だ。

試写会での評価は微妙だった。

淳史も「まあまあだな」と思った。悪くはないが、やはり脚本に難があったように思う。誰しも家庭内での不満なり、家族間の葛藤は少なからずあるだろう。そこで共感できる面はある。ただ、書き手の主観が強過ぎるのでは？　と思える箇所もあった。

「親の立場にしたらどうなの？」

という視点が欠けていたように感じたのだ。

この指摘は試写会後に複数出たようで、もう一度編集してみる、という結論になった。この聞く耳を持った態度は立派だ。

いよいよドキュメンタリー「ある師弟の物語～絶対怒っちゃダメざんす」の試写の番になった。

ドキュメンタリーとしては、その三日前に美術部の壁画の制作過程を追った「美の探求」の試写が行われて、これが上出来だった。生徒を驚かせたのは、ＳＭクラブ科講師鈴木麗華先生の別の顔だ。一見冷酷そうに見えて、それがまた美貌を引き立てている印象の麗華先生が、美術部員にはひたすら優しい。アドバイスするときも決して上から目線でなく、

「ここにこの色を入れた方が、こちら側の表現が際立つんじゃないかな？」

などという言い方になっている。

「麗華先生の、あれが素顔なのかもね」

試写後の野崎先輩の感想だ。

「それだけ女王様になったときに迫真の演技をしているってことだ」

生徒間では鈴木先生を尊敬する声が高まった。

淳史たちにとってはこの作品が刺激になって、その後二日間の編集とナレーション録りに気合いが入ったように思う。

試写当日、一番緊張していたのは夏目美帆だった。ドキュメンタリー「ある師匠の物語～絶対怒っちゃダメざんす」は、もはや美帆の作品になっていた。途中から彼女

はディレクターと呼んでもいい存在となり、淳史と木の実はそれでよしとして、むしろ美帆の方が遠慮がちに、

「あの、これを撮っていただきたいのですが」

と要求してくるところを、二年生二人は黙々と従って撮影を続けたのだ。

編集の段階でも美帆の意見は一番尊重された。

「ここでこのカットを入れるのはどういう意味？」

などという質問への彼女の答えは、すべて納得できるものだった。作品に対する理解が一番深いのは美帆であることは明白だ。

淳史が感心したのは、美帆の洞察力だ。読解力の優れた彼女は、人物を見る目も鋭かった。彼女自身はまだ知り合って間もない、ぴん介先生と峰明の性格を表す場面を上手く切り取り、また彼らならではの「名言」を引き出す質問を発した。

撮影に参加した五人は、体育館の大きなスクリーンで試写を観た。自分たちは何度も繰り返し観ているから、画面よりも他の生徒たちの反応を気にする25分間だった。手応えはあった。

ぴん介先生と峰明の会話に生徒たちは笑って涙していた。笑顔のまま涙を流し続ける者もいる。

美帆のナレーションは必要かつ十分な説明を加えていて、近現代史に疎い者にも内

容は理解できたはずだ。そしてその語り口は、客観的でありながら登場する人物への愛情を感じさせるものだった。

　エンドロールが流れ始める頃から拍手が鳴り止まなかった。予想以上にいい反応だ。

「すごいや」

　峰明が目を輝かせ、由美のニコニコ顔が紅潮している。淳史と木の実は互いを見て大きく頷き合った。

　緊張から解放された美帆は人目も憚《はばか》らずに声を出して泣いていた。

「よくやった」

　他の四人で美帆を取り囲み、手を取り肩を叩いた。

　さっそく周囲の生徒からの感想の声が直接届く。

「流石トミーだな」

　クラスメイトにそう言われるたびに、

「いや、実際は一年生の夏目美帆ちゃんが中心になって作ったんだよ」

　と真実を伝えようとするのだが、この場合も謙遜していると思われてしまい閉口した。

（なんかみんな俺を買い被《かぶ》るんだよなあ）

　それが正直な思いだ。

　生徒会室に行くと、

「大傑作だな」

水野会長の第一声に続き、みんなからの賛辞を受けた。

「泣いたわよ」

野崎先輩はまだ赤い目をしている。

「続編も考えた方がいいかもな。今後のことも気になるからね」

水野会長の意見は淳史たちの間でも出ていたものだ。師弟の関係はさらに続く。ぽん吉の成長をまだ追ってみたい、そう観客が望むなら、継続して追いかけることにも意義はある。

「今回は夏目美帆ちゃんの存在が大きかったんですよ。彼女の基礎知識はわれわれとは比べ物にならないぐらい、広く深かったんです。短期間で効率よく撮影できたのはすべて美帆ちゃんのおかげです」

淳史が熱弁をふるう中、みんなは美帆に注目した。

「そうか、長年の読書が大いに生きたわけだな」

水野会長の解釈は正しい。

「そんなことはないです」

いつもの硬く暗い表情に戻って美帆が答える。これには、

「何言ってるの！」

叱る口調で野崎先輩が応じた。

「美帆ちゃん、あなた中学までディスカリキュリアのことでいじめられて、ずっと萎《い》縮《しゅく》してたんじゃないの？」

さらに問い詰める口調になる野崎先輩だ。

「……はい」

美帆に逃げ場はない。

「この学校でそれはないから、自信を持ちなさい。いじめられない代わりに、要求は大きくなるわよ。あなたが計算できないなんてことはどうでもいいの、やれることはやってもらう。これまではいじめられてた分、逆に甘やかされてたと思った方がいいわよ。この学校に来た以上、あなたも二割の側に回りなさい。わかるわよね？『働きアリの法則』『二八の法則』」

「はい、わかります」

膨大な読書量を誇る美帆だ。話は早い。

「あなたは大学に行くためにこの学校で三年間を過ごすつもりでいたようだけど、この学校にいる間は全力ですべてのことに取り組むべきよ。将来ホステスになる気はなくとも、真剣に水商売を学びなさい。そして由美ちゃんたちの力になってあげて。あなたにはこの学校での三年間を暗い表情で過ごしてほしくないの。今日で、全校生徒があなたの実力を認めたわ。わたしもその一人よ。みんなの期待に応えてちょうだい」

すべて淳史が美帆に言いたいことだった。野崎先輩ならうまく言ってくれると期待していたが、予想以上に効果はあったようだ。

美帆の表情から暗いくすみが消えていた。


「オンライン水商祭」は公開されると同時に大評判だった。保護者卒業生ばかりでなく、一般の視聴者からも大絶賛された。

「ロック研究会」に所属するバンド「ピンクジョーカー」のMVには、野球部の内山渡、二組の吉野兄弟、徳永英雄も登場した。私服で街を歩く姿がかっこいいと評判だ。同じく「大江戸キャッツ」のMVはストーリーがあり、花野真太郎がアクションを披露した。チャイナドレスの似合う真太郎が暴漢に立ち向かい、男装の麗人城之内さくらが助太刀する。どちらの繰り出す技も本物だから迫力が違う。暴漢役には柔道部員が起用され、顧問の大野先生もヤクザの親分役で出てきてウケていた。

水商祭全体の構成は木の実を中心に考えたのだが、MVと劇映画の間にコントを入れたり、ドキュメンタリーの次を漫才にしたりと趣を変えて飽きさせない。

映像作品の利点で、演奏も演技も失敗すればやり直しがきくから、生の迫力を失ったのと引き換えに、どれもクオリティーが上がったように感じた。

生徒同士でお互いの出来栄えを讃《たた》え合う気持ちが高まったが、文句なしに全校生徒の尊敬を勝ち取ったのは、野崎先輩だ。二年続けて「水商祭のスター」と呼ばれた彼女は、最終年もスターとして君臨した。演目は、「漫才」だ。

これには誰もが意表を突かれた。

一年生のときには、ゴスロリと呼ばれるファッションでセットの中の大きな籐椅子《とういす》に座ってポーズするだけのパフォーマンスだった。「生き人形」として微動だにしないその美しさが圧倒的だったという。

その翌年が、淳史たちも鑑賞した「SM風新体操」で、前年とは逆に舞台を大きく使った動きで観客を圧倒。

この流れできて、彼女にとっての最後の水商祭で「漫才」？

野崎先輩は着物姿に三味線を手にして登場した。ごく古いスタイルの漫才だ。しかも相方は楓光学園の出羽一哉生徒会長だった。

出羽君は勉強については大秀才だが、お笑いのセンスは皆無と思われた。実際、漫才でのセリフは、多用された「そうそう」以外は、

「そうですね」

「そんな無茶な」

「もうそろそろ終わりですか？」

「それはいけません」

「こら」

「帰りませんか？」

ですべてだったと思う。それも生の舞台ではないから、編集でかなり胡麻化《ごまか》している。それに対して、野崎先輩は三味線を爪弾きながらしゃべるしゃべる。その話題もスポーツから政治に恋愛論と多岐に亘《わた》り、古いダジャレを飛ばしたりするのだが、観ている側としては笑い転げるというより、

「上手いなあ」

と唸ってしまう出来だった。

終わってから聞かされた話では、野崎先輩は一年生で「芸者幇間ゼミ」を受講した際、わざわざ自宅に先生を呼んで三味線を習ったそうだ。

講師の桜亭ぴん介先生によると、

「そりゃもう、あの年のゼミの最優秀生徒でござんすよ。三味線も踊りも高得点、そのうえまあ、器量よしでさあねえ。何かあっしなんざ、小津安二郎《おづやすじろう》監督の映画に出てくる女優さんを思い出しちまいますよ。岡田茉莉子《おかだまりこ》だとか岩下志麻《いわしたしま》なんて人をねえ」

だそうだ。淳史たちはその女優さんの顔が思い浮かばなかったが、ふだん芸者衆に囲まれているぴん介先生の目にも、野崎先輩の美貌は際立って映るようだ。

野崎先輩が芸者としても立派に通用することはわかった。だったら、「笑い」に走らずとも綺麗な着物で日舞に挑戦する手もあったはずだ。今回の演目に「漫才」を選んだ理由は何だろう？　この疑問を本人に直接ぶつけた淳史に、野崎先輩は淡々と答えてくれた。

「ま、わたしも一年のときは持って生まれた顔とスタイルで勝負させてもらったわけですよ」

そう言い切ってもらっても、この人の場合は嫌な感じはしない。彼女の美しさのレベルがトリプルＡなのは事実だ。

「新体操はね、幼稚園の頃から習ってたの」

「流石、お嬢様」

「そうね。お嬢様としてはクラシックバレエとピアノは必須だったしね。それに加えての新体操よ」

これも嫌味に聞こえない。折り紙付きのお嬢様なのは間違いない人だ。

「でさ、今年は初めて水商で学んだことを生かせた演目だったわけ。わたしとしては一番やりがいがあったかな」

「でも漫才じゃなくて、日舞や三味線で勝負してもよかったんじゃないですか？」

「何言ってるの、どちらも奥が深いのよ。芸者のお姐さん方には本当に頭が下がるわ。

わたしなんかのナンチャッテ日舞もナンチャッテ三味線も通用するはずない。漫才も奥が深いけどさ、まだネタのセンスで勝負できるし、相方がいるから少し自分の負担を軽くできるしね」

「そうその相方、よく出羽さんも引き受けてくれましたね」

「そうね、彼も春の対校戦をキャンセルしたことで負い目があったんじゃない？」

これについて真相はわからないが、楓光学園側からも生徒会長が水商祭に出演したことに批判は出なかったそうだから、対校戦の代わりにこれで交流を、という空気はあったのかもしれない。

「出羽さんの感想はどうでした？」

「そんなこと知らないわよ。聞く耳持たないわ」

これも流石、女王様の面目躍如だ。

楓光学園は私立の名門で、ぶっちゃけた言い方をすれば、生徒は勉強担当とスポーツ担当に分かれる。将来のプロアスリート、スポーツ特待生が集うクラスとエリート集団「特別進学クラス」があるのだ。出羽君はその特進クラスの中でもトップを独走している秀才だ。偏差値でいえば水商生の二倍以上あるだろう。

その大秀才が野崎先輩の「下僕」のようにして尽くす姿は、水商生の立場からすると見ていてちょっとばかり気分がいい。勉強にコンプレックスのある身には、「勝った」気にさせてもらえるのだ。だから、水商の特に男子生徒の間で出羽君は人気がある。

出羽君の名誉のために言えば、彼は特別SM的嗜好が強いわけでもないと思う。淳史は野崎先輩と出羽君の出会いの目撃者だ。もっと言うと出羽君が恋に落ちた瞬間を目撃した。「女王様と奴隷」と呼ばれているが、出羽君は何より野崎先輩が本当に好きなのだと思う。本物の恋をしているから、「奴隷」だの「下僕」だのと周囲から言われても気にしないのだ。愛する彼女から、

「漫才の相方やって。ただ立ってればいいから。セリフはこちらで決めてあげる」

などと頼まれれば、そこは惚《ほ》れた弱み、二つ返事で引き受ける。それに野崎先輩の才能を認めてもいるのだろう。

「生徒会長が他校の文化祭に出演するとは如何《いかが》なものか？」

という批判は当然予想されただろうが、そこを気にしないのは、それだけ全校一の秀才として自信があるからだと思われる。

野崎先輩が見事三年連続「水商祭のスター」「水商祭女王」の称号を手にしたことは、出羽君としても大満足だったに違いない。

この漫才の撮影を演出した森田木の実によれば、撮影終了後、野崎先輩は泣いていたという。あまりに意外な話に驚き、その涙の意味は何だったろう、と淳史たちは噂した。

一つには悔し涙。彼女の水商祭にかける意気込みたるや、他を寄せつけぬものがあ

った。初めての水商祭で大評判を取り、二年目はそれを上回るために練習を重ねた。そして迎えた最後の年が、大観衆ではなくカメラの前で演じることになろうとは。その悔しさは彼女の立場でないとわからない。

もう一つは安堵《あんど》の涙。スターの座を守り抜いた安堵ではない。評価は他人がすることだ。彼女は自分の考えていた通りのパフォーマンスをやり遂げて、大きな満足感を得たのではなかろうか。

これについては日ごろ親しくしてもらっている淳史にも直接本人に確かめるのは憚られた。

「野崎先輩、泣いたそうですね？」

と正面から尋ねても、

「馬鹿言ってんじゃないわよ」

と軽くあしらわれて終わりだろう。

もう一つ本人に聞けない場面を、木の実は目撃していた。出羽君が泣いている野崎先輩を慰めるようにその肩に手を置くと、彼女は彼の肩に顔を埋《うず》めたという。

「ウソ⁉」

これを聞いた全員が声を上げてしまった。

「ほんとよ」

答えた木の実はその瞬間の自分の当惑を思い出したのか、困ったような表情を見せた。

周囲を戸惑わせた野崎先輩の行動はほんの数秒で、我に返ると、

「何、調子に乗ってんの？　ふざけるんじゃないわよ」

そう出羽君を罵倒したという。出羽君も肩で泣かれたときより罵倒された方が嬉しそうだったらしい。きっとその方が彼女らしいと思ったのだろう。

淳史はもう一つ、彼女の涙の理由が思い浮かんだ。それは「寂しさ」だ。

水商祭が終わり、十二月で生徒会長選挙を経て幹部が交代すると、いよいよ三年生は卒業までのカウントダウンだ。つまり水商での生活の主だったイベントの最後にあるのが三年生で迎える水商祭だ。彼女にとっては、この漫才の撮影終了時の、

「はい、ＯＫです」

の声が高校生活の終わりを告げていたのだ。

淳史は野崎先輩の純粋な愛校精神を知っている。それは学園生活を心から楽しむ日常から生まれたもので、誰かに押しつけられたものではない。常に先頭を駆け抜けてきた彼女は、（まだゴールしたくない）という気持ちでいっぱいなのかもしれない。

一学年上の先輩の中で淳史に一番大きな影響を残したのが、野崎彩であることは間違いない。

淳史たちが入学したときにはすでにその名は、水商二年生を代表する生徒として認識されていた。何しろまずその外見が目立つ。淳史の同級生は入学早々から男女とも野崎先輩の情報を求めていた。

「野崎先輩は田園調布に住んでいるんだって」

「野崎家がお金持ちなのは間違いない」

「すごいお嬢様だってな」

「中学までは私立女子校に通っていて、勉強もできたらしい」

「お父さんが政治家だってさ」

「お祖父《じい》さんもらしいよ」

断片的に入ってくる噂はどれもすぐには確認できなかった。その謎のベールに包まれているところが、さらに野崎先輩の魅力になっていたように思う。

淳史の場合、一年生の代表として生徒会室に出入りするようになり、少しだけ野崎先輩との距離が縮まった。そして、そのときの松岡尚美生徒会長に淳史が恋心を抱いていることが、野崎先輩にバレてからはさらに身近な存在になった。野崎先輩は松岡先輩を尊敬していたから、淳史の恋心を当然のものと受け止めてくれ、いわばお互い松岡先輩を慕う「同志」のような関係になってしまったのだ。

その野崎先輩との別れが近づいていることが、「祭りの終わった後」の校内ではより切実に感じられるのだった。

週刊ほっとけん

水商祭の話題はメディアにも取り上げられていたが、珍しいことではない。「歌舞伎町カーニバル」はいわば風物詩でもあるからだ。

テレビのニュースではモニター前で鑑賞する人々の姿が流れたし、雑誌にも写真付きで紹介されていた。

ただ、いつもと違う見方の報道もあった。

その典型が「週刊ほっとけん」だ。「オンライン水商祭」の画像に、「クラスター予備軍『都立水商』！　こんな学校必要？」との見出しで、水商不要論をブチ上げている。

だいたい痛くも痒《かゆ》くもない懐に手を突っ込んできて、当事者から、「ほっとけや」と罵声を浴びせられることで有名な雑誌だが、今回の記事は水商生も「ほっとけ」と言ってばかりはいられないものだった。

記事ではまず、コロナ禍により水商売の世界で求人の減っている現状が伝えられていた。この部分は水商生も切実な問題として、むしろ参考にしたいような内容だ。実際に店を解雇された人のインタビューは気の毒なもので、読んでいて胸が痛んだ。

たぶん記者が違うのだろう、続く「事情通」が語ったとされる部分は胡散臭《うさんくさ》さ満載、まるで都立水商が業界の鼻つまみものであるかのようだ。去年の校外実習で現場のスタッフと接した淳史たちからすれば、「この『事情通』は存在しないな」と見破ることができた。こんな人物を捏造《ねつぞう》してまで水商を貶《おとし》める動機が不明だ。

フーゾク科についても、【だいたい未成年にあんなことを指導するとは諸外国から糾弾されるのが当たり前です】と開校当初から言われ続けている批判に続き、【それに、そんなものを時間かけて勉強したところで、職業としても先は見えているでしょう。もはやそんなサービスに大枚を支払う人は時代遅れですよ。時代はVRポルノです。目の前にエロい美女がいる画面と、それに連動したテンガの動きで、そりゃもう昔からしたら夢の世界に突入ですよ。それで少子化が進むと心配する向きもありますが、それだけ魅力的だということです。生身の女性を凌駕《りょうが》しますね】

何の「事情通」だかよくわからない人が延々と持論を語っている。

淳史は「テンガ」という商品名を高校生になって初めて知った。

知ることになったきっかけは、校内の廊下に貼られたポスターだった。フーゾク科の生徒を鼓舞するポスターで、例のお色気満点の神先美紀先輩が微笑む写真に赤い毛筆で、「テンガに負けるな！」と大書されていた。

峰明と二人で「何のことだろう？」と話していたら、周りから笑われた。同級生は中学生の頃から知っていた者が多いようだ。中には、「俺、使ったことがある」という豪傑もいた。すぐにみんなで取り囲んで質問攻めだ。

「中学生でよく買えたな」

「兄貴からもらった。誕生日のプレゼント」

「なんだそりゃ」

「いい兄貴だな」

「で？　どうだった？」

「え？」

「どっちがいい？」

「どっち？」

「本物と」

「あ、俺、まだ本物知らないし」

このオチで、彼は「テンドウ」とあだ名されることになった。「テンガ童貞」の略だそうだ。

記事の中で「事情通」は本物よりテンガがいい、と言いたいらしく、VRポルノとの組み合わせは「無敵」としている。

記事の狙いは「だから水商は不要」と結論づけることにあると思われたが、男性の「事情通」に続いて女性の論客も現れ、今度は「女性蔑視の元凶」としての水商解体論だ。これは不要論よりさらに過激に論を展開していた。

水商生にショックだったのは、

【都知事に内部告発の声も届いている】

の一文だ。

内部告発？

誰だろう？　卒業生か？　それとも？？？

（いやいや、これも狙いだろう）

淳史は冷静になるように努めた。

「週刊ほっとけん」を購入した水商生はいないだろうが、ほっとけんウェブにはみんな目を通しているはずだ。この記事を読んでいないのは二年A組でも峰明ぐらいのものだろう。内部告発者の件ではみんなが疑心暗鬼になってしまう。

（この中の誰かが）と疑った瞬間に敵の思うツボだ。

敵とは水商閉校を企図している勢力だが、その姿はまだ不明で、本物の敵が姿を現す前に内部分裂を起こしていては話にならない。

記事は大地《だいち》るり子《こ》東京都知事へのインタビューで終わっていた。その内容は、内部告発者のものも含めご意見をまとめているが、拙速に結論を出すつもりはない、というなんだか煮え切らないものだった。水商を存続させる気があるなら、そう明言するはずだろう。

「週刊ほっとけん」は次の週には、VRポルノ最強説を唱えていた事情通を神先美紀先輩に突撃させ、

【流石、都立水商フーゾク科首席だけのことはある。拙者ヘロヘロにされました！】

などと茶化した記事にしているから、本気で水商閉校を望んでいるようでもない。

渡によると、

「こういうの、観測記事、アドバルーンとか言うらしい。誰かが記事を書かせて、世間の反応を窺《うかが》っているわけさ。書いている方は雑誌が売れさえすりゃいいわけで、一つの高校が閉校になってもならなくてもどうでもいいからな。本気で水商閉校を望むやつは別にいるよ」

淳史の頭には都知事の姿が浮かんでいた。

変身

例年とは違う形の水商祭であったが、なんとか全校一丸の空気を演出することはできた。特に一年生にはこの学校の伝統の片鱗でも味わってもらえたかと思う。

水商では「一年生は水商祭を経験してやっと本物の水商生になる」と言われてきた。コロナ禍に見舞われた今年もそれは変わらなかった。自分たちの撮影に向けて準備と練習の日々を経験してから、確かに一年生の顔が変わった。そこには上級生に劣らない愛校精神が見受けられる。

中でも一番の変貌を遂げたのは夏目美帆だろう。田中由美によれば、それまではクラスでも目立たない存在だった美帆は、水商祭後見違えるほど積極的になり、

「わたし、ディスカリキュリアといって、計算のできない学習障害なの」

と自分からみんなに告げたそうだ。

「それで、クラスでの反応はどうだったの？」

「そうですね、へえ、って感じかな」

由美の表現力の限界はいつもすぐそこにある。

「へえ、って、それがどうしたの？　みたいなこと？」

「そうです、そうです。美帆ちゃんほどでなくても普通に数学で0点取った人もいるんで、そういう人が『同じじゃん』て言ってました」

「同じじゃないけどね」

「そうかもしれませんけど、誰もそんなことでは馬鹿にしないし、それに水商祭から美帆ちゃんは尊敬されてるから」

これは一年生だけではない。上級生も「ある師弟の物語～絶対怒っちゃダメざんす」のナレーターを務めた美帆が、その内容も自分で書いたことを知らされ、「ちょっとそれ、うちの学校には珍しい才能の持ち主だろ」とみんな感心している。

OGの松岡尚美先輩も、

「水商祭のスター野崎彩ちゃんの最後の年に、すごい新星が現れたわね。タイプは全く違うけど」

と絶賛している。これは長年水商祭を観続けている、卒業生や教職員が共通して思っていることかもしれない。

名前を挙げられたその野崎先輩が美帆のことをどう評価しているかというと、「逸材ね」の一言だった。これは生徒会室での初対面のときからすると百八十度転換した評価と言える。

「ケンさんが言ってたように、SMクラブ科の方が彼女にはあっているかもしれない」

「僕も最初にそう思いました」

この淳史の出過ぎた発言に、野崎先輩はジロリと女王様の視線で応えた。思わず、

「すみません」と謝ってしまう。

「わたしが言っているのは見た目のことじゃないの。確かにあのスタイルの良さはボンデージが似合いそうではあるわね。でもわたしが評価するのはそこじゃない。あの子のボキャブラリーの豊富さよ。知識ね。トミー、Sの女王にとって一番難しい技は何だと思う?」

問われた淳史の頭の中で、鞭をふるう松岡先輩の姿が浮かんだ。鞭打ち? いやそれだと答えとしては簡単過ぎる。

「何ですか?」

「言葉責めよ」

「そうなんですか?」

「常識」

「いや、ふつうの高校生はそんなこと知らないです」

「わたしがふつうの高校生じゃないとでも?」

「……ふつうです」

「ふつうじゃないわよ」

Mのお客さんてこんな会話が楽しいのかな、と頭の隅でぼんやり思う。

「言葉で責めるのに、SMクラブ科ではまずセリフを覚えるようにして練習する。つまりはマニュアルがあって、それを組み合わせての責めになるわね。でもそれじゃあ、ダメ。SMのプレイってのはね、Sの女王が好き勝手に責めているわけじゃないのよ。あくまでMのお客様に合わせて、その好みを探りながらやってるわけ」

なるほど、これは同じ学校にいてもマネージャー科では教わらない話だ。しかし、言われてみれば腑に落ちる。

「ということはさ、豊富なボキャブラリーの中から、Mが言われて一番喜ぶ言葉をチョイスする能力が問われるの。彼女はそのボキャブラリーの量で、SMクラブ科の全学年の生徒を凌駕するわね。いい女王様になると思う」

野崎先輩から発せられる一番の誉め言葉だ。

「うちの学校は途中で転科できるんでしたっけ?」

「それはないけどね。でも美帆ちゃんの能力はホステス科でも買われるものだから、きっと実習での評価は高くなると思うな。ま、こっから先は彼女の心がけ次第だけど」

確かに入学当初の自信のない美帆では、何をやっても成果を出せなかったろうが、今は違う。

淳史には美帆自身がその気になってくれていることが一番嬉しい。美帆の中でこれまで隠されていた才能の存在を感じ、その開花を企てたのは正解だった。それで彼女自身が前向きに生活できるなら、水商に来た甲斐があるというものだ。

それは昨年、淳史自身と親友峰明が体験したことだった。今の夏目美帆の中には、峰明と同じく、

「わたし、この学校に来て本当によかったです」

という気持ちが芽生えてはいないだろうか。

その峰明に美帆はずっと張りついている。「ある師弟の物語パート2」として撮り続けるためだ。カメラの操作を自分で覚え、由美を伴って峰明とぴん介先生を追っている。

由美によると、

「美帆ちゃんは峰明先輩に読み聞かせもしてあげてるんです。この前は映画を観る前に『鬼滅《きめつ》の刃《やいば》』を二十二巻読破です」

「すごいな、それ」

「峰明先輩はすごく喜んで、最終二十三巻の発売を楽しみにしてます。文学作品だと、目の不自由な人のために『音訳』と言って、朗読のCDが図書館に置いてあるそうなんですけど、漫画にはそんなのないから、これまでは漫画の絵を見ても意味がわからなかったんだそうです」

「でもさ、それすごく時間かかったろう？」

「でしょうね」

「そんなに長い時間二人きりって……二人はつき合ってるのかな？」

「どうなんでしょう？　わたしはいつも二人のそばにいますけど、つき合っているのとはまた違う気もするし、わかんないです」

「ふーん」

由美が判断つきかねているのもわかる。これは親友に対して失礼な言い方かもしれないが、確かに美帆はともかく峰明に恋愛のイメージはない。

「で、撮影は順調なの？」

「はい、この前松岡先輩に連れられて六本木に行ってきました」

「え？　あれ撮影したの？」

この件は淳史も松岡先輩からのメールで知ってはいた。

松岡先輩は大学に通いながら週に一度水商に来て、後輩たちの受験勉強の相談を受けているが、同じ頻度で六本木のSMバー「SM男爵」でバイトをしている。何しろアメリカのSMクラブに百万ドルで誘われた女王様だ。このコロナ禍でも予約殺到の大人気らしい。

その「SM男爵」の新人女王様に鞭打ちのコツを教えるために、峰明を練習台とし

て借りる、というメールをもらい、

【僕がお貸しするわけでないので、本人さえよければ。ミネをよろしくお願いします】

と返信しておいた。

そこに美帆と由美で撮影に行ったらしい。六本木のSMバーに高校一年生の女子二人が訪れるというのは、他の高校なら退学だろう。

「どうだった？」

「すごいです、峰明先輩、ぽん吉さん。松岡先輩が『太鼓持ちの鑑《かがみ》』と呼んでました」

その話は去年も聞いた。峰明は鞭打たれながら、

「お上手です！……あ、効いてます、効いてます！……うわっ、今のはすごい！　死ぬかと思った」

とヨイショを続けたというのだ。

「美帆ちゃんは何だって？」

「いい画が撮れたって喜んでました」

ドキュメンタリーとしては迫真の名シーンになりそうだ。

「それに美帆ちゃんは鞭打ちに感動して泣いてました」

「感動して？」

「はい。お店のお姐さんたちと一緒に峰明先輩の頭を撫でてました」

「ふーん、やっぱつき合ってるのかな？」

「どうでしょう？　でもわたしはいいコンビだと思ってます」

「いいコンビかな？」

「はい。ちょっと見ると、字の読めない峰明先輩と計算できない美帆ちゃんのコンビですけど、見方を変えると暗算のすごい水商の優等生と本読むのが速い物知り女子のコンビですよ」

「そうだな、できないこと数えるより、できることとアピールすべきだものね」

去年の水商祭で英会話部の英語劇に峰明を送り出したときと、今年美帆にドキュメンタリーのディレクターを託したとき、淳史の中には共通の思いがあった。この二人の能力をみんなに認めてもらいたい、という思いだ。どちらも成功したと思っている。それで当人同士が仲良くなり、いいコンビでいてくれるなら、これに越したことはない。

水商バスケット部

水商祭は例年の熱気を校内にもたらした。しかし、その他の行事はほぼ全滅状態だ。

一月下旬に予定されていた淳史たち二年生の修学旅行は、夏休み前に中止が決定していた。残念だがこれはやむを得ないだろう。この判断が正しかった証拠に、収束に向かうと思われていたコロナ禍も秋になって予想以上に大きなうねりとなっている。特に都内の感染者数が増えていることを思うと、受け入れ側の地方にしても東京新宿歌舞伎町から二百人以上の高校生がやってくると聞かされれば、心穏やかにはいられまい。これは差別とはまた別の問題だ。

それにこれは水商に限った話ではなく、他校でも同じ決断を余儀なくされたところが多いので、多少諦めはついた。

例年、水商祭の次に開催される行事は体育祭だ。これも中止となり、運動部員たちは見せ場を失うことになった。

「まあなんだ、今年は特別に水商祭に出演できたことで納得するしかないかな」

とは内山渡の弁だ。確かに例年であれば野球の練習に忙しい身では出演は難しい。昨年吉野兄弟が二組とも「ミスター水商コンテスト」に出場したのは、本番当日だけで済む話だったからで、稽古期間が必要な演目なら無理だったろう。

今年は高校生スポーツマンの活躍の場はないもの、と諦めかけていた十一月になり朗報が舞い込んできた。

水商男子バスケット部が都大会で優勝を果たしたのだ。もちろん初優勝だ。これについて一般生徒は一瞬驚いたものの、すぐに、「だろうね」という反応に落ち着いた。何しろ一年生徳永英雄の存在が大きい。

英雄は入学後も身長が伸び、今は二〇四センチもある。垂直飛びは一〇〇センチというから、単純に足し算すれば、彼が高さ三メートルと五センチのバスケットゴールの真下でジャンプすれば、髪の毛はリングに接することになる。

元WNBA選手である母親からバスケットの英才教育を受けた英雄は、他校の留学生選手に負けないテクニックを一年生の段階で身につけていた。年上の彼らを圧倒したのだ。

コロナ禍がなければ英雄のバスケットでの活躍は難しかっただろう。野球部との兼ね合いがこうはうまくいかなかったはずだ。

それにコロナ禍で都内の強豪校が練習不足に陥っていたことが、この番狂わせを呼んだ可能性はある。

「あーあ、全校で応援に行ければよかったのに」

そう悔しがったのは野崎副会長だ。今回の都大会は感染予防の観点から入場には制限が設けられていた。それさえなければ全校生徒で応援に行って、大いに盛り上がったはずだ。

水商生は入学早々に必ず、かつての甲子園での優勝の伝説を聞かされる。その栄光の中心人物たる伊東先生の口からはあまり語られないが、当時を知る他の先生からは昨日のことのように熱く語られる歴史だ。

事務の幕内達二《まくうちたつじ》さんなど、この学校の一期生で、例年新入生の校内見学の日には、体育館の玄関ホールにある「栄光の歴史コーナー」に立ち、エンドレスに解説を続けている。

聞かされる生徒にすれば、想像を超えると言われるその熱気の中に一度は自分も身を置きたいという気になる。今回はそのチャンスだったのだ。

「バスケット部、圧倒的な強さだったらしいわよ」

とは生徒会担当の小田真理先生の話だ。小田先生は同期生の幕内さんに聞いたらしい。幕内さんは水商野球部の伝説の語り部であるのと同時に水商バスケット部初代キャプテンで、今回も全試合を観戦してきたという。

「幕内さん、キャプテンだったということは優秀な選手だったんですか？」

淳史が小田先生に尋ねると、

「あのね、わたしたちは一期生だからね、先輩はいないの。キャプテンたって、そりゃもうヘタレ選手よ」

とのことだった。

だが、幕内さんは別の伝説の主人公でもある。一期生のホステス科ナンバーワンとの恋の伝説だ。実習先のお店からの引く手あまたで、卒業後すぐに大金を稼ぐこと間違いなしだったホステス科の丸山真由美《まるやままゆみ》先輩が、マネージャー科の幕内先輩との結婚を選択して、ホステスの道に進まなかったという生徒憧れの伝説だ。このロマンスの伝説を聞いた後で幕内先輩を見ると、そのさえないオジサンぶりにガックリくるのがお約束だが。

その幕内さんから小田先生が聞いたところでは、徳永英雄以外の選手も格段に上手くなっているらしい。

「なんでも決勝まで一度も相手にリードを許すことがなかったらしいのよ。徳永君だけでなく、全員試合が終わるまでスピードが落ちないそうよ。春先までそんなじゃなかったのにね」

これを聞いて淳史に思い当たることがあった。真太郎とさくらの古武術を取り入れた指導だ。英雄以外の選手の急成長はその効果以外に考えられない。

真太郎とさくらが古武術のテクニックを他競技に生かすべく、連日奮闘していたのはみんな知っていた。しかしそれは、なかなか成果を出せていない、という評価が一般的だった。

これについて淳史は直接真太郎に疑問をぶつけたことがある。その答えは素人にもわかりやすかった。

「あたしとさくらは城之内合気柔術の技でその競技に使えるものだけを教えていて、柔術そのものを教えていないわけ。つまりさ、ピアノを習ったことのない人が、『この曲だけ演奏できるようにしてほしい』と言うのを手伝うのと同じ。そんなの難しいじゃん？　ピアノを基礎から勉強している人に一曲弾いてもらうのは簡単だけどね。ただ、たとえば亮太や樹里はラグビーの方は基礎から練習しているから、一度柔術の技を応用できれば、それはあたしたちがラグビーをやるのとは全然違う成果が期待できると思うな」

バスケット部でも同じ問題があったはずだが、こちらでは成果が出るのは早かったらしい。

水商はスポーツ推薦を受けつけないから、英雄以外に高身長の部員は三年生の本間《ほんま》大輔《だいすけ》先輩だけだ。マネージャー科の本間先輩は一九三センチで、体重も九〇キロある。これまでは彼を生かす選手がいなかったのだが、英雄とのコンビプレイに活路が開けた。動きの硬さを指摘されることの多かった本間先輩は、真太郎たちの指導で柔軟さを身につけ、シュート成功率も一気に向上したという。

「本間先輩なんて体が硬いと思われてたけど、使い方というか体の伸ばし方を間違っていただけで、ちょっとアドバイスしたら数分で柔軟さがアップしたよ。それ以外にも押されても動かないコツを身につけた。これは全部員に言えることだけどね。英雄君なんて見た目は細いけどゴール下の位置取りに絶対負けないから。今の水商バスケット部は誰でも他チームの選手に押し負けない。ボックスアウトと言って、リバウンド争いのときに相手選手に体を接してゴールの方に入れさせないようにするんだけど、水商の選手はここで押し負けない強みを発揮するわけ」

英雄と本間先輩以外のスタメン三人に大きな選手はいない。そのうちの一人池村真治《いけむらしんじ》は淳史のクラスメイトで身長は一七〇センチだ。あとは一八〇センチの三年生石田正己《いしだまさみ》先輩と、一年生で一六五センチと小柄な長岡壮太郎《ながおかそうたろう》だ。壮太郎は部員の中で一番小柄だが、見るからにすばしっこそうで、そこを買われての起用らしい。

池村真治は内山渡の前の席で二人は仲がいい。

「シンジ、優勝おめでとう」

クラスメイト全員でお祝いしたときには、

「いやあ、なんかコロナのドサクサに優勝したみたいで、よその強豪校には申し訳ないんだけどさ。だって、他の年だったら英雄も試合に出られたかどうか微妙だもの」

嬉しさも半分ぐらいしか見せていなかった真治は、

「今年のウインターカップは予選なし。直近の大会の成績順で推薦」

と聞かされると、

「えぇー！」

と叫んで嬉しさで悶絶《もんぜつ》していた。呼吸をするのも忘れたようにしていたが、しばらくして、

「なんて運がいいんだろうね」

泣き笑いの表情だ。

「シンジの努力が実ったってことだよ」

そう渡が言っているのに、本人は首を横に振った。

「いやあ、運だよ、運。去年までは夢にも思わなかったことだもの。第一、都立高校にいて英雄みたいなやつと一緒になると思う？　あいつはね、ふつうじゃないからね。ああ、そう、渡はよくわかってるよね。ピッチャーとしても怪物だろうけど、バスケットでもすべての面で規格外だよ。それにコロナがあったから、あいつもバスケットの練習続けられたわけだし。俺みたいなふつうのやつがウインターカップに出られるなんて、奇跡だね」

恒例行事やスポーツ大会の大半を失った中で、このバスケット部の活躍は校内を明るく照らした。連日、体育館はバスケット部の練習を見に来る生徒で賑《にぎ》わっている。

今年のウインターカップ神奈川県代表は楓光学園だ。その楓光学園バスケット部から練習試合を申し込まれた。恒例の対校戦が流れたからその穴埋めともいえる対決だ。

毎年六月の楓光学園との対校戦で水商バスケット部が勝利を収めたことはない。昨年も圧倒的な差がついた。バスケット部に関しては、最初から勝負にこだわらず、両校の女生徒と水商ゲイバー科生徒が楓光学園の選手の華麗なプレイにキャアキャア言って盛り上がる、というのが例年の光景だ。

三年生の本間大輔と石田正己は、一年目と二年目にそれを味わい、まさか最後の年に互角に戦える日が来るとは思っていなかったはずだ。

試合場所は水商体育館。楓光学園チームはバスでやってきた。

土曜日だったが、初夏対校戦の代替試合という意味で、全校生徒が登校して観戦することになった。ただし、ソーシャルディスタンスを取るため、一般生徒は教室のモニターで観戦、運動部員と三年生の一部が体育館の舞台とギャラリーで観戦、使わない隣のコートにラインダンスのメンバーがチアリーダーとして立った。ただし声を出さず音楽を流しながらの応援だ。

伊東は野球部員と一緒に舞台の上から観戦する。バスケット部のエース徳永は野球部のエースでもある。ここはチームメイトとして応援にも熱が入る。

両チームのウォーミングアップが始まった。流石、楓光学園チームはアップでも統率の取れた動きを見せる。何しろ楓光学園バスケット部は、バスケットが好きであれば誰でも入れるという部ではない。スポーツ特待生を中心に、選ばれた者だけが入部を許される。まさに「選手」だ。皆、一定のレベル以上の実力を有しているのが、その動作から感じ取れる。特別バスケットに詳しくない者が見ても一目瞭然だ。

一方の水商バスケット部は部内での実力差が著しい。たぶんこの選手は試合ではあまり使われないだろう、とわかる選手でも背番号をもらっている。公式戦でも全部員がベンチに入れるわけで、楓光学園のような部内での苛烈な競争とは無縁だ。

それでも伊東の目には昨年までとは見違えるチームと映る。それは当然徳永英雄の存在が大きいのだが、それ以外に古武術の技の会得で、選手が自信を得ているのも作用している。

一度、真太郎に言われて、一番小柄な長岡壮太郎を押してみたことがある。おそらく体重からいえば、伊東の方が三〇キロは重い。にもかかわらず、壮太郎の背中に両手を当てて思い切り押しても一センチも動かすことができなかった。

「どういうことなのかな？」

これは降参、ということで真太郎に聞くと、

「じゃ、交代して逆をやってみましょう」

と、今度は壮太郎に押された。簡単にズルズルと移動させられてしまう。

「ま、こうなるのが当たり前だな」

実験するまでもなく予想通りの結果だ。

「先生、今足を踏ん張ったでしょう？」

真太郎が確認してきた。これも当たり前の話だ。押されても動かないよう、伊東は足の裏で床を押していた。

「でも、さっきの壮太郎は踏ん張ってなかったんですよ。踏ん張るとシューズの底を支点にして動かされてしまうんです。テコの応用です。だから踏ん張らない。空中でもそうです。よく男性ダンサーが女性ダンサーをリフトするシーンがあるでしょう？あれだって体重四〇キロぐらいの女性が体をピンとして、男性が重心の真下に入るから持ち上げていられるわけです。先生、四〇キロのバーベルと四〇リットルの水が入ったビニール袋とどちらが持ちにくいと思いますか？」

「そりゃ、バーベルは持てても、グニャグニャするビニール袋は持ちにくいだろうな」

「そうなんですよ。重心が安定しませんからね。つまり空中でも体を硬直させない方が動かしづらいんです。徳永君はそれを会得しました。空中で自分より重い選手と接触しても彼は負けないです」

体験してみるとただ不思議でしかなかったが、理屈を説明してもらうと何となくでも納得できた。だが、納得したから実践できるというものではない。それを体得するために、選手一同努力したのだろう。

野球部でも真太郎とさくらの指導は取り入れてある。

特に成果が期待できるのは、投手の牽制球《けんせいきゅう》の投げ方だ。ボールを投げるにはどうしても肩を引く動作が入る。それを指導によってなくすことができた。そして気配を消す。いわゆる「殺気」を消すのだ。

見るとわかりやすい。英雄などセットポジションから、本当に何の前触れもない感じで牽制球が飛んでくる。一瞬、どうやって投げているのかわからなかった。その前に一度ふつうに牽制球を投げると、これがフェイントになって、その次には仕留めることができる。

まだ試合では試していないが、早く実戦で使ってみたい。

呼吸についての指導も興味深かった。バスケットでもそれは同じらしく、田村監督によれば、

「真太郎とさくらは、流石に目のつけどころが違います。『先生、フェイクって呼吸ですね』と言ってきましてね。相手に見せている呼吸と実際の呼吸を変えているフェイクは効く、というのです。それは武術でも同じだと。つまり、剣豪もですね、相手が息を吐いた瞬間に打ち込むと効果的だから、呼吸を悟られないようにするのだけれども、達人は見せかけの呼吸で相手を翻弄するのだそうです。二人はうちの部員に呼吸法も指導してくれまして、そうしたら、試合中のスピードが落ちなくなったんですよ。試合開始から最後まで同じスピードです。持久力は飛躍的に伸びてます」

ということだった。

コートでは水商チームがランニングシュートを始めた。

伊東は野球部以外の試合を観戦することはなかなかできないが、各部の顧問から情報を仕入れて、水商運動部にどんな選手がいるか把握するように努めている。

体育の授業においても、（この子がテニス部の新人か？）などと確認し、一般生徒にも隠れた逸材がいないものかとチェックする。昨年の一年生の中からは山本樹里という天才的ランナーを発見した。そんなことも体育教師としての務めの一つと考えている。何しろ人生は一度きりだ。自分に適した競技に出会えば人生は少しだけかもしれないが豊かになる。

バスケット部のメンバーも全員体育の授業でチェック済みだ。

三年の本間大輔は入学後に十センチ以上身長が伸びた。彼も中学卒業時に一九〇センチ以上あればバスケットでの高校進学もあり得たかもしれない。それを思うと水商バスケット部では貴重な存在だ。たぶんこの数か月で一番成長した選手だろう。もともと横幅もあり、体には恵まれているが硬さが気になる選手だった。入学時から「ロボ」とあだ名されていたほどだ。ロボットのロボである。関節の可動範囲が狭くて動きが機械的に見えたのだろう。ただ、「硬さ」とともに「堅さ」もあり、特定の位置からのシュートは成功率ほぼ百パーセントの印象があった。その彼が柔らかさと器用さをこの数か月で身につけている。真太郎とさくらの指導の賜物《たまもの》ではあるが、もう一つ徳永英雄の影響もある。三年生が一年生に影響を受けたわけだ。

スタメンの中のもう一人の三年生でキャプテンの石田正己はホスト科だ。体育の授業では優等生で、走らせれば長短どの距離も速い。千五百メートル走の記録は全校で一位だった。綺麗なフォームのミドルシュートが武器で、昨年までのチームのポイントゲッターだ。

二人の三年生は、以前からするとアップの様子も格段に垢抜《あかぬ》けて見えた。

スタメンただ一人の二年生池村真治は伊東のクラスの生徒だ。池村はスポーツ万能で、水商ならどの部に入っても中心選手になっていただろう。とにかくセンスがいい。何をやらせてもいきなりフォームがいいのだ。そしてどの競技でもゲームの中での判断力が優れている。なかなか教えても身につかない部分だが、池村の場合は手取り足取り教えなくても正解を導き出してくれる。伊東が率いる現在の人材豊富な水商野球部でも、少なくともベンチには置いておきたい選手となっただろう。

一年生の長岡壮太郎は、春先からバスケット部の練習に参加していたようだが、体育の授業では七月になって初めて見た。驚いた。田村から聞いていたものの、その俊敏さは想像を超えていた。一六五センチと小柄ながらランニングジャンプでバスケットリングを握る。この選手の強みは去年までの水商バスケット部の弱さを知らないことだ。アップの輪の中にいても伸び伸びとしていて、緊張感とは無縁に見える。

そして徳永英雄。投手としては伸びしろを感じさせる面もあるが、バスケットに関しては門外漢からは完成形に見える。おそらく世界に目をやっても、二メートルを超える身長でここまで動ける十六歳はいないだろう。監督の田村によると、勝負所でポイントガードを任せることもあるらしい。自らボールを運び、味方にパスを出してシュートさせ、そのままリバウンドに入る。シュート力もあるうえに、味方の力を引き出す能力も高く、

「本間大輔なんて上手さ倍増です。見ていてください。本当に二倍上手くなってますよ。ヒデのおかげです」

と田村監督は熱く語っていた。

アップを終えた両チームがベンチに戻り、選手紹介が行われた。一際長身の英雄がいても平均身長は楓光学園の方が高い。一九〇センチ台が三人にガードの二人も一七六センチと一八五センチだ。水商のガードの二人がすごく小さく見える。

試合開始。センタージャンプは英雄が制した。そこから水商の選手が糸で繋がっているような連係を見せると、いきなり英雄のアリウープで初得点だ。楓光学園の戸惑いが感じられた。英雄のスピードが彼らの予想を超えていたようだ。

昨年までの対戦が嘘《うそ》のように水商有利の展開だ。水商のスタメンで昨年と違うのは

二人だけであるのに、まったく別のチームになっている。

英雄と大輔のポストプレイが面白いように決まる。どちらかがハイポストでボールを受けると、ローポストの他方にパスを送り楽に得点を重ねる。楓光学園にとって予想外だったのは、大輔の活躍だろう。自分より十センチ以上高い英雄と日頃から一対一の練習を重ねてきた成果で、大輔のシュートモーションが少し変わっている。頭の後ろまでボールを回して構え、そこからシュートを放つのだ。一九三センチの彼がこれをやるとブロックするのは難しい。英雄にさんざんブロックされたために、自然と身についたフォームのようだ。

そして英雄のパスも上手い。大輔に送るパスがディフェンスをかわすサイドに少しズレる。ボールをキャッチした瞬間に大輔はディフェンスを半ば抜いた位置にいる。逆にローポストで英雄がパスを受けると、その瞬間に相手が誰でもミスマッチだ。いわゆる「上はノーマーク」の状態になる。

楓光学園としてはこのインサイドの苦境は打開しなければならない。監督からの指示で楓光学園がインサイドのディフェンスを固めると、今度は水商のアウトサイドからのシュートが決まり始めた。石田と池村が3Pシュートを放つ。シュートが落ちてもオフェンスリバウンドを奪う確率は昨年の倍以上だろう。それがシューターの気持ちを楽にさせ、シュート成功率を上げる、という好循環だ。

英雄も3Pシュートを放った。それも三本連続で決めている。成功したシュートの感触が残っているうちに続けて放った印象だ。

ディフェンスとリバウンドの強くなった水商は、ファストブレイクも続けざまに決め、点差は開くばかりだ。

楓光学園からすれば、水商との試合は、いつもホームコートで開催されていた。初めてのアウェイで、ここまでの苦戦を強いられるとは予想外だろう。

しかし、いいチームには、どんなに劣勢でも心を折らずに踏ん張る選手が必ずいる。本当にいい選手というのは、敗戦の中でも輝くものだ。

楓光学園の場合、背番号11のガード佐々木《ささき》勝也《かつや》がそれだ。佐々木は一七六センチとスタメンでは一番小柄な選手だが、スターのオーラを纏《まと》う選手だ。昨年も同じ背番号で輝いていた。観戦していた水商生に大変な人気で、この練習試合でも彼の登場を楽しみにしていた生徒が大勢いた。アップの際には、

「佐々木くーん」

という女生徒の声と、

「カツヤちゃーん」

というゲイバー科生徒の野太い声がかかるたびに、

『大声での応援はご遠慮ください』

という場内アナウンスが入っていた。

伊東の目にも佐々木のアスリートとしての輝きは眩しいものだ。均整の取れた骨格に、筋肉のつき方も理想的だ。

昨年の対校戦で、佐々木はファストブレイクからダンクを決めていた。それもダンクを狙って勢いをつけた走りではなく、肩の力を抜いたスマートなドリブルから、レイアップにいくフォームでそのままリングの上までボールを持っていき、そこで手首を返してリングを貫いた。そしてバレエダンサーのように音もなく華麗に着地した。その瞬間、体育館が歓声でなくため息で満ちた。それほど美しいプレイだった。

その佐々木が必死に戦っている。昨年の彼が六割か七割の力で余裕を持ってプレイしていたとすると、この日は百二十パーセントの回転数でエンジン全開だ。

そしてそれは第2ピリオド残り3分で起こった。

水商の攻撃中、石田のシュートがリングに弾《はじ》かれ、楓光学園のセンターにキャッチされた。佐々木がセンターサークル付近まで走りボールを呼ぶ。

一九五センチの選手が頭上に掲げたボールをサッカーのスローインのモーションで送った。少し高いパスだ。一七六センチの佐々木がジャンプしてそれを受けようとした。壮太郎が、そのすぐ後ろについて腰を落とした。すばしっこい彼は、佐々木がボールを受けて着地し、ドリブルを突き出すところを狙っていたのだろう。それを察知したのか、佐々木はボールをキャッチせずにそのまま自分の後ろに弾いた。自分たちのゴールに向けてボールを送ったのだ。そして床に降りた瞬間にターンして壮太郎をかわした。俊敏な壮太郎も意表を突かれ、次の一歩で攻守の位置が完全に入れ替わった。

「速っ！」

伊東の周りの野球部員が一斉に声を上げた。壮太郎を置き去りにした佐々木はボールに追いつくと、ドリブルすることなくレイアップシュートにいく。

「！」

そのとき影が飛んできた。

佐々木を見ていた視界の外から影が飛んできたのだ。

英雄だった。

英雄は長い腕を伸ばし、リングの上にあったボールを真横に叩き出した。

ピー！

ゴールテンディング。カウントだ。

「何？　何？　今のファウル？」

野球部員の中から声が上がる。

ファウルではない。リングの上のボール、それも最高点に到達後に落下してくるボールにディフェンス側が触れると得点が認められる。伊東もルールとしては知っていたものの、生で目撃したのは初めてだ。

水商の選手は見慣れているプレイらしく平然としている。

一方楓光学園の選手は呆気に取られていた。

その心の隙をつくように英雄はスローインした直後に壮太郎からボールを返させ、真っ直ぐゴールに向かった。ドリブルを二回つくと3Pライン辺りで一歩目、フリースローラインを数十センチ越えたところで二歩目を踏み、大きくジャンプすると両手で高々と掲げたボールをリングの中心に叩き込んだ。

教室棟の方からモニター観戦中の生徒のどよめきが聞こえてきそうだ。

あまりの迫力に息を呑み、無言になっている野球部員の中から、

「NBAか」

ようやく一人が呟《つぶや》いた。

その後、楓光学園選手のプレイは精彩を欠いた。佐々木勝也はチームの心の支えのような存在だったのだろう。確かに壮太郎の逆を突いたプレイは見事なものだった。しかし、ゴールテンディングになったとはいえ、英雄のブロックはその上をいく破壊的なプレイだった。楓光学園選手の精神的ダメージは大きかったようだ。

距離や角度に関係なくタイミングが狂うとシュートはミスに繋がる。オープンでボールを保持しても、英雄がブロックにくるのではないか、という不安で彼らは本来の

タイミングを逸し、ゴール下のシュートすらミスする結果となった。自滅ともいえるが、それも英雄の存在感のなせる結果だ。

田村の言っていたことは本当だった。水商の選手は試合終了までスピードも集中力も維持した。

英雄の派手なプレイに目を奪われがちだったが、チーム全体が機能しているのも確認できた。たとえば、英雄が豪快にリバウンドを奪っているとき、相手の一九〇センチ台の選手をボックスアウトしているのが、小柄な真治や壮太郎であることが再三あった。チーム全員がボールのない場所でも貢献していたのだ。

それに伊東を感心させたのは、結局得点の半分以上を英雄が上げているにもかかわらず、印象として他の四人もボールを欲しがり、シュートを狙う姿勢を示し続けていたことだ。つまり英雄一人にお任せのチームではないのだ。その姿勢がディフェンス側の意識を分散させ、さらに英雄のプレイを容易にしていたように思う。

田村監督はベンチに入った選手を全員使った。不器用な選手もいたが、みな自分の責任を果たすことではスタメン五人に引けを取らなかった。

112対47という結果を卒業生に伝えれば信じないに違いない。昨年までの対校戦ではその逆以上にやられていて、公式戦では未来永劫《えいごう》対戦はないと思わせるほど、チーム力の差は歴然としていたのだ。

試合終了後も、しばらく熱気が水商体育館に籠もっていた。久々のスポーツによる興奮の余韻が心地いい。

「さ、練習だ」

伊東は野球部員に声をかけ、グラウンドに向かうことを告げた。立ち上がる部員たちの中でモチベーションがアップしているのが伝わってくる。学友の活躍に刺激を受ける、これこそ学生スポーツのいいところだ。

「応援どうなるんでしょうね？　ウインターカップ。こいつら決勝まで行きますよ」

内山渡が笑顔で案じていた。

新生徒会長

十二月は生徒会役員選挙がある。が、今年は結局無投票となり淳史は生徒会長に就任した。副会長は森田木の実だ。選挙にならなかったのは立候補者が他にいなかったからだが、

「ま、順当だよ」

誰もがそう言ってくれた。

一つには「オンライン入学を祝う会」と「オンライン水商祭」を、淳史が主導したことへの評価が高い。

「水商の伝統を守った」と全校生徒から感謝されたのだ。

これについては確かにアイデアを出したけれども、実際に動き出してからはいろんな形で助けられることが多かったわけで、淳史としては自分一人の手柄だとは思っていない。これを言うと、水野先輩は、

「みんなが協力したのも、トミーのこれまでの生徒会への貢献の積み重ねがあったからだと思うよ。間違いなく、全校生徒から信頼されているんだ。これから一年、自分のやりたいようにやってみろよ」

そう励ましてくれた。

これも「二割の側にいる」ための大きな試練だ。淳史は「買い被られている」などと否定するのをやめた。これからは先頭に立って水商生徒会を牽引《けんいん》しなければならない。

まず副会長の木の実と相談して、その他の幹部役員を決めていった。

峰明は生徒会役員から外した。芸者幇間ゼミの方が忙しくなってきたのだ。ぴん介先生の助手としての立場だが、このところぴん介先生も休みがちになってきている。

講義は他の女性講師にお願いするとしても、幇間の方の実技を見せるにはぽん吉が頑

張るしかない。

そもそも今年九十歳になったぴん介先生に、このコロナ禍の歌舞伎町に通っていただくのは危険でないか、と心配する声は七月の段階から聞こえていた。車で送迎する案もあったのだが、とにかくぴん介先生自身の体調優先ということをお願いしていた。先生の方で少しでも体調の不安があれば、ぽん吉に細かく指示をもらって代講という形をとる。

峰明は週何度か神楽坂のぴん介先生宅に通っていた。生徒会の用事がないときには、美帆と由美もついていく。

「ぴん介先生すごいんです」

二人は取材から帰ると声を揃えた。

「ぽん吉さんにマンツーマンで芸を伝授されるんですけど、次から次へと出てくるんです、色んな芸が。ゼミで教えていただいているのは、そのうちの百分の一ぐらいだ、というのがぽん吉さんの実感らしいです」

「へえ、それ撮ってる？」

「はい。今度の土日もお稽古みたいで、それも撮影させていただきます」

峰明にとってもそれは好都合のはずだ。メモの取れない彼は、動画を見て復習するしかない。

淳史は親友の奮闘ぶりを一歩退いたところから見守ることにした。

その日、生徒会室に入ると先客がいた。松岡元会長と野崎前副会長だ。若い男性にとってはなかなか近寄りがたい、凜《りん》とした美人が二人並んで座っている。

「こんにちは。松岡先輩、今日は受験相談の日でしたっけ？」

「違うの。今日はあっちゃんに用事があって来たの」

世の中で淳史のことを「あっちゃん」と呼ぶのは母とこの先輩だけだ。それが淳史には誇らしくもある。

「そのためにわざわざ来ていただいたの」

野崎先輩はそう言うと、二人の正面に座るよう淳史に促した。机について並んで座る二人の前に椅子だけ置いて向かい合う。なんだか面接状態だ。

「あっちゃん、生徒会長就任おめでとう」

「ありがとうございます」

「これから一年間大変だと思うけど、頑張ってね」

「はい」

ここまではあらためて「任命式」をやってもらっている気分だ。

「で、わたしたち二人からトミーに提案があるの。やってもらいたいことがあるわけ」

野崎先輩の調子がいつもと違う。

「はあ、何でしょうか？」

この二人に頼まれると断りにくい。というか、「命令」に近い話になる。

「松岡先輩、どうぞ」

野崎先輩は本題については松岡先輩に譲った。松岡先輩が軽く頷いて口を開く。

「あっちゃん、これから生徒会長の仕事が大変だと思うけど、あなた……勉強しなさい」

「え？　勉強？　勉強ですか？」

確かに学生の本分は勉強だ。生徒会活動にばかりかまけていないで勉強の方もちゃんとしなさい、ということだろうか？

「はい、そうですね、あの、まあ、勉強はふつうに頑張ってます」

「ふつうじゃダメ！」

大声ではないが、野崎先輩の口調が鋭い。

「ふつうじゃダメですか？」

「そう、ふつうじゃダメ。トミーはいい大学を目指すの」

「え？　勉強って受験勉強のことですか？」

本来この学校で言う「勉強」の範疇《はんちゅう》は広い。お酌することやトレイを持つこと、果てはカラオケで歌うのも勉強だ。ましてや「フーゾク科」に至ってはこけしを手にする「手こすり千回」も勉強と言われ、ペンを持って机に向かうことだけが勉強じゃない、と強調されてきた。

そもそも都立水商はペーパーテストの苦手な生徒が来る学校で、松岡先輩のように国立大学に進学するような生徒は例外中の例外なのだ。その松岡先輩が、

「わたしが手伝ってあげるから」

と優しく言ってくれた。今は何を要求されているのか、まだ意味不明だが、この言葉は嬉しい。淳史は口元がにんまり綻《ほころ》びそうになるのを我慢した。

「そう、他の同級生より先に松岡先輩の指導を受けて、トミーは再来年の受験に今から備えるのよ」

いつもより真面目にしゃべり続ける野崎先輩にこちらの方の調子が狂う。

「いや、僕は大学に進む気はないです」

「進みなさい」

自分の人生の一大事を、こうも上から目線で決めつけられてはたまらない。

「いや、僕は大学には……」

「大学に行きなさい！」

先輩二人は声を揃えた。

「……」

とりあえず黙ってみる。

「それもいいところね、いいとこ、偏差値高めのとこ」

野崎先輩の口調がちょっといつもの感じに近づいた。

しかし、それは無理難題というものだ。ペーパーテストで淳史が優等生でいられるのも、都立水商にいてこその話だ。都立普通高校に進学していれば、今ほど学年上位のポジションにいられるはずがない。名門と呼ばれる大学に進むためには、もう一度普通高校で勉強をやり直してでの話になろうし、そうしたところでいい結果を出せるかは未知数だ。

「あの、いいとこの大学というとたとえばどこですか？」

「東大」

野崎先輩が、（待ってました）の勢いで答える。冗談にしてもつまらない。

「冗談じゃないからね」

松岡先輩はときどきサトリではないかと思う。だいたい、ＳＭクラブ科の生徒は（そちらの魂胆はお見通しよ）の雰囲気を醸し出しているものだが、とりわけこの先輩は鋭いのだ。

「はあ、冗談でないなら東大というのはどうも」

不貞腐れたわけでもないが、淳史の声は少し沈んだものになった。

「はいはい、やる前から結果を決めない。チャレンジ精神はどこに行った？」

やる前から決めるな、は野崎先輩の口癖なのかと思う。確か夏目美帆に対しても似たようなことを言っていた気がする。

「チャレンジするにしても、都立水商から東大というのはどうなんでしょう？」

「どうなんでしょう、じゃないわよ。同じ高校三年生が受けているんだからね。まあ浪人もいるだろうけど、何らおかしな話ではないわ」

また野崎先輩の鼻息が荒くなってきた。

「まあ、東大にこだわらなくてもいいいんだけどね。あっちゃんには名門と呼ばれる大学を狙ってほしいな」

松岡先輩のペースは崩れない。どうしても淳史を大学に行かせたいようだ。

「その心はなんですか？」

根負けした気分でそう尋ねた。

「心？」

「はい、大学に行け、それも名門と呼ばれる大学に。で、その心は？」

二人の先輩は顔を見合わせた。野崎先輩が頷く。どうやら松岡先輩が答えてくれるようだ。

「母校を守るためよ」

松岡先輩の口調は子どもに言い聞かせるときのものに似ていた。

「水商を守るために僕が大学に？」

「そう」

この理屈の飛躍にはついていけない。

「ちょっと意味がわからないんですが」

正直に訴えると、

「簡単な話よ」

野崎先輩が説明し始めた。

「今、都立水商閉校の話が出ているよね。これを阻止するためにトミーが大学に行く。そんな話が出ているのに黙って見ているわけにはいかないでしょう？」

「それはそうですけど、ここで多少進学率を上げたところで焼け石に水ってことにはなりませんか？」

二百八十人いる学年で、一人が国立大学に合格しました、とはそんなに威張れた話ではないだろう。

「そうじゃない。進学率だの合格者数だのどうでもいい。そんなの些細なことよ。トミーにはもっとスケールの大きな計画を担ってもらいたいの」

「スケールの大きな、ですか？」

それはどんな計画？　淳史本人に相談もなしに、担がされることだけ決まっているとはどういう計画だろう？

「わが校は、水商売を学ぶ学校だよね？」

松岡先輩が言い出したことは今更確かめるまでもない話だ。

「ほとんどの卒業生は水商売の世界にいる。銀座、六本木、新宿、渋谷、池袋、どこの繁華街でも先輩たちが活躍しているよね。東京だけじゃないわ、全国の盛り場で頑張っておられる。でもね、というか、だから、なんだけど、こういう場合に、つまり水商閉校が取り沙汰される場合には弱い。議会や行政機関の内部に卒業生がいない」

「それはそうですけど、松岡さんや野崎さんなら、偉い人を奴隷や下僕にできるのでは？」

これはかなり確率の高い話だ。

「それは後で話すわ。それも考えてある」

野崎先輩が、（そんなの言わずもがな）と手のひらを見せて制してきた。

「で、トミーには勉強頑張ってもらって、名門大学から官僚か政治家の道を目指してもらおう、と」

これはまた突飛な話で、この場でなければ笑うところだ。

「それ、無理なうえに間に合わないんじゃないすか？」

再来年受験で頑張ったとしても、そこから就職までまた四年。官僚になれるかどうか、というよりなれない方が確率が高いが、なれたところで時すでに遅し、だろう。政治家の方も、かつて内山渡から「トミー、お前政治家になれ」という発言があったものの、それは「世の中を変えよう」という意欲を意味してのことだったように思う。

「そんなことない。とにかく打てる手はすべて打つの」

野崎先輩は何か確信がありそうな態度だ。

「他にどんな手を打つんですか？」

「秘密」

「ええ？　そっちは秘密なんですか？」

「ちょっと教えてあげようか？　秘密守れる？」

「守ります」

女王様に歯向かう気はない。

「まず、偉い人を手玉に取る作戦、これはありよね。これについては松岡先輩にお任せね」

言われた松岡先輩は（それはどうかしらね？）といった表情を見せたが、この人の実力は底知れぬものがある。第一、頭がいい。賢い女王様はそれこそ「言葉責めの達人」になれるはずだ。結構な権力を握った人物がこの人にひれ伏す可能性は大いにある。

「野崎先輩だって、そのやり方があるじゃないですか」

野崎先輩も今すぐ女王様としてナンバーワンになる実力を有している。

「わたしはもっと遠大な計画を持ってるの。聞く？」

「はい、聞かせてください」

「ここだけの話よ」

野崎先輩は、ちらりと入口の方に目をやった。秘密というのは本気らしい。

「わたしはね、うちの父を出し抜いて祖父の地位を狙う」

「ええ！」

驚いた。これは確かに遠大な計画になるかもしれない。野崎彩先輩の祖父野崎辰之助の地位といえば衆議院議員だ。野崎先輩は、やっと投票権を得たばかりの年齢であるにもかかわらず、区議会議員、都議会議員を飛び越して国会議員になるべく、今から行動を起こすのか？

「じゃ、卒業後は進学ですか？」

「それも考えてるけど、わたしの場合はトミーと違って偏差値高いところを狙う必要はない。祖父の地盤と看板があるから、学歴はそんなに意味はないの。それにわたしの場合は強力なブレーンがいるし」

ブレーン？

「それ、もしかして楓光学園の出羽さんのことですか？」

「そうよ」

彼ならば東大法学部に現役合格間違いなしだろう。

「出羽さんはそれでいいんですか?」

女王様と下僕か奴隷か知らないが、人生丸ごと捧げるのもどうだろう?

「あのね、トミー、誤解のないように言っておく。ここだけの話ね」

「はい」

「わたしと出羽君はふつうにつき合っているからね」

「え?」

ちょっと意外過ぎて話が呑み込めない。

「えっと、ふつうっていうと、つまりふつうですか?」

「そうよ、ふつうに高校生同士のおつき合い」

「男女交際ってやつ?」

「そ、そういうやつ」

「じゃ、将来結婚の可能性あり?」

「ま、彼はそれを希望してるね」

「鞭打ちなし?」

「鞭打ち、緊縛、ブーツ舐《な》めなし。言葉責めはちょっとあるかな」

「ひええ」

「そんなエロいやつとかじゃなくよ。『もう会ってあげない』ぐらいは言うじゃない？」

「はあ、そうですか」

「当然わたしも勉強するけど、強力なブレーンに囲まれた実力派議員を目指す！　公約の第一、全国の水商は閉校させない！」

野崎先輩が女性というだけで家庭内で差別され、それに不満であることは聞かされていたが、実力行使の機会を虎視眈々《こしたんたん》と狙っていたのだ。それは水商進学を決めたときからのことかもしれない。

「わかりました。そういう水商を守る計画の一つとして僕の進学ですね」

「そう」

「ここで即答はできません。まず家族とも相談しないと」

「そうねそうね」

ここでまた先輩二人が声を揃えた。ここまでの流れからは、意外なほど常識的な反応だ。

「でも、志の高い決断だから、ご両親も喜んでくれるんじゃないかな？」

松岡先輩の言う通り、中学時代に学習意欲をなくして心配させた淳史が、難関に挑む決意をしただけで親は喜ぶとは思う。

「勉強についてはね、特別な努力と思うことはないわよ。教科書を理解すること、それに尽きるんだから」

受験で成果を上げた松岡先輩の言葉としては意外だ。この人は学校の授業以外に特別な努力をしていたものと思っていた。

「教科書だけでいいんですか？」

「そうよ。高校の教科書に出てないことを入試に出したら逆におかしいわ。そんなのルール違反よ。これから教科書を完全に理解できるようにきっちりやっていくからね」

松岡先輩が勉強を見てくれるのは本当らしい。

「はい」

淳史がつい嬉しそうに返事したとき、

「こんにちは」

由美と美帆の一年生二人が顔を出し、

「じゃ、お邪魔様」

入れ違いに出ていく先輩二人だった。

討論会

冬休み前の恒例行事、クラスマッチは何とか開催できたが、終業式後のクリスマスパーティは中止になった。本来なら忘年会と生徒会の打ち上げも兼ねた集まりだ。しかし、世間的にも忘年会は中止となる傾向だから仕方がない。

その代わり、淳史は新生徒会長として、クラス単位での討論会を提案した。

まず、各教室のモニターに淳史の説明が流れる。

『全校の皆さんこんにちは。生徒会長の冨原淳史です。例年であれば、本日は全校挙げてのクリスマスパーティとなるはずでした。先生方にも参加していただいて無礼講で楽しく過ごす時間だったのです。一年生の皆さんにも、そのわが校ならではのひとときを味わっていただきたかったのに残念です。このように二〇二〇年は、コロナによって何もかも例年通りとはいかずに暮れようとしています。そこでこれからの時間は、クラスごとに討論の時間を設けたいと思います。一部にはわが校の存在意義について疑問の声も上がっているようです。そんな声にどう応えるべきなのか？　来年以降、水商売の世界とわが校の進む道はどのようなものになるのか？　ここで学ぶわれわれの未来はどうなっていくのだろうか？　といったことについて、忌憚ない意見を交換してください。討論に入る前に、わが校の創立から関わっていらっしゃる先生方にお話しいただきます。じっくり聞いて討論のヒントにしてください』

カメラが引くと、広くなった画面に黒沢校長の姿が映る。

『それではまず、黒沢校長先生にお話を伺います。先生はわが校創立時から職員室におられるわけですね？』

『はい。わたしはこの学校の創立にマネージャー科の講師として参加し、今日に至っております』

『その黒沢先生にも今年のような事態は初めての経験になりますか？』

『そうです、わたしにとっても今年の事態は想定外でした。この学校の特色である多くの校外実習をすべて中止にする決断は、わたしとしても断腸の思いで下したものです。そこは生徒諸君にもご理解いただきたい。三年生にとっては就職に向けての大事なアピールの機会を失ったわけであるし、一年生にすればこの学校を選んだ意味が半分以上失われた思いがあるでしょう』

『僕は二年生を代表して、校長室に校外店舗実習再開のお願いに伺ったのですが、その際に学校側の立場というものをご説明いただきました。やはり第一にわれわれ生徒の健康にお気遣いいただいたわけですね？』

『そうです。コロナに感染して重症化した場合、その生徒は大きく学習に遅れを取ることが考えられますし、さらには命を失う可能性もあります。学校を預かる以上、そこで学ぶ生徒の将来を最優先に考えるのが務めです。特に三年生の諸君については実習がなくなったことでの就職への影響と、健康が危険に晒《さら》されることを天秤《てんびん》にかけ、命さえあれば未来は開けるという判断から、校外実習中止に至ったわけです。これは職員会議においても異論は出ませんでした』

『先生方の総意ということですね』

『そう受け取っていただいて構いません』

『さらには政治的判断も加わったという風にも耳にしましたが、その点はどうなのですか？』

『ああ、それは実習再開でクラスターが発生した場合、水商閉校を論じている勢力に新たな口実を与えるのではないか、といった程度ですね。それは想定内であって、決定が左右されるほど比重は大きくありませんでした』

この映像は予《あらかじ》め放送部により、キャバクラ実習室を使って撮影されたもので、淳史は教室でクラスメイトとともに視聴していた。ここからは伊東先生と大野先生、それに一期生の小田先生と事務の幕内さんも加わってくる。

『伊東先生と大野先生は教師の立場として、小田先生と幕内さんは生徒の立場でこの学校の創立時の事情をご存じですが、そのご経験からこの学校の今後についてどのように展望されていますか？』

そこからは、活発な発言が続いて、司会者としての淳史は相槌《あいづち》を打つ程度でよかった。特に興味を引いたのは伊東先生のこの発言だ。

『われわれは水商売の世界に教え子を送り込むことに誇りと矜持を持ってきたわけだけれども、一度こんな議論が職員室でありました。甲子園での優勝があり、当時のエース徳永猛君がプロの球団から声をかけられたときのことです。彼にはホストの道に進むという選択肢もありました。ですが、本気でそれを望む人がいるだろうか？　という議論でした。プロ野球選手としての道が開けそうなときに、これまで勉強してきたからといって、ホストの道を勧める人がいるだろうか？　と。これはなかなかデリケートなテーマで、この学校に否定的な人たちに力を与えかねないものでした。プロ野球選手に対してホストを卑下するような発言が、この学校の関係者から出ることがあれば、そこには大きな矛盾が生じる。まあ、俗な言い方をすれば、

「言ってることとやってることが違うじゃないか」

という話です。当時はこの問題への模範回答はないように思われていました。そこにはちょっと苦い本音が隠されているように感じられたのです。しかしこの問題は、この春の「卒業生を送る会」における徳永猛氏の発言で答えが出たように個人的には

思っています。彼はこう言いました。

「水商売の世界で働いている同級生と、プロ野球の世界にいたわたしは、一つの場所で頑張っているということでは一緒だった」

と。これは多くの水商卒業生に大きな勇気を与える発言でした。それはこれまで自分たちのやってきたことに間違いはなかった、という確信に繋がるものです。わたしとしては、今日の討論に際し、生徒諸君にこの徳永先輩の言葉を心に留めておいてもらいたい。このコロナ禍で世の中は大きく変わりました。これがどこまで元通りになるものかは、誰にも予想がつかない。特に卒業の迫っている三年生諸君には、想定していなかった生活が待っているかもしれない。しかし、予想と違う形の人生が待っていることに、怯《ひる》んでほしくありません。形なんかどうでもいい、与えられた場所で頑張る、それが真の水商精神だと考える次第です』

二年A組の教室では、自分たちの担任教師のこの発言に、「おお」と感嘆の声が上がった。

淳史の感触では、そこからみんなの発想が前向きになってくれた。他のクラスでも同じ事情だったようで、討論会後に各クラスの委員長から生徒会室に上がってきた報告では、ポジティブな発言がネガティィブなものを上回っていた。

つまりは討論会をやってよかったという結論である。

生徒会担当の小田真理先生からは、

「大袈裟に聞こえるかもしれないけどね、今回のクラス討論会は誰かの命を救ったかもしれないわよ。それは今日明日の話ではなくて、何年後かに今の在校生の誰かが、今日の仲間の発言を胸に生き抜いてくれるかもしれない、ってこと。逆境の中にある誰かがね。それを思うと、いつものクリスマスパーティより意義があったかもしれないね」と評価してもらえた。

淳史自身はそこまでの効果があるかは判断つきかねるものの、討論会を提案したときには、

「ドンチャン騒ぎのクリスマスパーティに比べると、かなり堅苦しいなあ」

などと苦笑していたクラスメイトたちが、当日には活発に発言している姿を見てホッとする思いがあった。みんなが本音を吐露していた。二年生になって大きく変わったこの学校を取り巻く状況に、（進学先を失敗したかな？ 俺はやっぱり何をやってもダメなのか）と後悔の念が微《かす》かに頭をよぎる者も、それを口に出すことは控えていたのだ。互いに同じ思いを抱えていたことを知っただけで、悩みの半分は解消されていく。

（俺だけじゃなかった）と救われ、さらにクラスメイトとの連帯感は強くなった。

クリスマスパーティほど陽気にはなれないにしろ、不安や不満を言い合ったことで、

前向きな気分で冬休みを迎えることができそうだ。

「では、これで二学期の生徒会主催行事はすべて終了だね。三学期もよろしく。みんな良いお年を」

淳史が生徒会室で解散を告げようとしたとき、由美と何事かヒソヒソと囁き合っていた美帆が、

「すみません。最後に皆さんでご覧いただきたいものがあります。『ある師弟の物語2』として撮影したものなんですけど」

「いいけど、長くなるかな？」

「いえ。短いものです。今日の討論会のテーマに即したものだと思うので、ぜひご覧ください」

美帆の口調が熱い。他のメンバーにも異論はなく、急遽試写会となった。

生徒会室の大型モニターに再生されたのは、ぴん介先生宅の居間で語る師弟の姿だ。美帆は二人の会話の途中までを早送りして、「ここからです」とぽん吉こと峰明の発言から再生した。

『あっしはね、あの学校にずっといたいんで』

どうやら師弟で水商について話していたらしい。

『そんなこと言ったって、あと一年とちょっとで卒業だよ』

『ですけどね、師匠、あっしはあの学校にいるときだけが幸せなんでございますよ』

『そんなことはないだろう？　じゃ、何かい？　お前さんは一生のうち三年間だけ幸せってえことになるよ』

『その通りなんで。あっしは物心ついてからずっと寂しい思いをしてきやした。学校なんざ、小学校の六年と中学の三年、合わせて九年の間、ずーっと嫌なことばかりでやしてね。友だちなんかいやしねえ。いじめられてばっかりだ。都立水商に入って初めて幸せになりやした。そこから離れると、あっしは困るんで』

『馬鹿だね、ぽん吉は。人生なんてものはだね、前に進むもんだ。後戻りなんてありゃしねえよ。お前は水商に入って初めて幸せになったのかもしれない。けど、そこから離れたら元《もと》の木阿弥《もくあみ》なんてことにはならないよ。ぽん吉にゃあ、友だちがいるじゃねえか。お冨さんはそうだろう？　他はそうだなあ、この美帆っち由美っちも友だちだ。違うたあ言わせねえよ。学校なんて場所がなくなったって構わねえの。友だちのいるところが、お前の幸せの場所なんだよ。そりゃ今はあの学校がその場所だ。でもね、みんなそこから巣立って行くんだよ。な、友だちの数だけお前さんの幸せの場所が増えるってことだと思いねえ』

　ここで映像は止まった。

「ここまでを観ていただこうと思ったんです。このぽん吉さんの気持ちはわたしにも当てはまります。ですから、ぴん介師匠のお言葉には感動しました」

この美帆の発言には、

「僕もだよ、僕もミネと同じ気持ちがあるから、ぴん介先生の言葉は嬉しかったな。勇気づけられた」

と淳史は応じた。

「冨原先輩がミネ先輩と同じ気持ちですか？」

由美は怪訝《けげん》そうな表情だ。

淳史は自分の中学時代の話をした。同級生のいじめを受けていたこと。いじめの首謀者にカンニングの手伝いをさせられ、自分だけが咎《とが》められたこと。それから学習意欲を失ったこと。

「だって、テストでいい点を取るとカンニングを疑われるからね。やる気をなくして、成績は落ちる一方さ。で、最終的に先生から『都立水商しか入れるところはない』というレッテルを貼られたんだよ」

正直にこれまでのいきさつを語ると、妙に感心された。

「わたし、冨原先輩は何の悩みもなくこの学校にいらしたのだと思ってました」

美帆が言い、

「わたしも」

由美もなぜか嬉しそうに言った。

「いやいや、そりゃあ今では自分の悩みなんて大したことではなかったと思うよ。でもさ、この学校へ進むことが決まった頃は自分だけ不幸みたいに感じていたんだ。それが入学したとたんに世界が変わった。ほんと、世界が変わって見えたよ。幸せを感じたんだ。そこがミネと一緒だな。それは学友に恵まれたことが一番なんだけど、その学友たちが実はいろんな問題を背負っていることがわかってきて、それに比べて自分の悩んでいたことが大したものではない、と知った。本当にそうなんだよ。この学校に来る子はみんな何かを抱えているんだ。それは一年生二人も覚えておくといいよ」

この言葉に、美帆と由美は無言で頷いた。その目は真剣だ。この二人も大きな悲しみを抱えている。

「いや、二学期の最後にいいものを観られてよかったよ、ありがとう。じゃ、帰ろうか」

学習指導開始

冬休みには、松岡先輩が淳史の家庭教師をしてくれることになった。冨原家まで足を運んでくれて、今後の勉強の仕方についてアドバイスしてくれるのだ。

淳史がこのことを告げると冨原家は軽いパニック状態となった。一年生の一学期に真太郎が訪れて以来の混乱ぶりだ。

真太郎のときは、すっごい美少女がやってきたと思ったら男子生徒だったという驚きだったが、今回松岡先輩の正体は最初から明らかで、知っているからこそのパニックだ。

「いやあ、あんな美人がやってくるとは、冨原家始まって以来の快挙だ」

父は母の怒りそうなことを口にしたが、当の母まで、「本当ね」と真剣な顔で言った。

来訪初日は日曜日だった。

この日、兄・常生の友人が三人訪れた。松岡先輩を見に来たのが見え見えだ。彼らは「百万ドルの女」の姿を確かめるつもりだろう。

当の松岡先輩は堂々としていた。桜新町駅まで淳史が迎えに行き、自宅に案内したのだが、まず玄関で出迎えた両親に、

「松岡尚美と申します」

と丁寧なお辞儀で挨拶した。対する父の方の緊張ぶりは目も当てられないもので、

「は、よ、よくいらっしゃいました。淳史がお、お世話に……」

と小さな声でブツブツ言うところを、

「いつも淳史がお世話になりまして、どうぞ汚いところですがお上がりください」

母がフォローして事なきを得た。

松岡先輩は家に上がると玄関に脱いだ靴を綺麗に揃えた。その動作にしても服装にしてもパーフェクトの美しさだ。

（あ、この匂い）

いつもの松岡先輩の匂いを初めて自宅で嗅ぐ。それが嬉しい。

二階の淳史の部屋に二人で入ると、さっきまでワイワイしていた兄の部屋が静まり返っている。なんだか聞き耳を立てられているようで居心地が悪い。

松岡先輩には用意しておいたパイプ椅子に座ってもらい、淳史は普段使っている椅子で勉強机に向かった。

「じゃ、さっそくだけど、二学期の中間試験と期末試験の答案を見せて」

松岡先輩はすぐに本題に入った。優秀な家庭教師の顔だ。

トントン。

ノックされた。

「はい」

「淳史いいかな」

兄の声だ。

「どうぞ」

ドアが薄く開いた。

「あの、ご挨拶に。いらっしゃい、淳史の兄で常生といいます」

兄の声がふだんより若干高めだ。松岡先輩は立ち上がってそれに応えた。

「はじめまして、松岡尚美です」

「あ、昨年の水商祭でお姿は拝見しております」

「そうですか、本日はお邪魔します」

ドアがさらに開き、兄の友人が顔を覗かせた。

「あ、僕、常生君の友人で石川《いしかわ》と言います」

兄の顔の下からもう一つ顔が出てきた。

「同じく坂本《さかもと》です」

続いて石川の顔の上にもう一つ顔が現れた。

「森重《もりしげ》です」

そのまま四人は無言だ。気持ちはわかる。間近でこんな美人を見るのは初めてで、次はどうしていいのかわからないのだ。

松岡先輩も無言だが、本当に嫌なら黙っていても、

（挨拶すんだらトットとお帰り）

の気を発するはずで、淳史の兄とその友人ということから多少遠慮しているのかもしれない。

「あの、すみません、これから松岡先輩に勉強を見ていただくので」

ここは淳史が気を利かした。

「あ、そ、そうだな」

兄が言い、四人は呪縛から解かれたように動き始めた。

「ゆっくりしていってください」

坂本が言い、

「お前が言うな」

と兄が言った。

「淳史をよろしく」

石川が言い、

(お前が言うな)

と淳史は思った。

ドアが閉まった後、隣の部屋からドッタンバッタンと物音がして再び静かになった。興奮して暴れた馬鹿がいたのだろう。

それから仕切り直しで松岡先輩の指導が始まった。

「うちの高校の偏差値を知ってる?」

「はい、33ぐらいでしたか?」

「そう、紛れもなく都内の高校最下位。でもあっちゃん個人はたぶん53から55ぐらいだと思う。都立普通高校の中位のレベルというところかな。都立高校でもいいところは偏差値70以上だからね。東大の偏差値は67から72というところ。当然学部によって違う。聞いたことあると思うけど、偏差値35から頑張って東大合格した人がいるから、あっちゃんも頑張り次第よ」

そこから松岡先輩は「頑張り方」を教えてくれた。

「数学は暗記の科目。とにかく問題集で解き方を覚える。公式を覚えて数字を入れれば答えは導き出せる」

「英語はまず単語を覚えてないと勝負にならない。暗記は『これ全部覚える』と考えると大変そうだけど毎日少しずつ覚えるの。でも一度覚えればそう簡単には忘れるものじゃないから、時間をかければ大丈夫」

「国語については、現国は子どもの頃からの読書量で差がつくものだけど、あっちゃんの場合は試験の結果を見る限り読書量は足りてると思う。これについてはよかったわね。あとは古文と漢文で頑張って差をつけましょう」

といった具合だ。そして、「教科書を理解する」ことを強調され、そのあとは手始めに数学の問題集に取り組んだ。

三時になると母に声をかけられ、リビングでコーヒーブレイクだ。

意外なことに松岡先輩と母の会話は弾んだ。

夕方、松岡先輩は、

「もう駅までの道はわかってるから一人で大丈夫よ。あっちゃんは勉強続けて」

淳史が送ろうとしたのを断り、「ご馳走様でした。失礼します」淳史と並んで玄関で見送る両親に挨拶して帰っていった。

松岡先輩がドアを閉めたと同時に、二階の兄の部屋からドタバタと四人の大学生が下りてきて、

「お邪魔しました」と叫ぶように言うとものすごい勢いで去った。桜新町駅までの十数分を松岡先輩に同行しようとしたのは明白だ。

「なんだ、あいつら」

父が言い、淳史も同じことを思ったが、兄も一緒だったから松岡先輩にまとわりつくような失礼な真似はしないだろうと考え、勉強に戻った。

夕食時は、「本当にいい子ねえ」母は松岡先輩を絶賛していた。

「性格もいいが、なんだな、近くで見るとやっぱりものすごい美人だな」

松岡先輩がいたときには猫を被っていたのか無口だった父も一緒になり、

「色が白くて肌のきめが細かいのねえ」

「白目の部分が本当に真っ白だったぞ」

「上品な鼻筋で、あれは女王様というよりお姫様ね」

ずっと褒め続けだ。

「で、これから彼女が勉強を見てくれるのか？」

「うん」

「そりゃいいな、じゃあ、定期的にわが家を訪れることになるのか？」

「まあ、学期中の平日はお互い忙しいけど、休日や学校の休みになればそうなると思うよ」

「そうかあ、じゃ、休み中は大学生の出入りは禁止だな」

父は兄を見て厳かに宣言した。

「え？」

兄の常生は急に話を振られて当惑している。

「どういうこと？」

「松岡さんがいらっしゃるときにあんな汚いやつらは出入り禁止が妥当だろう」

父は時々発言が極端な方向に振り切る。ここはより常識的な発言に落ち着く母の方に兄弟二人で視線を送ったのだが、

「そうねえ」

案に相違して母まで父の極論に同意した。

「いやいや、あいつらだってそんなに汚くないでしょ」

今日来ていた三人は兄の中学の同級生で家も近く、冨原家に出入りするようになって結構長い。

「常識で考えろ。比較対象は松岡尚美さんだ。百万ドルの女性だ。お前の同級生なんて十円ぐらいのもんだろう」

「ひでぇ」

「たとえ、コロナの方は陰性であっても、あいつらの吐いた汚れた空気を松岡さんに吸わせるわけにはいかんな」

「うへぇ」

父はこの会話を楽しんでいる。兄の方もそのようだ。

「それじゃあ、今週は何日か松岡さんがいらっしゃるの？」

母は松岡先輩を歓待する準備のことを考えているのだろう。

「いや、それはまだ決まってないよ。ウインターカップがあるからね」

「お、そうだったな。都立水商バスケット部すごいな。徳永猛の息子を見られるわけか」

そういう父はメジャーリーガー徳永猛の大ファンだった。

「だけど、生では見られないんだ」

「生？」

「うん、観戦にも制限があるから、どうやって応援するか生徒会でも、っていうか俺が考えないといけないんだけどね」

「お、淳史は生徒会長だからな」

父のこの誇らしげな態度には、ちょっとばかり抵抗を感じる。

「制限って、やっぱりコロナのせいよね？」

母が眉をしかめた。

「そうだけど」

「ま、もう少しの辛抱だ。それに全国大会出場なんて大変なことだぞ。どんな形であれ、みんなで応援してやらないとな」

この父の発言には完全に同意する淳史だった。

ウインターカップ

高校バスケットボール界における二〇二〇年唯一の全国大会であるウインターカップ開会が迫ってきた。

都立水商バスケットボール部監督田村真輔にとって初めての全国大会だ。田村は監督としてだけでなく、選手としても全国の舞台を知らない。

田村は都立高校から国立の東京学術大学に進んだ。中学から始めたバスケットは高校大学でも続け、大学四年のときにはキャプテンに指名された。能力はそこそこでも、真面目に練習に取り組む選手と評価されてのことだと思っている。しかし、そのシーズンでチームは関東大学バスケットリーグの二部から三部に落ちる結果となり、選手生活最終年は苦い思い出を残した。

シーズン終了後、OB会幹部の先輩たちに挨拶に回った時のことだ。実際のところ、それは三部に転落したキャプテンとしての謝罪行脚であったのだが、

「まあ、頑張った結果だ。胸を張れ」

と慰め励ましてくれた先輩からも、

「どこか甘かったからこの結果なんだ。後輩たちに反省点を伝えろ」

と叱咤《しった》した先輩からも、同じ母校愛を感じた。

結果、あの敗北も無駄な体験ではなかった。あのときの経験が現在の田村の生徒に対する姿勢に生きている。

大学を卒業後都立高校の体育教師となった田村は、生徒に高圧的な態度で接することはなかった。努力の結果がいいものばかりでないことを知っているから、部活動においても勝利という結果だけを求めなかった。

都立水商に転任してからは、さらにその傾向は強くなった。スポーツの才能に恵まれた生徒が志望する学校でないことは明白で、バスケットの実力で大学進学や就職を決める可能性はない。

野球部の事情の方が例外だ。野球部はかつて甲子園を制した伊東が今も監督を続けている。その指導を求めて入学してくる生徒も珍しくはない。

バスケット部には、中学時代にチームの中心であった選手はほぼいない。キャプテンやエースと呼ばれた選手はいないのだ。したがって公式戦では毎回初戦敗退か、勝てても一つ、二回戦で勝てた日には大騒ぎというチームだ。

毎年六月の楓光学園との対校戦では、田村は選手に最後までひたむきに戦い続けることを求める。公式戦ではシード校に当たる前に消えるチームとしては、ここまで実力差のある相手と戦う場面は一年に一度この試合だけだ。当然第1ピリオドから点差は大きく開いていく。楓光学園は強豪チームの持つ特性として、決して最後まで手を抜かない。

「そこを見習え」

田村は選手にそう伝える。

「一所懸命やっているのにボロボロにやられることはカッコ悪いと思うだろう？　だが、本当に醜いのは、そこでポーズをつけて手を抜くことだ。懸命に頑張って笑われることを恐れるな。笑うやつが間違っている。負けは恥じゃない、手を抜くことが恥だ。この試合で君たちは強くなれる」

これは田村自身の発想ではない。先輩体育教師伊東の影響だ。水商に転勤してきたとき、伊東にこう言われた。

「子どもたちがスポーツをやる一番の意義は恥をかくのを覚えることだな」

十四歳上の伊東は、田村にとってレジェンドだ。選手として高校時代から注目され、大学時代に日の丸を胸に戦い、プロに誘われながら教員の道を選んで、指導者として全国を制覇した。甲子園のベンチで選手に指示する若き伊東監督の姿は、田村の記憶にも鮮明に残っている。

田村には伊東は理想の体育教師と思える。その伊東の口から、スポーツの意義として語られた言葉が、高い目標や理想を目指すものではなく、

「恥をかくことを覚える」

だったことに感動した。そしてそれまでの自分を振り返り深く反省した。

それまでは、自分の指導した選手の凡ミスに、（不細工なプレイしやがって）と心の中で舌打ちする場面が再々あったのだ。それは自分が「そこそこ出来た」選手だったからの、（俺はあんなヘマはしなかった）という驕《おご》りが背景にあったからだ。そしてそんな下手な選手を率いていることを恥じる気持ちもあった。

思えばそのとき一番恥ずかしかったのはその選手自身であったろう。照れたような笑いを見せたのも、不甲斐ない自分を申し訳なく思ってのことだったのかもしれない。一番身近にいる自分がその恥ずかしさに寄り添うべきだった。そう思ってから指導者としてまた一つ進歩したように思う。どんなに点差の開いている負け試合でも、田村自身が闘争心を表に出した。自信を失い、心細くなっている選手がベンチを見たとき、監督の自分が一番元気のいい姿を見せようと心がけた。

効果はあったと思う。都立水商バスケット部は、強豪と呼ばれなくても勇気のあるチームになった。どんな相手にも、「敵うわけない」とは決して口に出さない選手の集団だ。

そのチームが徳永英雄の加入で一気に本物の強豪になった。

突然強くなった水商バスケット部について、その理由を分析する声が各所から聞こえてきた。当然徳永英雄の加入は第一に挙げられるが、その他には、

「古武術の導入」

「英雄の母親で元WNBA選手旧姓具志堅里夢《ぐしけんりむ》の指導」

「コロナによる制限で他チームの実力低下」

などだ。

どれもまったくの的外れだとは思わない。

だが田村が感じるのは、いずれにしろ徳永の貢献度についてまだ理解されていない、ということだ。徳永の加入は外部の人間が思う以上の影響があった。

「徳永英雄がチームを変えた」

と田村が語る場合、それは周囲の部員を変えた、という意味も含めている。

彼の加入前と後では、まずチーム全体のパスのスピードが違う。

バスケットボールはハビットスポーツと呼ばれる。選手に基本的プレイをいい形で習慣づけることが大切なのだ。強いチームはパスが速く、ルーズボールに強い。それが当たり前になっているので、新入部員は先輩たちとの練習の中で自然にそれを身につけていく。

英雄は逆をやった。新入部員が先輩を変えたのだ。

当初、彼のパスの速さに上級生たちは当惑していた。そのとき立派だったのがキャプテンの石田だ。石田は田村の言いたいことを代弁してくれた。

「俺たちがヒデに合わせよう。ヒデのパスをキャッチできない方が悪いんだ。強いパスにも恐れずに基本通りミートしていこう」

上級生である自分たちから合わせるという態度は見上げたものであり、英雄の方もそれを意気に感じてチームの結束力は強まった。

それが始まりだった。見る見るうちにチームの実力は向上していった。つまり、バスケット選手としてのいい習慣が身についていたところに、古武術の技が加わり、元プロ選手の指導があったのだ。

ウインターカップが始まった。

入場が制限されたため、会場の東京体育館に一番近い参加校である都立水商も、全校生徒が応援に行くわけにはいかなかった。

新型コロナの影はそれだけではなかった。いくつかのチームは感染者を出し、棄権となった。試合結果に並ぶ「20対0」の数字が悲しい。棄権試合はそう表示されるのだ。

楓光学園もPCR検査で陽性者を出し、一試合も戦うことなく大会から去った。田村のところへは、楓光学園バスケット部顧問から、

『この前の練習試合でそちらの選手に感染させてなければいいのですが』

と心配する連絡があった。幸い水商の選手は全員陰性だった。

楓光学園のキャプテンから石田キャプテンに、【うちの分まで頑張ってくれ】とメールがあった。エースの佐々木勝也からは、同じ二年生の池村真治に電話があり、

『練習試合で水商に負けたより、コロナに負けたことの方が悔しいよ。今の水商にはちょっと勝てそうにないもの。俺は去年のインターハイとウインターカップも出たけどさ、徳永よりリバウンド強いやつや徳永のオフェンスを抑えるやつは絶対いないよ。

優勝できると思う。頑張れよ』

そう励ましてくれたという。

水商初戦の相手は山浦《やまうら》高校で、県立の普通高校だからサイズには恵まれていない。田村は試合開始直後からオールコートプレスで当たらせた。前線でボールを奪いにいくのは池村真治と長岡壮太郎の二人だ。センスのいい真治と瞬発力のある壮太郎のコンビは相手にとっては脅威だ。ボールマンについた真治がパスのコースを塞ぎ、苦し紛れに出すパスを壮太郎が狙う。それも（これは届かないだろう）と思われる位置から小さな体が飛んでくる。もともと小柄な選手だけの山浦高校はそのスピードで県大会を勝ち抜いてきたのだろうが、いつもなら自分たちから仕掛けるプレスをやられるとは思わなかっただろう。水商の強みは、大胆にボールを奪いにいって抜かれても、最後に英雄という「ゴールキーパー」が控えていることだ。

この第1ピリオドの攻防で20点以上の差となった。

この先制パンチは田村の作戦だ。高校のスポーツ大会はトーナメント方式だ。同じチームと二度戦うことはない。リーグ戦ならば慣れることもできるが、ぶっつけ本番でいきなり相手にペースを奪われると挽回は難しい。

一度大きく点差が開けば後は同じペースで得点し合っても勝利は確定する。実際にはその後も点差は開き続けた。そこでも英雄の存在が大きい。攻守両方で英雄は制限区域を完全に支配し、セカンドチャンスの獲得率では大きな差ができた。

この一回戦で水商は圧倒的な強さを見せた。徳永英雄の名はその夜の各局のスポーツニュースにおいて連呼された。二回戦以降はこれがまた有利に作用した。

田村はユニフォームの胸にあえて漢字で「都立水商」の文字を入れた。それだけでデザインが古臭くなるものだが、そこに田村の狙いがあった。

田村にとっての理想の高校バスケットチームは、かつての秋田県立能代《のしろ》工業高校だ。田村の中学から大学までの選手時代はまさに能代工業の黄金期に重なる。当時、試合開始で両チームのスタメンが対面した段階で、胸の「能代工高」の文字に相手校は圧倒されると言われた。そこで勝負は決したのだ。

（このチームにならら負けても仕方ない）

そう思った時点で闘争心は半減している。

田村はそんな他チームからリスペクトされるチームを作ることを夢見てきたが、今年のこのメンバーならそれも不可能ではない。

アルファベットではなく、漢字ではっきりと示すことで相手選手に校名を意識させたい。

かつての能代工業ほどではないにしろ、三回戦まではこのユニフォームの効果はあったように思う。

著名な両親の影響もあり、英雄への注目度は他とは違う。

「野球とバスケットの二刀流を目指す高校生」はどちらの競技でもサラブレッドだ。

試合のない日でも都立水商は各メディアの話題となり、対戦前から相手チームにプレッシャーをかけた。

そんなユニフォームの効果も準決勝からは通用しない。ここからは全国に名を轟かせている強豪校ばかりで、むしろこちらがその校名の前に萎縮しかねない。

準決勝の相手は博多第三高校、何度も全国制覇を果たしている名門だ。

水商の二、三年生は、

(俺たちがあの博多第三と戦うのか)

という感慨を持つだろうが、スタメンの一年生二人、特に昨年までアメリカで生活していた英雄はまったく意に介していない。その姿が頼もしくてチーム内に過度に緊張した空気はない。

試合が始まれば田村の仕事はタイムアウトのタイミングを計るぐらいだ。メンバーチェンジについては試合の大勢が決まってから控えの選手に出場のチャンスを与えるだけで、作戦的なそれはない。スタメン五人に頑張ってもらうしかないチームなのだ。

田村は「水商攻略法」を考え、ふだんの練習ではその対策を考えさせた。

たとえば、攻撃中に相手チームが英雄を二人がかりでボックスアウトに来た場合、英雄は無理にリバウンドには入らない。強引にいけばオフェンスファウルを取られる可能性もあり、それは相手の思う壺《つぼ》だ。代わりにガードの二人がリバウンドに飛び込む。英雄のところで一対二になっているのだから、他は四対三、二番目に長身の大輔もリバウンドでは警戒されるだろうから、実質三対二の局面があり、特に真治と壮太郎のどちらかはノーマークになる。英雄はセーフティに回り、相手にボールを奪われたら「ゴールキーパー」だ。実際ここまでの試合ではそんな場面が何回か見られ、真治と壮太郎のガードコンビは多くのオフェンスリバウンドを記録していた。

相手が都立水商のどこが強みでどこが弱点と見るか、それを分析して備えてある。簡単に考えれば、

「都立水商の強みは徳永英雄、弱点はそれ以外の四人」

となるだろう。

博多第三高校もそう見ていたようだ。

試合が始まると、博多第三高校は最初の得点の後、オールコートプレスで当たってきた。三回戦までで水商がやってきたことだ。田村は逆にこの試合ではプレスの指示はしなかった。博多第三のガードなら、真治と壮太郎のラインを簡単に突破するだろう。

水商の弱点はガードにあると見込んでのプレスだ。しかし、一回目は壮太郎のスピ

ードが勝った。テクニックではなく単純な直線的ドリブルで壮太郎はディフェンスを振り切り、大輔にパスを送り、そこからボールはリング下に走りこんだ英雄に繋がった。ボースハンドダンクが炸裂《さくれつ》する。

博多第三は予想を上回る壮太郎のスピードに驚いたようだ。しかし、彼らは常日頃スピードを向上させる練習を重ねている。一度体感しただけで壮太郎のスピードに対応してくるだろう。田村はそのことを真治と壮太郎に伝えようとしたが、彼らはすでに同じ判断をしていた。

次のスローインでは、ベースラインでボールを持った真治が壮太郎を呼んだ。スローインするのかと思った瞬間、壮太郎はベースラインを越えた。コートの外で真治から壮太郎へパス。相手にすればスローインすると見ていた選手と位置が変わったわけだ。真治が、「ヒデ!」と叫び、英雄がフラッシュしてくる。壮太郎から真治を経由して英雄にパス。英雄はドリブルでフロントコートに入る。

田村の高校時代は一九〇センチ台の選手も稀で、そんな身長に恵まれた選手は多くを要求されなかった。

「ボールを下ろすな」

と徹底的に指導され、リバウンドとリング下でのシュートだけ期待されたものだ。ドリブルでボールを運ぶのは小柄なガード陣の仕事だった。かつてのマジック・ジョンソンや現代のベン・シモンズといった二メートルを超えるポイントガードは日本人ではありえないと思われていた。その常識を打ち破ったのは高校時代の渡邊雄太《わたなべゆうた》だろう。彼はドリブルでボールを運び、シュートしてリバウンドに入った。田村はかつて観戦したウインターカップで間近にそのプレイを見て衝撃を受けたものだ。

今、そのとき以上の衝撃を徳永英雄が日本中に与えているはずだ。入場を制限された少人数の観客席からでさえ、その驚きは伝わってくる。

英雄はチーム内でドリブルも一番上手い。ガードの二人も英雄の弟子だ。

クロスオーバーでディフェンスをかわした英雄は一度キャプテンの石田正己にパスし、リターンパスをもらってダンクした。

水商ベンチでマスクをしたチームメイトが飛び跳ねて喜ぶ。

そこからの英雄は、自らボールを運び、アシストし、シュートを決め、リバウンドを奪った。

すべてにミスがない完璧なプレイに見える。外からのジャンプシュートを落としても、自分でリバウンドして得点するのでミスに見えない。

博多第三のセンターはガボンからの留学生ジーンだ。身長と走力では英雄に引けを取らないジーンだったが、テクニックでは及ばず試合前半からファウルが重なった。

第3ピリオド早々、ジーンは四つ目のファウルを取られた。この時点で英雄のファウルはゼロだ。これが勝敗の分かれ目となった。

流石にこの数年全国を制覇してきた博多第三だ。英雄が支配している印象の試合展開にもかかわらず、点差自体はそんなに開いていなかった。

ジーンがベンチに下がってからは、水商の英雄以外の四人が持ち味を出してきた。前半ではジーンにシュートをブロックされるなど、リング下のシュートも封じられていた本間大輔が息を吹き返した。大輔は制限区域から半歩出るか、半歩入った辺りの微妙な距離を残したシュートが堅い。NBAの選手でも成功率の低くなる位置のシュートが得意なのだ。それを知る味方から続けてアシストパスが入り、大輔の得点は後半だけで20点を超えた。

石田正己も得意の3Pシュートが決まりだした。点差のつき始めた心理的余裕が彼に無理のないシュートタイミングを与えていた。

ジーンがいないリング下で、英雄はさらに楽にリバウンドを取れるようになり、ボールを確保すると一直線のドリブルでコートの真ん中を突破した。ウィングの二人、特に瞬発力のある壮太郎は完全なフリーのレイアップで得点を重ね、真治はジャンプシュートにいくと見せかけてのパスで、英雄のアリウープを演出した。

そして試合終了。

都立水商バスケット部は初めての全国大会で決勝進出を果たした。

パブリックビューイング

「どうするの？　わたしにも先輩たちからメール来てるよ」

野崎先輩がわざわざ二年A組まで来て淳史に質した。

「考えないといけないですね」

ウインターカップ開催期間中、冬休み中ではあるが水商の試合は学校でパブリックビューイングとなっていた。各教室で水商バスケット部の戦いを見守るのだ。強制ではないが結構な参加率だったと思う。クラスメイトの池村真治がスタメンで活躍している二年A組は全員参加だが、他のクラスでも大半の生徒が登校してきて一緒に観戦しているという。

鬱屈した空気の中で過ごさざるを得なかった二〇二〇年の、最後の最後に訪れたバスケット部の活躍。全校生徒が救われる思いをしているのだ。

それはOBOGも同じことで、

「うちの卒業生でこの一年を平穏に過ごせた人はほんのわずかだと思うよ」

野崎先輩は真剣な目でそう言った。大半の水商卒業生は水商売や飲食業の現場で活躍しているから、他の高校出身者よりも深刻な影響があったと思う。

だから、せめて年の暮れに晴れやかな気分に浸りたいのだろう、

「自分たちも母校でのパブリックビューイングに参加させてほしい」

という都内在住の卒業生からの要望がいくつか寄せられていた。

決勝進出となればその声が高まることは当然だ。ここまでの試合も、一緒に働く同窓生が営業前に集まって応援したお店もあったらしい。

野球部が甲子園に出場したときも、アルプススタンドが同窓会の会場のようだったと聞く。

「そりゃもう、卒業以来顔を見なかった同級生が突然現れるものだから、お互い手を取り合って大騒ぎだったのよ」

小田真理先生の証言が大袈裟なものでないことは明らかだ。今の自分たちのテンションを思えば容易に想像できる。

問題はコロナ感染の可能性だ。

三月の全国一斉休校から、学校への出入りは厳重に制限されている。

今回のクラス単位のテレビ観戦は、生徒会で企画して学校の許可を得たものだ。卒業生からは職員室の電話にも同じ要望が寄せられているだろうし、ここはあらためて生徒会として学校側に申し入れする必要がある。

淳史は職員室で伊東先生と相談した。

職員室に電話してきた先輩と在校生に連絡してきた先輩の数を照らし合わせると、やってくるにしても五十人程度、多くても百人には達しないだろうと予想された。

「それなら体育館でソーシャルディスタンスも取れそうですね」

淳史は甘いと言われるのを覚悟でそう言った。

「ちょっと待ってくれ」

伊東先生は黒沢校長をまじえた数人の先生と相談してくれた。

「よし、体育館での卒業生のパブリックビューイングを許可する。ただし、百名まで。体育館玄関に消毒用アルコールと体温計を準備して、来てくれた卒業生には名前と連絡先を書いてもらう。卒業生に接するのは生徒会幹部と三年生。卒業生に就職についての相談をしたい三年生もいるだろうからな。体育館には十分な間隔を置いて四百席並べる。それで卒業生と三年生は座れるだろう。そして全員マスク着用、大声を出しての応援は禁止。以上だ」

そこからは慌ただしかった。卒業生への連絡と、体育館の中と玄関の準備だ。

翌日は試合開始一時間前から続々と卒業生がやってきた。淳史は生徒会役員とともに、体育館玄関に置いた長テーブルの前でＯＢＯＧを出迎えた。

「あら、トミー」

エビちゃんこと、ゲイバー科卒業生でラグビー部OB海老原先輩が数人の仲間とともに現れた。

「ご無沙汰してます。お元気でしたか？」

ラグビー部の亮太からこの先輩が練習の指導に顔を出してくれているものの、流石に店の売り上げが大変そうだと聞いている。

「あたしはいつも元気よ。今年は学校の方も大変だったでしょう？　こういう機会に可愛い後輩たちに気合いを入れてあげないとね」

そう言ったときの笑顔がやせ我慢に見えず、その心意気が嬉しい。

「お願いします」

「それに下馬評じゃあ、水商有利なんでしょう？　ここは気楽に観戦してるわ」

確かに準決勝での快勝に、都立水商の優勝がほぼ確実といった声が高い。

体育館舞台のスクリーンにプロジェクターで東京体育館のコートが映し出されている。両チームのウォーミングアップが始まる頃には用意された席はほぼ埋まった。中央前寄りに卒業生が陣取り、それをコの字に取り囲んで三年生が座っている。互いに距離を保ったままで三年生が卒業生に何かと質問している。例年なら就職先がほぼ決まっている時期にもかかわらず、まだ進路の定まらない三年生は多い。同じ科の先輩に聞きたいことは山ほどあるだろう。

試合開始時刻となった。

〈白のユニフォーム、東京都立水商業高校……〉

選手紹介でスタメン五人が一人ずつコートに姿を現す。それを見守る水商体育館では声援の代わりに盛大な拍手が起こる。最後に、

〈7番、徳永英雄君……〉

スクリーンいっぱいに英雄が映ると拍手は最高潮に達した。

決勝の相手は平成東北《へいせいとうほく》高校だ。

内山渡は水商の試合以外もチェックしていて、

「いや、英雄以外にも各チームにすごい選手がいるよ」

そう熱く語っていた。この平成東北高校もいいチームらしく、

「準々決勝から接戦をものにしているチームだ。すごく粘りがある。途中どんなに点差が開いても、絶対諦めないし焦らない。試合終了時に1点リードしていればいい、全選手がそう考えている感じなんだ」

とリスペクトしている。同じスポーツマンとして見習うべき精神だということだろう。

試合が始まった。

いつものように最初のシュートは英雄のダンクだ。

大声を発することは禁じられているが、ここは地鳴りのような、

「おおお」

という低い声が水商体育館に満ちる。

途中13点差で水商がリードする場面もあったが、平成東北高校も3Pシュートで盛り返し、結局26対19で第1ピリオドは終わった。第2ピリオドも水商のペースで推移し、前半終了時は49対32だ。

ハーフタイムに二年A組の教室に戻ってみると、すでに優勝が決したムードで、祝勝会の企画まで上がっていた。

「なにせ、わが校が日本一を獲得するのは野球部の甲子園以来二十二年ぶりだからな。いくらコロナで自粛しろと言われても、ここは譲れん」

筒井亮太の発言に誰からも異論は出ない。

「野球部の先輩の大橋《おおはし》さん来てるよね？」

渡に聞かれた。

「来てたよ。あともう一人のピッチャーの、ほら」

「中井《なかい》さん？」

「そう、中井先輩も一緒だったよ」

「俺も体育館に行っていいかな？」

渡は感染予防のルールを気にしているようだ。

「大丈夫だよ。椅子の間隔は取ってあるし、渡は検温してるよね？」

「うん、三十六度五分」

「なら大丈夫だ。一緒に行こう」

渡と二人で教室を出て、体育館に向かう。

「勝てるかな？」

二人だけになったところで尋ねると、

「いや、まだわからないよ」

教室ではみんなと一緒にはしゃいでいた渡が、二人きりになればこう言うことはわかっていた。自身トップアスリートの渡はどの競技にも専門家の見解を持つ。

「平成東北高校はチームとしての経験値が段違いだ。今頃強《したた》かに後半の戦い方を検討してるよ。それに、たぶんだけど、ここまでの戦いも彼らの想定内だと思う」

「そうなの？　結構な点差だと思うけど」

点差だけではない。試合の流れといったものが、素人目には水商が圧倒しているように映る。

「バスケットはディフェンスしている状態から、ボールを奪って3秒で得点できるからね。流れがくれば20得点もアッという間だ。平成東北は自分たちに流れが来るのを待っている。焦ってもいないし、動揺もしていない。冷静に耐えているよ。逆に相手に流れがいけば、うちの連中は動揺すると思う。特に気になるのは大輔さんがファウル二つになっているところだな」

「本間先輩そうだっけ？　ファウルは五つまでだよね？　まだ二つなら大丈夫じゃないの？」

「いや、次のファウルを取られたら不安になってくると思うよ。たぶん、相手も大輔さんのところを攻めてファウルを誘うだろう。トミー、うちの一番の弱点はどこにあると思う？」

「え？　どこだろう？　よくできたチームだと思うけどな」

「六番目だよ」

「？」

「スタメンは五人だけどさ、本当に強いチームは六番目に出てくる選手が個性的であったり、そうではなくてもスタメンと見劣りしない実力を備えていたりするわけだ。野球でいえば、先発が引っ込んでもリリーフもすごい、みたいな感じだな。でも、水商バスケット部の戦力はスタートの五人ですべてと言ってもいいぐらいだ。もし後半でファウルトラブルから交代するようなことがあると、これまでの試合であったような勝敗が決してからのメンバーチェンジとは全然違う展開になると思う」

確かにこれまでの試合でそんな切迫した場面はなかった。渡は立ち止まると、教室棟廊下の窓から体育館を眺めて話を続けた。

「シンジから聞いたけど、バスケット部が強くなったのは、ディフェンスがよくなって試合中のファウルが減ったのも大きいらしい」

「あ、ヒデのお母さんが教えてくれたんだよね？」

「そう。そのときに真太郎とさくらも貢献したらしいよ」

「へえ」

「ヒデのお母さんは古武術と聞いて、最初は胡散臭い目で見てたらしいんだ。それが理論的に自分が学んだものと共通するところがあって見直したらしい」

「どういう話かな？」

「ディフェンスというのはどの競技でも膝を曲げて腰を落とす。バスケットでもバレーでもサッカーでも野球でもそこは共通。さらに共通するのは、そのとき胸骨は起きている」

「胸骨？」

「うん、背骨の胸の辺りの部分。ディフェンスのいい人はその部分が地面と直角に立ってる。真太郎が例に挙げたのが、バドミントンの桃田《ももた》選手」

「世界チャンピオンだね」

「バドミントンはシャトルを自分側のコートの床に落とされたら相手の得点になる。だから桃田選手のディフェンスの低さは理に適っている。床に落ちるぎりぎりで拾えるからね。今度見てみなよ、ほんとにあの人低く構えるから」

「へえ」

「でも、そんなに低く構えているのに胸骨は立ってるからね。メジャーリーグの内野手なんかもそうだよ。胸骨が起きてる。それを聞かされて、確かにそうだなあ、って俺なんかも気づいたんだけど、城之内合気柔術では最初からそう教えるらしい」

「すごいね、古い技なのに」

「だろう？　それを聞いてヒデのお母さんが感心して、それで真太郎とさくらと協力して教える形になったんだってさ。それからみんなのディフェンスが向上して、ファウルも減っていったらしいんだ」

「それでスタメンがファイブファウルで退場することがなくなったわけか？」

「そういうこと」

「……じゃ、後半で誰かがファイブファウルになったらまずいね」

「そういうこと」

急に不安になってきた。

体育館に入ると、淳史の感じている不安などはどこ吹く風、楽勝ムードで緩んだ空気の中を渡は野球部の先輩たちのところへ行った。

「次は野球部だな」

と他の先輩からも声をかけられている。

（パブリックビューイング成功だな）

久しぶりに会う先輩たちの笑顔を見て思う。実際この一年、ここにいる先輩たちが心から笑える場面は何度あっただろう。

（このまま勝ってくれるといいんだけど）

母校の勝利は、贔屓《ひいき》のプロチームが優勝するのとはまったく意味が違う。在校生である淳史にも卒業生の気持ちは想像できる。

「今の自分の人生はあの場所に繋がっている」

そう思わせるのがこの母校だ。そこの後輩たちの勝利は自分の人生の中のいくつかの成功と同じ価値がある。

淳史は先輩たちに今年最高の笑顔を贈りたかった。

勝敗の行方

後半が始まった。

選手時代の経験から、田村はハーフタイム明け5分の攻防を警戒する。学生時代、強豪相手に前半いい勝負をしていても、後半の立ち上がり5分で突き放されることがたびたびあった。

ハーフタイムのロッカールームで平成東北高校の今田《いまだ》監督は細かな指示を与えているはずだ。今田監督は行く先々の高校を必ず全国トップレベルのチームに仕上げた名将だ。彼には打つ手はいくらでもある。控えの選手も豊富なら、使えるフォーメーションもかなりの数だろう。

一方、水商の取れる対策は限られている。このチームになって試合で後手に回ったことは一度もない。今田監督に先手を取られた場合、田村が打つべき手と選手に語るべき言葉は限られたものしかない。

田村の不安は深まった。田村を不安にさせるのは相手の選手たちの表情だ。あれは自分たちのやるべきことを完全に理解している人間の顔だ。監督とチームメイトに対する信頼感があればこそ、強い信仰心を持つ人間のような曇りのない表情を保てるのだろう。その互いへの信頼感は長年培ってきたもので、今目にしている選手の代だけのものではない。それが伝統校の持つ強みだ。

まだ点差は詰まらない。点の取り合いが続く。

前半何度か綺麗に決まっていた水商の速攻が影を潜めた。水商がリバウンドを奪っても、ディフェンスの帰りが早いうえに、出どころをチェックされてパスが少し遅れ、壮太郎のダッシュが空振りに終わる。

ターンオーバーもなくなった。

つまり、ハーフタイムで今田監督の指示を受けた平成東北の選手たちは、今小さな成功を積み重ねている。

第3ピリオド残り6分を切ったところで、大輔がファウルを取られた。相手のピックアンドロールに対して、スイッチアップしたところで出会い頭にぶつかった不運なファウルだ。

三つ目のファウル。

(あ、次やったらリーチかかるな)

嫌な思いが頭に浮かんだ。一度浮かぶと打ち消そうとしてもだめだ。不吉な予感がプカプカ浮かび続ける。

(あ)

我に返り選手がこちらを見ているのに気づいた。不安げな表情を見られただろうか。大丈夫だ、という風に大きく頷いて見せたが、その間も頭の中はフル回転している。

交代させるべきか？　まだ我慢すべきか？

ここでメンバーチェンジをして流れを持っていかれると、逆転する時間を相手にたっぷり与えることになる。今の点差は15点。大輔が抜けた戦力では何分持ちこたえるだろう。

（我慢できるとこまで引っ張ろう）

田村は決意した。スタメン五人しか通用しないのはわかっていたことだ。他の部員には悪いが、この五人は試合ごとに成長してきて今日の試合に臨んでいる。ここで小賢しく戦い方を変えても意味はない。この場所まで母校都立水商を連れてきた五人に託そう。

(負けても、俺が無策と罵られるだけだ)

第3ピリオド終了間際、本間先輩がファウルを取られた。

「四個目だ、大丈夫か?」

誰の声だかわからないが、ここにいる全員の心の声だろう。なんとも無駄なファウルに見えた。ピリオド終了まで残り1分を切っていたのだし、その前にメンバーチェンジしてリスクを避ける手もあったようにも思える。

70対55。

勝ってはいるが、このピリオド開始時より微妙に点差が縮んでいるのも嫌な感じだ。つまりこのピリオドだけ見ると負けていることになる。

「すみません。寒いでしょうが、空気を入れ替えます」

木の実の指図で窓を開けた。これで嫌なムードも追い払いたい。

「ま、15点差あるんだし、慌てることはない」

先輩の中でも最年長と思《おぼ》しき男の人が、自分に言い聞かせるようにして言った。バスケット部のOBなのかもしれない。

いよいよ最後の10分間の戦いが始まる。

再び窓とカーテンの閉められた水商体育館の空気は張り詰めていた。


東京体育館センターコート、ここにたどり着く前に涙を呑んだ選手たちもそれぞれの場所でこの試合に注目しているだろう。

「みんな幸せだな、ここで試合できて。それも残り10分だ。思い残すことなく力を出し切ろう」

田村は選手にそう告げた。

キャプテンとして見違えるほど頼もしくなった石田正己が手を差し出し、他の選手がその上に手を重ねていった。密集した中で全部員の手が重なる。石田キャプテンが腹から出た低い声で、「勝つぞ」と言い、全員が、「おう」と応じて第4ピリオドを迎えた。

最初の得点は平成東北だった。3Pラインのかなり手前から放ったシュートがリングの真ん中を貫いた。何か、いきなり、の感じがする。

次の水商の攻撃は石田のジャンプシュートが落ち、このリバウンドを平成東北のガードに奪われた。アーリーオフェンスからの3Pがまた入る。

1分ほどで二桁あった点差が9点差に縮まった。

潮目の変わった嫌な感じがあった。二本連続の3Pシュートはいい。それはこのレベルのチームなら当たり前のプレイだ。リズムに乗った躊躇《ちゆうちよ》のないシュートの成功率は高くて当然だ。

田村が嫌だったのはその前のリバウンドだった。

相手のセンターとの場所の取り合いを英雄が制したと思った瞬間、ボールは妙なはね方をして小柄なガードプレイヤーに向かって落ちた。

運が悪かった。それが嫌だ。運に対しては手の打ちようがない。

続く水商のオフェンスで英雄が3Pを入れ返した。

強い。気持ちも強ければ運も強い。

(この男は別格だ)つくづくそう思う。

しかし、チーム全体のリズムは平成東北がいい。水商のメンバーの一年生二人以外は硬さが見えてきた。「優勝」の二文字だか「日本一」の三文字だかが頭をよぎっているのかもしれない。

83対72、残り5分を切るところだった。

平成東北の攻撃中、リング下で選手がもつれた。

「ピー！」

審判のホイッスルの音が田村の心臓を突いた。

（誰だ？）

「白5番」

大輔だ。


「あーあ」

本間先輩のクラスメイトたちがため息を吐いた。本間先輩がコートを去る姿が映った後、

「あれ誰だ？」

フロアに横たわる白いユニフォームが見える。

壮太郎だ。

画面は本間先輩がファウルしたところのスロー再生に切り替わった。

リバウンド争いで相手センターが真上に落ちてきたボールを確保する寸前、横から本間先輩がぶつかっている。

本間先輩の反対側から壮太郎が相手センターの足元に潜るように走り込んでいる。ボールを下ろすところを狙っていたのだろう。だが、相手センターは本間先輩と絡んでバランスを崩し大きく足を踏み出した。壮太郎はその足の上に乗った形で足首を捻《ひね》っている。捻挫だ。

現在の中継画像に戻った。壮太郎は控えの部員に抱えられてベンチに向かっている。田村監督がタイムアウトを取った。一度に二人の交代とは想定外だろう。緊張で青ざめた顔の選手が二人現れた。

「あら、二人ともG組の子じゃない？」

海老原先輩が指摘する通り、村岡《むらおか》先輩と只野《ただの》先輩は三年G組のゲイバー科だ。村岡先輩は「ベラミー・クイックル」、只野先輩は「プトレマイオス・トトコ」で通っている。

「ベラミー、ファイト！」

「トトコちゃん、頑張って」

禁止されている声援をクラスメイトが送る。

「何だ？　これ、秘策のつもりかな？」

例年ラグビー部が楓光学園との対校戦で用いる作戦を連想した人がいるようだ。ラグビー部は見るからにオネエの選手を起用して相手のタックルを防ぐ「秘策」で、毎年ウケている。

「あの秘策はラグビー部のパテントだからね」

海老原先輩の声に、

「バスケット部には笑いに走る余裕はない！」

バスケット部OBが応じる。

画面の二人は一目でゲイバー科に見えるわけではないが、ちょっとした仕草がオネエそのもので、中継のテレビクルーも扱いかねて撮影に苦慮しているのが察せられた。

「どうしてあの二人なんだろう？」

淳史は小さな声で渡に尋ねた。

「村岡先輩の場合は単純に大輔さんの次に高い一八四センチの身長でだろうな。只野先輩は一七七センチだけど、ここは三年生の経験値を頼りにしたんじゃないかな」

結局のところ、誰を出しても同じということで苦肉の策なのだろう。

「壮太郎は戻れないかな？」

「捻挫というのはケガの中では結構重傷の部類に入るんだ。これから痛みは増すだろうし、試合どころか立っているのもやっとだろう」

村岡と只野は一年生のときから、楓光学園との試合で大敗を経験してきた。それでもひたむきに戦うことを貫いて、田村の要求に応えてくれた。

今、田村が二人に期待するのはその必死さだ。コロナ禍に見舞われたこの一年、彼らには試合経験が不足している。練習試合も組めなかったし、やっと開催された公式戦ではあまり出番を与えられなかった。その二人をウインターカップの決勝のコートに送り出すことになり、

「お前たちなりに頑張ればいいんだ」

田村はそれだけ伝えた。無責任な言い方に聞こえるかもしれないが、作戦的な指示をしても無駄だろう。彼らなりに覚悟してもらえばいい。

タイムアウト明け、交代した二人は当然硬い。試合に早く溶け込ませようと、真治はパスを送るが、村岡も只野もマッチアップした相手との対峙《たいじ》を維持できない。

ボールを持って相手と対峙した場合に、やることは三つしかない。対峙の維持としてボールキープ、対峙の打破のカットイン、そしてシュートだ。全国トップレベルのチームのディフェンスは常にボールを狙ってくる。急に出番の回ってきた二人にはボールキープも難しく、パスを受けてもすぐに真治にリターンするしかない。

こうなるとオフェンスでは実質三対五になってしまう。

直線的スピードでは壮太郎に見劣りする真治だが、クイックネスはある。そしてセンスがいいから、自動車に例えるなら時速二百キロは出せなくても、三十キロから百二十キロに突然加速して相手を攪乱《かくらん》できる。ガード一人になっても何とか攻撃の起点

になってくれる。

しかし、相手からすれば守るのは容易だ。何しろインサイドで警戒しなければならないのは英雄一人だ。

攻めあぐねた結果、24秒オーバータイムを取られてしまった。

「いいんだ、いいんだ、時間を使えばいい」

ここからは時間とも戦わねばならない。

それは平成東北にとっても同じことだから、早いタイミングでシュートしてくる。スローインから三つ目のパスでシュートにいく印象だ。

それが入る。

プレスで当たられ、二度のターンオーバーが続き、点差がグッと詰まった。三度目には英雄にボールを運ばせて何とか切り抜けたが、そこでも攻めあぐねる。

4点入れられては、2点か1点返すテンポが続き、ついに試合残り時間1分を切ったところで、
93対93。

同点にされ、田村はタイムアウトを取った。

「いいか、慌てることはない。インサイドのヒデにボールを入れればまだこちらが優位だ。インサイドで確実に2点取ろう。ただ、無理にパスを入れようとしてはダメだ

よ。外でボールを回して四十五度から入れよう」

試合再開。

（こんな気分は初めて味わう）

この緊張のさなかで、田村を見つめるもう一人の自分がいた。全身がヒリヒリするような緊迫感。

（これを味わえた。ありがとう）

もう一人の自分がそう呟いていた。

同点にされた瞬間、水商体育館に女生徒の高い悲鳴とゲイバー科の野太い、

「ヤダー！」

「モウ！」

の声が響いた。

「見てくれよ、これ」

淳史は手のひらにかいた汗を渡に見せた。

「俺もだよ」

冷静に観戦していたようで実は渡も緊張していたらしい。

「勝てるかな？」

淳史は自分でも意味ないと思う質問をした。黙っていることがつらかったのだ。

「まだわからないけど、同点じゃだめだね。延長になったら確実に負ける。今のメンバーでこのまま戦い続ければ負けることは確かだ。勝ってる間に試合を終わらせないと」

確かに本間先輩と壮太郎が抜けた後は、まったく別のチームになっている。このメンバーなら一回戦で負けていてもおかしくない。

本間先輩はコートを去るときに泣いていたように見えた。きっと、ここで負けたら自分の責任だ、と思っているだろう。

三年G組のゲイバー科の先輩たちもみんな泣いている。

「ベラミー、あんた偉いわ。頑張ってる」

「トトコもよ、トトコも頑張ってる」

「健気よねえ」

これは淳史も同感だ。村岡先輩と只野先輩はオフェンスでは頼りないが、ディフェンスでは必死に相手に食らいついていた。二人ともファウルを記録している。自分ができることで少しでもチームに貢献しようという気持ちが画面から伝わってくる。

G組のクラスメイトたちは、「あいつらが出てきて負けた」と二人が責められるのを防ごうと、こうしてアピールしているのだろう。必死に庇っている気持ちがいじらしい。

タイムアウト明けの攻撃、石田先輩がスローインして真治が受ける。ハイポストには村岡先輩、ローポストに英雄が入った。真治から四十五度の只野先輩にパス、そこから英雄にボールを入れようと構えるが、英雄はディフェンス二人に挟まれている。とてもパスは入りそうになく、真治にボールを戻そうとした瞬間、

「ああ！」

相手のガードが飛び出しそのパスをカットした。

「ダメ！　トトコ！」

「何やってんの！　トトコ！」

「何をさせてもダメな子ね」

さっきまで涙して庇っていたクラスメイトが罵声を浴びせる。

しかし、水商選手の切り替えは早かった。本当に真太郎たち直伝の呼吸法は有効だったようだ。この終盤にきてディフェンスに戻るスピードは衰えていない。特に英雄がバックコートに戻ってしまえばイージーなシュートにはいかせない。

この時点で試合残り時間は30秒を切っていた。平成東北のポイントガードがドリブルしながら何本かの指を立てた。ここで冷静にナンバープレイを指示するなど、とても同じ高校生とは思えない。

淳史は何か耳の奥がジンジンするな、と思ったら自分の鼓動が聞こえているのだっ

た。水商体育館は静かだが、そこにいる全員の心がゾワゾワしているのがわかる。

平成東北の五人は糸で繋がっているような連動を見せる。パスを出してゴールに向けて切れていったガードが逆サイドから3Pラインの外に出た。そこに計算しつくされたパスが通る。ボールをキャッチした瞬間にシュート成功を予感させる綺麗な流れだ。

パサッ、リングに触れずにボールが通過する。

シュートが決まった瞬間に平成東北のベンチの選手が跳びはね、タイムアウトのホーンが鳴った。

「あーあ」

「イヤーン、バカ」

水商体育館内は落胆の表情に埋め尽くされた。

水商ベンチの円陣が画面いっぱいに映し出される。

残り8秒で3点差。ここは3Pシュートを狙うしかない。それは誰の目にも明らかで作戦とも呼べないものだろう。

田村はしばらく何も言わなかった。傍らで大輔が泣きながら、

「頑張れよ、最後まで頑張れよ」

と繰り返している。

「3Pしかない。まずシンジがボールを保持してマサミかヒデがシュートだな」

田村はそう言うしかない。こんな場面での特別なフォーメーションプレイは用意していないのだ。

「いや、はっきり決めましょう。ヒデのシュートです」

石田キャプテンが言った。こんなことは初めてだ。田村の指示に石田が異論を唱えることはこれまでなかった。続けて石田は英雄に言った。

「ヒデが俺たちをここまで連れてきてくれたんだ。最後はヒデで勝負しよう。それなら悔いはない」

取り囲む控えの選手はみんな緊張で青ざめている。その中で英雄が口を開いた。

「はい、俺がいきます。勝ちましょう」

その目が恐ろしいほど落ち着いていた。

「決まりだな」

田村は最後にそれだけ言った。

タイムアウト明けのフロントコートサイドラインからのスローインは英雄だった。

「え？　ヒデが入れるの？」

淳史は英雄がボールを受けてシュートを狙うものとばかり思っていた。

「いや、これが一番安全だろう。ヒデの上からのパスはカットされないもの。真治が受けるよ」

渡の言う通り、英雄から真治にパスが通るとその後ろ側に英雄がいき、真治がボールを手渡しした。ここで残り6秒。

ぴったり張りつくディフェンスを、ドリブルでかわすと英雄は3Pラインの外に出た。いつもの綺麗なモーションでシュートにいく、と見えたがそれはフェイクだった。ディフェンスはすでに跳んでしまっている。そこから英雄はシュートにいった。

「ピー！」

ファウルだ。残り0・8秒を残してフリースロー三本。これがすべて入れば延長戦だ。

英雄のフリースロー成功率は高い。試合によっては彼の得点の半分近くがフリースローによるものだ。必死に英雄を抑えようとする相手はファウルがかさみ、フリースローが増えるためだ。数字で言えば九〇パーセントを超える成功率だろう。

しかし、全国大会決勝のこの場面、英雄とて平静ではいられまい。

水商体育館内の全員が手を合わせ、あるいは胸を両手で押さえて祈る。

「徳永、頼む」

「ヒデちゃん、三本とも入れてよ」

無言でいるのに耐えられない何人かの声が上がる。

一本目、ボールはリングに触れることなくど真ん中を貫いた。

二本目のボールの軌道は一本目と寸分変わらぬもので、またど真ん中。まるで機械のような正確さだ。

（これなら三本目も必ず入る）

延長戦の戦い方をどうするつもりなのかわからないが、とにかく第3ピリオドまで楽勝のペースできて第4ピリオドに逆転され、そのまま負けてしまうのは残念すぎる。ここで延長戦まで持ち込んでくれただけで、コロナ禍に苦しむ先輩たちを勇気づけるには十分だろう。

見守る全員が息を詰めている中での三本目。英雄の放ったボールは、二本目までとは違う軌道を描いた。

（え？）

低い。そして速い。ボールはリングを過ぎてまずバックボードを直撃した。そして跳ね返ってリングの手前に当たると上に跳ねた。

ここで英雄の狙いに気づいた平成東北の選手が動くより早く、リングにボールが触れた瞬間に英雄はフリースローラインから踏み出し二歩目で真上に跳んだ。リングより高い位置でボールを両手で摑む。遅れて跳んだ平成東北のセンターが英雄の腰の辺りにファウル覚悟で組みついた。

落ちなかった。

英雄は相手の選手を体に絡めたまま強烈なダンクを叩き込んだ。

逆転だ。

ファウルのホイッスルが鳴っているはずが、耳に入ってこなかった。

大声禁止の水商体育館は歓声で満ちた。教室棟でも廊下まで歓声がこだましているはずだ。濃厚接触を気にする者もいない。誰彼構わず抱き合って喜ぶ姿がある。

その後、最後に受けたアンスポーツマンライクファウルでのフリースローでもう1点加え、水商のスローインで試合は終了した。

98対96。

泣いていた。その場の全員が泣いていた。

薄氷を踏む思いでこの一年営業を続けた先輩たち。

高校生活最後の一年を台無しにされ、将来への不安を残したまま卒業を迎えようとしている三年生。

そんな悩みや不安を一瞬で吹き飛ばした喜び。

その歓喜の輪の中に友といられる幸せ。

スクリーンには英雄を中心に喜ぶバスケット部が映し出されている。

「あら、何よあれ」

ゲイバー科の先輩が笑いながら指さす先には、抱き合って喜ぶベラミーとトトコがいた。

画面が切り替わると、うずくまり顔をフロアにつけて泣いている本間大輔先輩が大きく映った。自分のファウルトラブルに責任を感じていたのが、この優勝の結末だ。ホッとしたのもあって号泣しているのだろう。その姿に向けて全員で拍手を送る。

「なんだよ、トミー」

「え？」

渡に言われて気がついた。淳史の顔は涙でびしょ濡《ぬ》れだ。

「ワタルだって」

「え？」

渡の顔もびしょ濡れだ。

二人で互いを指さして笑いあった。すごく気分のいい笑いだ。

「ヒデはやっぱりすごいね。延長戦にならずに勝つ方法を考えたんだ。3Pシュートにいってファウルをもらう。入ればカウントワンスローで1点差で勝つ。入らなかったからフリースローでギャンブルしたんだ」

「ほんとにすごいギャンブルだった。なんて度胸がいいんだろう」

「それにファウルをもらうテクニックもすごかったよ。あいつ、いつものシュートと違って前に跳んだね」

「そうだった？」

「うん、平成東北の選手もチェックにいってもファウルだけはダメだとわかってたはずだもの。いや、ほんとすごいよあいつ」

感心して何度もうなずいている渡に向けて、

「野球部も頑張ってくれよ」

「来年は甲子園で応援するからね」

体育館出口に向かう先輩たちから次々に声がかかっていた。

全国制覇

ウインターカップ決勝の夜から都立水商はメディアの話題の中心になった。

甲子園で優勝したときもこんなだったらしい。

「水商売専門の高校が全国を制覇した」

ということでしきりに煽《あお》っている。

「痛快だ」

の声と同じくらい、

「けしからん」

の声が上がる。批判する方は、

「水商売の高校が優勝とはどういうことですか？　真面目にやっている他の高校生が可哀そうでしょう」

と唾を飛ばしている。

「こっちは真面目に水商売を学んでんだ」

そういう水商出身者の声はかき消される。

「試合終盤で出てきた選手は（ピー）なんですって？　なんで（ピー）が神聖なコートに現れるんですか？　信じられませんね」

ピー音で消されているが、その口元は明らかに「オカマ」と動いている。

これには、

「何よ、オカマがバスケット上手くて何が悪いのよ。オカマだってスポーツするわよ」

とマスコ・デトックスが反論した。そのときにはピー音は鳴らなかった。本人のことだからいいということらしい。

（それも差別だろう？）

そんなことをぼんやり思う田村だ。

次第にマスコミ関係者の姿勢が垣間見《かいまみ》えてくる。

「水商売専門校だということで差別してはいけない」

という考え方は一貫してその背景にある。

だが、そのわりには、

「ホストクラブやゲイバーへの就職を目指す生徒が日本一に」

「偏差値都内最低ランクの高校が日本一に」

ということにこだわり、そのことに対する批判的な言辞を殊更探し出しているように見える。その発言の主も自分の役割と割り切って、あえて過激な発言を並べているようにも感じるのだ。

結局どちらが本音だかわからない。

ただ、バスケットに関わる人の声は健全なもので、それは嬉しかった。

試合後のインタビューで平成東北高校の今田監督は、

「都立水商は優勝に相応《ふさわ》しい素晴らしいチームでした」

の一言を残してくれた。

「徳永一人にやられた」

という本音はあったと思う。だが、チーム全体を讃えてくれた。それが田村には何よりありがたかった。

徳永英雄については、

「すごい選手が現れた」

「同年代世界最高の選手ではないか？」

というような声が大勢だった。

「高校生の中にケビン・デュラントが紛れ込んでいるようだった」

との声もバスケットファンから上がっている。確かに手足が細長く、一見その長身を持て余しそうでありながら俊敏で、中からでも外からでもシュートを決め切るところなど、ＮＢＡのトッププレイヤーが日本の高校生と戦っている印象になったかもしれない。

英雄は性格も高評価で、誰もが将来のスーパースターとして期待しているようだった。

しかし、あるとき本人が、

「次の目標は？」と質問されて、

「野球で甲子園優勝です」

と答えてからは槍玉に挙げられるようになった。

「野球を舐めんなよ」

という声が殺到したのだ。

「いや、別に舐めてないだろう」

と擁護する声はあまり取り上げられない。それは伊東に言わせると、

「面白くないからな。マスコミはどちらか面白い方を取り上げる。この際、ヒデが野球を舐めてることにした方が面白いんだろう」

だそうだ。

ついでに田村も批判された。

「あんな選手がいれば、誰が監督でも勝てる」

というのが中心だ。

（そりゃあまあそうだ）とは自分でも思う。

田村は、バスケットボール選手の才能はリバウンドでわかると思っている。才能ある選手は身長に関係なくリバウンドに強い。英雄も長身であるだけでなく、素早くボールの落ちる位置に入って楽々とボールを確保する。一度、シュートを放った後、反対側にはねたボールを自分で奪うという場面があった。これは見ていても理解できないプレイで、理解できないものを教えられるわけがない。

その他、シュートの際のボールの持ち方も田村の習ったものと違うし、ゼロステップなどルールは理解できても、自分でやろうとするとトラベリングしている感覚になり不可能だ。

つまり英雄に関していえば、田村による技術的指導はほぼ皆無だった。

しかし、チーム全体で努力しなかったかと言えばそんなことはない。古武術の技も会得したし、英雄の母親から受けた指導は容赦ない厳しさがあった。それを理解してもらえないと部員たちが気の毒だ。

それに英雄の母親に言わせると、

「日本に帰ってからヒデは格段に進歩した」

そうで、それは古武術で体の使い方を覚えたのが大きいということだ。アメリカでの英雄の様子を知らない田村には判断つきかねるが、たとえばジャンプして体を反転させてから放つシュートなど、体の使い方に古武術の指導が生きているそうだ。

しかし、世間に言い訳がましくそんな話をする機会もなければその気もない。お飾りの監督という田村への評価は確定している。

「まあ、凡庸な指導者が選手に恵まれて、まぐれで日本一になった、てのは否定しませんけどね」

体育館にある体育教官室でそう愚痴ると、伊東に、「そんなことはないだろう」と言われた。

続けて伊東は、

「徳永が入る前に強くなる土壌ができていたんだと思うよ。監督の指導の成果だな」

と言ってくれた。

「ありがとうございます」

笑顔で応じた田村の鼻の奥がツーンとしていた。

トウキョウトップアイドル

全水商生および卒業生がテレビの前で驚愕したのは間違いない。

「トウキョウトップアイドル」という番組が年明けから放送になった。「アメリカンアイドル」のパクリで、アマチュアが歌や踊りのパフォーマンスで競い合うオーディション番組だ。五週かけた勝ち抜き方式で、優勝者は華々しい芸能界デビューが約束される。

その第一回放送でのことだった。

「野崎彩、十八歳、この春都立水商卒業の予定です」

と自己紹介する野崎先輩の顔がアップになった。

自宅のリビングで観ていた淳史はソファからずり落ちた。

「あら、この子、あの子よね」

母も驚いている。

野崎先輩は居並ぶライバルに対して、まず容姿において数歩リードしているように感じられた。

(これはイケそう)

淳史の直感だ。ふだん水商で洗練された女生徒たちを見ているせいか、他の出場者たちはよく言えば素朴だが、ちょっと垢抜けない印象だ。その中で野崎先輩だけが輝いて見える。

初回の放送では、それぞれ特技でアピールすることになっていた。ここで野崎先輩は「SM風新体操」で早々と勝負に出た。贔屓目ではなく、他を完全に圧倒している。セクシーな「キャットウーマン」が男女を問わず視聴者を魅了したのは間違いない。

パフォーマンス後の審査員の質問では、

『ええと、野崎さんは都立水商在学中ということで。ホステス科ですか?』

『いえ、SMクラブ科です』

と力まず答える野崎先輩に対し、

『おお』

と反応する審査員の方が気圧《けお》されている。質問は続いた。

『野崎さんは衆議院議員の野崎辰之助先生のお孫さんですか?』

『はい、辰之助は祖父です』

『ほう、大変なお家柄のご出身ですね。都立水商SMクラブ科で学ばれて、で、卒業後は？』

『アイドルを目指すのでこのオーディションに挑戦しました。でも最終的な目標は』

ここで野崎先輩は間を取った。思わせぶりな表情に、審査員の一人が乗ってしまう。

『最終的な目標は何ですか？』

『衆議院議員です』

ソーシャルディスタンスをとった少人数の観覧者たちがざわめいた。

『えぇー！　政治家ですか?!』

想定外の答えに審査員たちは驚きを隠せない。

淳史は野崎先輩の作戦をすぐに理解した。

アイドルになって父親より有名になるつもりだ。知名度で勝れば父親を飛び越えて祖父の跡目を継ぐのも不可能ではない。

それにしても野崎先輩がこんなに早く目的に向けて動き出すとは思わなかった。しかしよく考えると、ここで野心を口にしてしまう方が今後の展開に有利だろう。今から種を蒔《ま》いておけば、二十五歳になり衆議院議員の被選挙権を得てすぐに行動に移せるのだ。

三学期が始まると校内は「トウキョウトップアイドル」の話題で持ちきりになった。

しかし、肝心の野崎先輩自身は校内であまり姿を見かけない。五週勝ち抜くための準備に余念がなく、早々に下校しているのだろう。

「野崎先輩すごいよね」

峰明など休み時間になるとそのことばかりを話題にしたがった。

ネットでは「野崎彩」が検索ワードの上位に来ている。「アイドル」でも「SM」でも検索すれば「野崎彩」がトップに出てくる。

ネットの悪いところで、情報が錯綜《さくそう》し、

【野崎彩はアメリカのSMクラブから百万ドルでオファーを受けている】

という、水商生が聞けば、

「それは去年の松岡尚美先輩のことですから!」

そう簡単に否定できる噂が結構根強く広まっている。その他、

【ワシントンDCで『彩の館』が開かれると聞き、内閣官房内閣情報調査室より野崎彩自身にコンタクトがあって、アメリカ政府高官から情報を引き出すことを依頼された】

【アメリカ大使館のCIA職員も野崎彩との面会を希望した模様】

【祖父野崎辰之助は、彩をスパイとして育てるために水商SMクラブ科に進学させた】

【都立水商の英語教師はアメリカのインテリジェンスオフィサーらしい】

　という情報も流れている。

（やっぱりネットってフェイクニュースの宝庫だな。ガセネタの山だ）

　そう呆れていた淳史だったが、松岡先輩に確かめたところ、

「わたしのところにそれあったわね」

「え？　ナントカ情報調査室からですか？」

「内閣官房内閣情報調査室。あっちゃん、こういうときでも用語をちゃんと覚えておかないとね。そういう習慣をつけておかないと受験で遅れをとるわよ」

「すみません。本当に依頼されたんですか？」

「話はその手前、『アメリカに行くそうですが？』『行きません』で終わりよ。それに仮にアメリカで女王様をやっていたとしても、そんな形で政治に利用される気はないわ。命がいくつあっても足りやしない。まあ、そういう世間の知らないところに第二、第三のマタハリがいるのかもしれないわね」

「股貼りですか？　何を貼るんでしょう？」

「あっちゃん、ちゃんと勉強しなさい」

　怒られた。

　さっそくスマホで検索したところ、マタハリという有名な女スパイが第一次世界大戦中にいたらしい。いや、有名も何も女スパイの代名詞と呼ばれるほどのようだ。

ワシントンDCというアメリカ合衆国の政治の中心地でナンバーワン女王様になれば、国家機密に手の届く人材を「奴隷」とする可能性もあるわけだ。松岡先輩によれば、

「同盟国といえども、互いに手の内を探り合うのは当然よ」

だそうで、とすると日本だけでなくCIAの方でも松岡先輩にコンタクトする動機はあったわけだろう。

「やっぱりCIAも来たんですか？」

恐る恐る聞いてみると、

「どうかしらね」

松岡先輩は微かに笑みを浮かべて言った。どこまでいっても隙のないかっこよさだ。そんな真偽不明の噂であっても、いやだからこそ、野崎彩の実像は謎めいて見えて世間での注目度は上昇していった。

「トウキョウトップアイドル」の三週目にして、野崎先輩の勝利は確定的に見え、万一優勝を逸してもすでにスターの地位を確保していると言っても過言ではない。

（すごい人だな）

淳史は感心した。野崎先輩の行動はすべて計算しつくされてのことのように思える。深謀遠慮というのだろうか、水商への進学を選んだ時点で今日のことまで織り込み済みだったような。

そんな風に想像すると、常に策略を巡らす恐ろしい人物に思えるが、会えば表裏のない明るい魅力を放つ野崎先輩だ。もしかすると野崎彩という人は根っからの政治家なのかもしれない。彼女の祖父もそこを見込んでいるような気がする。となると、父親を飛び越して祖父の跡を継ぐ計画もまったくの絵空事ではない。

実際、現時点においてさえ選挙に有利なのは父より娘の方だろう。

また野崎先輩の狙いはもう一つあるように思える。

バスケットボール界のニュースター徳永英雄と今年中に芸能界のスターとして活躍しそうな野崎彩、この二人が同時に在学中なのが都立水商なのだ。

将来への布石を打つだけでなく、母校の価値を世間に知らしめる、という今必要な策が野崎先輩によって図られているのではなかろうか。

(協力しないと)

淳史は今自分に何が出来るかを考えていた。

新体制

新生徒会長としての最初の大仕事は「卒業生を送る会」の企画とその準備だ。「入学を祝う会」と違ってオフィシャルな卒業式もあるから、学校側と情報を共有しながら構成を考える。

同時に今年の生徒会主催イベントに向けての新体制作りも進めなければならない。

まず守谷真平先輩から司会役を引き継いだのは、二年B組の米村友行《よねむらともゆき》だ。彼の声優並みの声と滑舌の良さは同級生の間では知られていたから、みんなが納得する人事だ。

続いて今の一年生の中から演出と舞台監督を務める生徒を選ぶ。これは二年生の役員の満場一致で夏目美帆となった。

美帆たち一年生には、これからすべてのイベントの実行部隊になってもらわないといけないのだが、不安はどうしても残る。淳史たちは一年生ですべての学校行事を経験できた。少なくともどんな様子か見ることはできた。それが今の一年生は自分たちが見たこともないイベントで主動的な役割を果たさねばならない。

「大変とは思うけど、今は他の学校でも同じ事情だと思うよ。どこも伝統を守るために苦労しているはずだ。幸い、わが校には『生徒会運営心得』という貴重なマニュアル本がある。そして君は文章を読む能力に秀でている。だから僕は何も心配していない。頑張ってね」

淳史は美帆にまずそう伝えた。

実際、すべてが予定通りにいかなかった年の翌年に夏目美帆がいてくれることは幸運だ。細かな部分は淳史たちがアドバイスするにしろ、美帆が「生徒会運営心得」を読み解いて同級生たちに指示すれば、見当違いの方向に進むこともないだろう。ただ、今のところ生徒会を手伝ってくれている一年生は美帆と由美の二人だけだ。

「早く人数を増やしたいな。特に男子ね」

淳史は二人に一月二〇日を締め切りとして増員を求めた。

「大丈夫かなあ？」

木の実が案じた。例年なら学校行事や校外実習でクラスメイト以外とも交流する機会があり、その際に積極的で責任感のある生徒は目につくものだ。しかし、今の一年生は「オンライン水商祭」でしかその機会がなかった。この場合は出演者として目立つ生徒は確認できても、縁の下の力持ち的に陰で活躍する人材はピックアップしづらい状況だ。だが、

「ここはあの二人に任せよう。現場で一緒に動くのはあの二人だしね」

淳史は諦めるわけではなく、案ずるのをやめて運に任せた。

淳史自身は運がいいと思っている。それは人に恵まれるという運のよさだ。由美を選んだことも美帆が現れたこともすべて偶然だった。だが、この二人は実に頼りになった。一人ずつでは不安はあっても、二人合わせたところで起きた化学反応は素晴らしかった。

突き放す言い方になるが、美帆と由美もこれから生徒会を引っ張っていくならば、ここで彼女ら自身の運の良さを示さなければならない。

【まず男子を一人見つけました】

由美からメールで報告があり、楽しみにして生徒会室で待っていると、

「何？　君かあ⁉」

淳史はしかめっ面になってしまうのを自制できなかった。

現れたのは「喧嘩で日本統一を目指す男」松橋浩二だ。軽い会釈で応えた本人はバツが悪そうにして黙っている。彼を連れてきた女子二人は淳史の反応を気にしている様子で、

「あの、ちょっと話を聞いてください」

美帆は最初からとりなす口調になっていた。

「松橋君がかなり痛いことをやらかしたのは聞いてます。番長目指して先輩たちに挑戦したんですよね？」

「まあ、校内に知らぬ者のいない痛さだね」

自分でも珍しく皮肉な言い方をしたのには理由がある。

真太郎とさくらによって簡単に制圧された松橋だが、淳史には暴力を背景に人間関係を構築しようとした彼の姿勢が許せなかった。そこに中学時代その被害にあってい

た「いじめっ子」の顔がダブッた。水商に入って一番心が安らいだのは、いじめの影に怯《おび》えずに過ごせることだった。松橋に決闘を申し込まれたときは、せっかく平穏に過ごしてきたこの学校での生活を乱されるのが心底嫌だった。本音を言うと決闘後に松橋がしばらく登校していないと聞いたときには、そのまま退学してくれればいい、とさえ思っていた。

「実は松橋君はわたしと地元が一緒で小中学校も同じなんです」

松橋は美帆にとってはこの学校にいるただ一人の幼馴染《おさななじみ》らしい。

「地元ってどこだっけ？」

「足立《あだち》区です」

「そうか、昔から知っているから話しやすいのかな？」

「いえ、そんなに親しくはなかったんですけど、今回は力になってもらおうと考えてます。あの、人選はわたしたちにお任せいただけるってことだったように思うんですけど」

「そうだよ、君たち二人の判断に任せる」

「では、松橋君にお願いすることにします」

これは面白くないが、自分の発言に責任を持たなければ信頼は得られない。

この日から松橋は生徒会室に毎日出入りすることになった。淳史は美帆に言って、松橋に挨拶だけはきちんとさせるようにした。まずはそれが第一歩だ。

挨拶と時間厳守の最低ラインをクリアしてくれれば、そこから先で松橋の評価を定めようと考える淳史だった。

陽の当たる教室

放課後、淳史は久しぶりに親友峰明と二年A組の教室で話し込んでいた。生徒会長になってからの淳史と、ぴん介先生の代講を任される峰明とは、このところ互いに忙しくてゆっくり話す時間が取れなかった。

「ぴん介先生もバスケット部の優勝を喜んでたよ。英雄君のお父さんのこともよく知ってるって」

峰明はぴん介先生の話をするときにはいつも嬉しそうな表情になる。

「へえ、ぴん介先生がよく知っているということは、徳永猛先輩も芸者幇間ゼミを受けたのかな？」

「それはないんじゃない」

「英雄は受けないかな？」

「それもないよ。部活で忙しいでしょう」

淳史は身長二〇四センチの幇間も面白いと思うのだが、峰明の方はあっさり否定した。

「この前の英雄の発言の反響はどうだった？」

「え？　へへへ」

峰明は照れて笑った。

テレビのニュースのスポーツコーナーで徳永英雄の特集があり、

――尊敬する先輩は？

の質問を向けられた英雄は、

『バスケット部と野球部の先輩は全員です。それ以外にも学校で尊敬できる先輩がたくさんいます』

と答えたあとで、

『たとえば中村峰明先輩とか』

と名前を挙げたのだ。個人名を挙げられたのは峰明だけだ。

インタビューしていたレポーターはその直後に、

『中村峰明さんという在校生がおられるそうですが、やはり運動部で活躍する生徒さんですか？』

と学校に問い合わせ、

『いえ、マネージャー科の優等生です。それに芸者幇間ゼミでは講師の先生の代わりに後輩を指導しています』

の返答に、

『え？』

と戸惑うという面白い展開になった。

これは他のテレビ局でも取り上げられて、峰明を紹介するために「ある師弟の物語～絶対怒っちゃダメざんす」の一場面を流す番組もあった。

「ミネはもう有名人だね」

淳史が冷やかすと、

「そんなことないけど、人から尊敬してるなんて言われたの初めてだから嬉しかったよ。それも英雄君みたいなすごい人からね」

世間では英雄が峰明を尊敬することを、よしとする声と揶揄《やゆ》する声で二分されている。

「スポーツで注目されていても水商で学ぶ生徒としての本分を忘れていない」

という評価がある一方、

「スポーツではすごいかもしれないけど、発想は単純で、まだ子どもだな」

という批判もあるのだ。

淳史が思うに、英雄は素直に質問に答えただけだ。一年生が部活以外で上級生と接する機会は実習しかない。マネージャー科の実習授業で模範として挙げられる峰明は、当然一年生にとっては憧れの存在となる。

「ここは昼寝にはもってこいの場所だね」

淳史と峰明の席は窓際で前後している。日の当たる暖かい日には授業中の眠気と戦うのが大変だ。

春にはまだ遠い。三日前には雪がちらついていた。しかし、今はよく晴れた都会の空から暖かい陽光が差し込んでくる。

「トミーは生徒会室に行かなくていいの？」

「まだいいんだ。今日の午後は女子とゲイバー科はずっとメイク実習だからね。きっともう少しかかるよ」

六月末に登校再開になってからも、感染予防の観点から学校側が実施を見送っていたメイク実習だが、その遅れを取り戻すべく、例年ならクラス単位で行うところを科全体で行い、上級生が一年生の指導を手伝う形になっている。

「そうか、今生徒会室に行くと男子しかいないわけだね」

そう察してくれた峰明に、

「一年の男子と二人きりになると気まずいし」

淳史は思わず本音を漏らしてしまった。

「松橋浩二君だね」

字の読めない峰明は人の名前を一回で覚えて決して忘れない。

「そう」

「トミー、怒っちゃダメだよ」

「わかってるよ。別に怒ってはいないんだけどさ」

「松橋君は番長になりたかったんだよね？」

「そう」

「きっと彼には、どうしても番長になりたい事情があるんだと思うよ」

「そうかな？」

「うん、今はわからないけどね」

確かにそうだ。この学校には淳史の想像外の事情を抱える生徒がいる。松橋もそういう生徒の一人なのかもしれない。

「ミネは最初から自分の事情をみんなに知らせてよかったよね」

「うん。伊東先生のおかげだと思う。ディスレクシアを隠していたら、なんか嘘をついているような気分でみんなに溶け込めなかったかもしれないし」

「ミネ自身がいい判断をした結果だよ。だって、伊東先生がどうするか尋ねたときに、みんなに教えてください、って答えたんだろう？」

「そうだけど、どうしてそれ知ってるの？」

「あの日に伊東先生から聞いたよ。職員室でね。そして、もしミネがいじめられるようなことがあれば、すぐ知らせてくれって言われた」

「へえ、そうなんだ？　やっぱり伊東先生はいい先生だ」

「高校生活のいいスタートを切らせてくれたね」

「うん、おかげで優等生なんて呼ばれて、有名人の後輩に尊敬してるって言われるし、中学のときからしたら信じられないよ」

「俺もそうだな。中学のときは生徒会長になるなんて夢にも思わなかった」

「僕、この学校に来て本当によかったよ」

「お、出た。久しぶりに聞いたな」

「そうかな、いつも思っていることなんだけど」

　また峰明は照れた笑いを浮かべた。

「そうだろうねえ、ミネはこの学校でぴん介先生にも会えたしね。毎回ぴん介先生の名言がすごいらしいじゃん。美帆から聞いたよ」

「そうなんだ。ぴん介先生と話しているとすごく勉強になるよ。お父さんに話したら感心してた」

「へえ、たとえばどんなの？」

「そうだな、昨日聞いたのは、『人間みんなどっこいどっこい』」

「どっこいどっこい？」

「うん。偉い人とのおつき合いはどうしたもんでしょう？　みたいなこと質問したらね。『そもそも完璧に偉い人間なんていやしねえよ。人間みんなどっこいどっこいだ。偉そうにしてるやつはいるけどね。ま、そんなもんだ』って。『でも勘違いしちゃダメだよ。偉いやつがいないってこたあ、自分もそうってことで、逆にこいつは馬鹿だねえ、って思うときゃあ、自分もその程度の馬鹿ってことざんす』」

「ふーん」

「ぴん介先生がおっしゃるには、これは謙虚というのとはまた違う話で、世の中の真理なんだってさ」

「なるほどね、そうなのかなあ、そうなのかもねえ」

師匠を丸ごと真似る峰明は、きっとこの先その精神でいくのだろう。

「ミネ、じゃ、俺そろそろ生徒会室に行くよ」

「あ、そうだね。僕も帰ろう」

八階の生徒会室に入る。

「おはようございます」

水商では午後でも「おはよう」という水商売スタイルの挨拶を交わす。

「おはようございます」

（ありゃ？）

部屋にいたのは松橋だけだ。

（あ、そうか）

幹部の男子は会計担当の五輪修《いつわおさむ》だけだ。彼は「クーベルタン・チャミ」を名乗る二年G組の生徒だ。つまりゲイバー科生徒である。五輪だからオリンピックということでクーベルタンらしい。真太郎の推薦で会計に決めた。今日は今頃一年生にメイクを指導中だ。

ということはしばらくこのまま松橋と二人きりだ。せっかく教室で峰明とダベッて時間を潰したのにこの始末だ。去年の決闘を根に持つ松橋が、「一対一なら負けないぜ」とかなんとか言い出したらどうしよう。それが不安だ。

淳史は自分の席に着くと、鞄《かばん》から教科書を出して机に広げた。他のメンバーが顔を出すまで勉強していれば間も持つだろう。

「……あの……冨原先輩」

声をかけられて松橋を見た。松橋は自分の席から上目遣いにこちらを見ている。ひどく緊張している様子だ。しかし、その緊張感は内側に籠もる感じで、殺気立ったものではない。それを察して淳史の方は緊張せずにすんだ。

「何？」

「いえ、あの……すみませんでした」

「え？」

「失礼なことして」

「ああ、あの決闘を申し込んできたときのこと？」

「そうです」

「いや、そうだな、俺は気にしていないよ」

この答えに安堵したのか、松橋は一度目をそらして息を吐いた。仕切り直すように姿勢を正して続ける。

「あの、聞いていいすか？」

「何？」

「冨原先輩は中学でいじめられていた、って本当ですか？」

「美帆ちゃんに聞いた？」

「はい」

あの決闘後、しばらく学校を休んでいた松橋だが、担任の江向先生が家まで来て説得してくれたという。それで渋々ながら登校するようになったものの、なるべく目立たないように心がけ、昼食は登校途中のコンビニで弁当を買い求め、学校では食堂にも行かないようにしていたらしい。確かに淳史も見かけた記憶がない。廊下を歩くときにも、あの変なオーラを消していたのだろう。

冬休みになり、松橋は地元の街で美帆に声をかけられ、そのまま近くのコーヒーショップで話し込んだ。松橋は地元の街で美帆に声をかけられ、そのまま近くのコーヒーショップで話し込んだ。松橋の知る美帆は、街で偶然同級生に出会っても自分から声をかけるタイプではなかった。見違えるほど人の変わったその姿が松橋には眩しかったという。そのときに淳史の中学時代のことを聞かされたらしい。

「ああ、本当だよ。中学のときはひどい目にあってたよ」

淳史が正直に答えると、なぜか松橋の表情が輝いたように見えた。嬉しそうなのだ。

「俺もそうだったんす」

それでこの表情の説明はついた。だが淳史は、松橋はいじめる側の人間だと思っていた。

「それは意外だね」

「いえ、ほんとなんす。俺は小学生の頃から喧嘩に勝ったことはなくて、弱っちくて、親父にいつも怒られてました」

「お父さんに？　喧嘩したから？」

「喧嘩に負けたからっす。あの、親父は、何というか、ヤクザみたいな人で、喧嘩してこい、絶対負けるな、って言われてたんす。『男は喧嘩が強くないと舐められる』

みたいなことで」

「お父さんが喧嘩を奨励してたんだ」

「今は一緒に暮らしてませんけど、俺は家でもよく殴られてました」

「殴られる？　お父さんに？」

「はい」

「どんなことで？」

「いや、まあ理由は色々っす。えっと、小学校低学年のときに家で教科書を音読する練習していて殴られました。『うるさい』って」

「それ、家にいじめっ子がいるようなもんだね」

「今思えばそうっすね。俺はそれで勉強しなくなりました。勉強したから殴られた、みたいなことですから」

「まあそうなるよなあ」

　この段階で淳史はあの「決闘」を忘れ、松橋に同情し始めていた。

「で、勉強の出来が悪いのと、やたら喧嘩っ早いくせに弱っちいので、小学校高学年あたりから『松橋は殴っていい』みたいな空気の悪グループが現れて、それでずっといじめられっ子っす」

　自業自得にも聞こえるが、小学生では色々と浅はかな行動があってもおかしくない。

そのペナルティとしては中学卒業までいじめを受け続けるというのは重すぎる。

「親や先生に相談した？」

淳史の場合は、先生はまったく頼りにならなかったし、親には心配かけたくなくて秘密にしていた。

「うちの親はですね、その、中学二年のときに親は離婚したんすけど、いじめられてるって親父に知られたら何されるかわからなかったもんすから。たぶん俺は殴られるし、いじめてたやつもただではすまなかったと思います。相手の親にねじ込んで恐喝とかしたかもしれないし。それが心配で、俺は誰にも言わずに耐えてました。勉強の方はずっとできないままでしたから、高校は水商にしか入れないと言われてですね」

「それも俺と一緒だな」

「そうらしいっすね。いや、何も俺、冨原先輩と俺が同じだとは言わないすけど」

「いーや、同じだよ、同じ」

松橋はまた嬉しそうな顔をした。存外素直なやつなのかもしれない。

「で、高校に入ったら何もかも変えてやろうと思いました。新しい人間関係を作ろうと。親父が中学高校と番長だったと自慢してたんで、それで番長目指しました」

「それでか？　伊東先生が言ってたよ、番長目指すなんて、そんなの昭和の少年漫画の世界だ、って。お父さんの影響だったわけだね」

「そうっす。考えてみたら、俺は親父のこと大っ嫌いだったんすけど、結局は真似してました」

「あのさ、君が高校で自分を変えたいと思った気持ちはわかるよ。俺も高校で世界が変わった。ということは自分が変わった。偶然だったけどね。だから君の気持ちはわかるけど、考え方は間違ってると思う」

「そうっすよね、すみません」

「いや、ちょっと聞いて。高校入学を機に自分を変えようとしたのは悪いことじゃない。でもやり方が間違ってたと思う」

「はい、今は俺もそう思ってます」

「これは俺の発想じゃない。本で読んだことだけど、一番大事なのは考え方なんだって。才能がある人間が限界まで努力したとしても、考え方を間違ったら結局マイナスになる」

「はあ」

「だからもう一度じっくり考えてみるといいよ。どうやって自分を変えるか」

「はあ」

「とりあえずせっかく美帆ちゃんが誘ってくれたんだから、生徒会のことを一所懸命やってみれば？　俺もそうだったけど、目の前のこと、そのとき任されたことを頑張れば評価してもらえる。ここはそういう学校だからね」

「はあ」

淳史の言葉は聞こえているようでも、心には届いていない気がした。きっと松橋は人に褒められた経験が決定的に不足しているのだ。

「ほんとだよ、この学校は直球だけで通用するところだ。一所懸命やる、正直に言う、それだけで評価してもらえる。俺もそうだったから」

「はあ」

と答える松橋の目から（俺とあんたは違うし）と返されている気がした。

「人間どっこいどっこいなんだってさ。俺と松橋は大して変わらない。俺が通用したんだから、松橋も同じやり方で大丈夫だ。かっこつけたり、斜めに構えないでさ、ストレートでやってみろよ」

「はあ、やってみます」

「おう、頑張れ」

「頑張ります」

自信なさそうな表情のまま松橋は小さな声で答えた。

そのとき、

「おはようございます」

ドアが開いて複数の声が飛び込んできた。女生徒とゲイバー科生徒のお出ましだ。

「あ」

その中にいた真太郎とさくらが声を上げた。

さくらは生徒会運動部長、真太郎は副部長だ。部活の運動部を束ねる立場で、これまではどれかの運動部の代表が務めていたポジションだが、それだと予算編成の際に自分の部に便宜を図るなどの弊害があると指摘されていた。さくらと真太郎はどこの部にも所属しない身でありながら、古武術の指導をしたことからすべての運動部に顔が利く。そこで淳史が決めた人事だ。毎日ではないが、たまにこうして生徒会室に顔を出してくれる。

「どうして君がここにいる？　トミー大丈夫？」

淳史が答えるより先に美帆が説明した。

「あの、松橋君はこの前から生徒会の方を手伝ってくれてるんです」

松橋を見る真太郎とさくらの目が疑わし気だ。

「そうなんだよ、ようやく一年生の男子が顔を出してくれたわけなんだ」

淳史の一言で、「へえ、そうなんだ？」と半分は納得してくれたようだが、まだ警戒している様子ではある。

ガタッ、と結構大きな音を立てて松橋が立ち上がった。真太郎とさくらは落ち着いた反応で身構えることもしなかった。

「あの、先輩、その節はご迷惑をおかけしました」

松橋は勇気を振り絞るのに時間が必要だったのだろう。謝罪の言葉とともに頭を下げた。

「反省してるの？」

真太郎に一度目をやったさくらが松橋に問いただすと、

「はい、深く反省してます」

もう一度深々とお辞儀する松橋だ。

「ならいいや」

真太郎があっさり言った。

「え？　いいんですか？」

松橋の方が拍子抜けしたようで、真太郎とさくらを交互に見て確かめている。

「そりゃそうさ、本人が反省してるってものを、他人が否定できるわけないじゃん。これから頑張ってくれたらいいよ」

真太郎が言う横でさくらも頷いている。

松橋の頬がピンクに染まった。ホッとしたようだ。謝罪が簡単に受け入れられるとは予想していなかったのだ。淳史には松橋の気持ちがわかった。きっと、いじめを受けていたときは、理不尽な因縁をふっかけられて、どう謝ってもネチネチと詰められていたのだろう。

松橋が淳史の方を見た。先ほどの自信のなさそうな様子と違い、

(俺のストレートが通用しました)

と目が輝いている。

淳史は黙って親指を立てた。

来る者去る者

一月には推薦入学の願書受付と選抜試験があり、一月末からは一般入試の願書受付、そして二月二十一日に第一次の入学試験と続いた。

水商売の世界に影が差していることで志願者は減少するだろうと予想されていたものの、なんとか募集人員ぎりぎりの受験生を確保できた。

男子はバスケット部の活躍の影響が大きい。徳永英雄と一緒にプレイしたいという生徒は都内だけでなく他県からも多数受験してきた。

野球部入部を目指しての受験者も例年よりは増えているようだ。メンバーが充実していることが知られているのだろう。監督の伊東自身、今のナインは創部以来一番の

粒揃いだと思っている。これで新一年生に有望な選手がいれば、夏の甲子園出場がさらに現実味を帯びてくる。

野球部志望の受験生が増えた要因として、元メジャーリーガー徳永猛が学生野球資格回復の研修会を受講、と報道されたことも大きい。この先、母校野球部のコーチになることは確実で、将来的には伊東の跡を継いで監督になる可能性が濃厚だ。これは野球に打ち込もうという生徒には魅力的だろう。

一方女子はやはり野崎彩の存在が影響しているようだ。それも彼女が有名になったのは年が明けてからだったから、急遽進路を変えたという女子中学生が多数出願してきた。アイドルを目指すという子だけでなく、将来のSM女王を本気で目指す子も多い。

例の百万ドルの件で、

「わたしにそんな実力はありません。それは昨年の松岡尚美先輩の話なんです」

と野崎彩がコメントし、

「契約金百万ドルの話は根拠のない噂ではなかった！」

となった次第だ。三年後には一億円を手にできるかもしれない、とはなかなか夢のある話で、他の高校ならばスポーツで頑張る以外は想定できない。

伊東としては、志望の動機は何でもいい。

「他に入れるところはないから」

でも、

「野球がやりたいから」

でも構わない。

どんな動機であれこの学校に入ってくれれば、生徒の意識を変えられると確信している。かつての教え子の姿がそれを証明している。

前者では小田真理たち一期生が好例だろう。中学までの成績不振で自信を失っていた生徒がここで蘇《よみがえ》った。自分の可能性を再発見してすべてに前向きになってくれたのだ。それを見ている教職員も刺激を受け、教える喜びを味わうことができた。

また甲子園での野球部の活躍を目にして、

「自分も甲子園へ、そして将来はプロの道へ」

と入学し、結局野球で成果を上げられなかった生徒も、水商で学んだことを生かしてその後の道を選択している。

今回の受験生は伊東にとって教員生活で最後に迎える新入生となる。それに思い当たった伊東には愕然《がくぜん》とする思いもあった。これで最後とはなんと呆気ないことだろう。三十数年の教員生活はアッという間に過ぎてしまった。

(ぼやぼやしている間に人生は終わるな)

寂しい気もするが、これが最後であろうと、新入生を迎える際の伊東の気持ちは学

校創立以来一貫している。それは、
「この学校を選んだことを後悔させない」
というものだ。

一方、今年の卒業生の進路はさまざまで、まず例年では考えられないほどの進学率になった。進学を選択した生徒のほとんどは、入学時にはそれを予定していなかっただろう。

進学相談を担当する伊東も、三年生になって初めて相談を受けた生徒が大半だ。中には昨年十二月になって相談室に駆け込んできた者もいた。

進学組で異色なのはバスケット部の石田キャプテンで、彼はスポーツ特待生として西海《さいかい》大学に進む。これはほんの数か月前まではまったくの想定外だった。本人が一番驚いているだろう。ウインターカップの直後、テレビのインタビューで進路を問われた際、「卒業後は都内のホストクラブへの入店を希望しています。コロナで経営が大変なのはわかっていますが、ここは初志貫徹です。バスケット？　それは続けたいのでお店でチームを作ることはあり得ますね。どこかのクラブチームに参加するかもしれませんけど」と答えていた。

彼は家庭の経済的事情と自分の学力を考慮して、この学校のホスト科を選んだようだ。「何となく」や「かっこよさそうだから」といった動機で入ってきた生徒とは一線を画していて、実際ホスト科の優等生だ。実習ではかなりの好成績で、ホスト科講師の評価は、「石田君は常に余裕があります。決してガツガツしない。お客様に与える安心感といったものが他とは段違いです。まあ、即戦力でしょう」というものだった。

それがウインターカップで注目され、西海大学の監督から声をかけられたのだ。西海大学もいいところに目をつけたと思う。元々走力はある。英雄一人が目立ってしまうチームだが、見る人が見れば、石田が常に優れた走力を示していたことに気づくと思う。加えて買われたのはそのキャプテンシーだろう。試合中ガードの二人より声を出していたし、決勝で平成東北に追い上げられたときにも、落ち着いた態度でチームメイトを鼓舞していた。

「この一年で急激に上手くなりましたけど、まだ伸びしろのある男です。バスケットで名門と呼ばれる高校から大学に進んで潰れる選手も珍しくありません。燃え尽き症候群ですかね。その点、石田は大丈夫です。大学ではおそらくシューティングガードとして起用されるでしょう。そこも新たなチャレンジです。あいつなら頑張りますよ」

と田村は期待している。

バスケット部もう一人のスタメン三年生、本間大輔の進路はまた異色だ。彼は大相撲の世界に飛び込む。自らの意思で「柴山《しばやま》部屋」の門を叩いた。三月場所で前相撲を取るはずだったが、コロナの影響で前相撲なしに一番出世扱いになるという。

　これは水商職員室でも青天の霹靂《へきれき》として全員に驚かれた。本人の弁では、

「三年生になって校外実習はありませんけど、俺、二年のときの実習では、よく『でかくて邪魔』って言われてたんです。こればっかりは、注意されても小さくなれませんしね。ならこの体を生かした進路を、と考えました。バスケットはもういいです。ヒデのおかげで最後にいい思いをさせてもらいました。俺自身はここまでで精一杯です。城之内合気柔術で体の使い方を習って、これは相撲に有効だな、と考えてました。前から大相撲の世界ははっきりしていていいな、と思ってたんです。勝ち越せば番付上がるし負け越せば下がるし。そこが自分に向いてます」

　ということで、聞いてみれば志望動機としては筋が通っている。次第に、

「これはいいんじゃないか」

「ものになりそう」

　という声が高まってきた。

　同級生たちもこの決断は大歓迎で、野崎彩など、

「ダイスケ、あんた早く関取になりなさいよ。みんなで水商の校章の入った化粧まわし贈るんだからさ。しこ名には『水』とか『商』とか入れてくんなきゃ嫌だからね」

などとはしゃいでいた。

その野崎彩は見事「トウキョウトップアイドル」で優勝を果たし、卒業と同時にCDデビューする予定だ。すでにバラエティやトーク番組に引っ張りだこで、ある番組ではボンデージファッションに鞭を持って現れ、

「わたしは本物だからね」

と凄《すご》み、ひな壇芸人を五人並べて鞭打っていた。どこのグループにも属さずソロ活動を続けるそうだ。

こうして並べてみるとこんな状況でも頑張ってくれた生徒の逞《たくま》しさに頭が下がるが、異色の者ばかり目立って、この学校の本分たる水商売の世界に根を下ろす者の少ないのが気がかりだ。それがまた水商否定派に力を与えそうに思えるのだ。

その点、並々ならぬ決意を表明したのは前生徒会長水野博美《ひろみ》だ。彼は当初の予定通り、マネージャーを目指して都内のクラブにお世話になる。

「水商売の世界は非正規雇用が一般的で、今回のコロナ禍のような状況では非常に不利な立場になり、数万人が失職したともいわれます。これは改善していく必要があるでしょう。野崎彩が将来力を持ってくれれば、外からの圧力で変革を図れるかもしれません。僕は業界の内側にいてそれをサポートできればいいと思っています。そのためにも、あくまで先輩たちの多くが進んだ道を僕は辿ります」

この言葉は校内に大きな感動をもたらし、教職員も生徒も、彼の矜持ある決断に拍手した。

そんな折、伊東は放課後の実習室で水野と出会った。

都立水商は学校としての性質上、夜の実習が多い。実習期間中の午前は部活、正式の登校は午後一時で、教室で四時限の授業を受けた後、実習先の店に向かう。残念ながら今年の一年生はまだその生活を経験していない。

一度そういう定時制に似た生活パターンを経験すると、外が暗くなっても帰宅しないことに慣れてしまい、このコロナ禍のさなかでも上級生は下校時刻が遅くなる傾向があった。そこで教職員で見回って帰宅を促すようにしていた。

水野は「スナック実習室」のカウンターの中で丁寧にタンブラーを拭いていた。一個一個ピカピカに磨き上げては、灯《あか》りに照らして汚れがないことを確認し、満足気に頷いている。

「水野」

伊東が声をかけると、

「あ、先生」

彼は驚いたような声を返した。作業に夢中で伊東の存在に気づかなかったようだ。

「一人かい？」

「ええ、一人でこれをやるのが好きなんです」

「講師の先生に頼まれた？」

「いえ、自主トレですね。というか趣味かな。本当にこれをやるのが好きなんです」

「ふうん、綺麗好きなんだな」

「いや、家ではそんなことないんですけどね。おふくろにはいつも部屋を片づけろって怒られます」

「ハハハ、そうか、まあ、高校生男子なんて家の中じゃあ、たいていそんなもんだろう」

「そうですよね。でも仕事になるとこういう作業が好きなんです。というか、この時間が好きってことなんでしょうか。実習のときも、盛り上がっている時間帯の活気のある雰囲気もいいんですけど、閉店後の片づけしているときの静かな空気が好きでした。先生、やっぱり俺はこの仕事に向いているんだと思います」

「そうかもな。いや、きっとそうだよ」

「俺、今回クラブのウェイターとして就職することに両親から反対されました。父からは『もっと夢を持っていいんじゃないか？』と言われましたよ。ちょっと意味がわかんないんですけどね」

話し続けながら水野は手を止めなかった。この慣れた動きこそ彼の三年間の努力の結晶だろう。

「まあ、親として君に期待することが別にあったんだろうな」

「そうかもしれません。でも、たとえば俺は金儲《かねもう》けにあまり熱心になれそうにないんです。これを言うとよく甘いって言われるんですけどね。でもほら、うちのフーゾク科の子なんて、すごくお金のことを言うじゃないですか。よく聞いてみると、それなりに苦労した結果の話であったりして、そこは批判するべきでないと思います。むしろ俺なんかが金儲けに興味ないのは恵まれていたからだってことですよね。ただ、実習先のお店で見たお金持ちの『豪遊』なんて羨ましいと思えないんですよ。というか、何が楽しいのかさっぱりわかりません。これを言っちゃあまずいですかね？」

「いや、実はわたしもそうなんだ。この学校の教師の立場としてどうかと思うんだけども、どうもクラブだのキャバクラだので遊ぶ人の気持ちがわからん」

「でしょう？　むしろ迎える側のホステスさんやわれわれの方が、面白い体験をしていると思います。まあ、そう思えるところも俺がこの仕事に向いている証なんでしょう。日々楽しく働けて、それでふつうに暮らせるなら大金が欲しいとも思えません。俺は、今回の進路のことでみんなに持ち上げられましたけど、別に犠牲的精神で決めたわけじゃないです。本当に好きなんですよ、この仕事。この世界で頑張って、将来これぐらいの小さなお店を自分で持って、こうしてタンブラー磨いて、お客さん来たら話の相手をして、……あ、先生、何かお飲みになりますか？　ノンアルコールならいいですよね？」

「いいよ、いいよ」

「もう今年度の実習授業ないですから、飲まないと逆にもったいないです。飲んでください」

水野はレモンスカッシュを出してくれた。宝石のように磨かれたタンブラーに注がれ、流れるような動作でカウンターに置かれた飲み物には、なぜか特別な美味しさを感じる。

「ここでしたか」

そこへ石綿がやってきた。帰宅する前に挨拶しようと伊東を探してくれたようだ。

「石綿先生もいかがですか？」

水野に誘われて石綿は伊東の隣に座った。

「水野は将来こんな店を自分でやりたいそうなんだ。いいと思わないか？　石綿先生」

「ああ、いいですね。こういうバーの常連だとセンスいいと言われそうですよ」

「モテるな」

「モテます」

男三人、声を揃えて笑った。すでに何か居心地の良さを感じる。そういう空気を作ってくれる水野は、やはりこの学校の優等生なのだ。

「将来水野がこんなバーを持ったら、仕事で疲れたり悩んだりした常連が、ここに座ってホッとするんだろうな」

言いながら、伊東にはその光景が目に浮かんだ。

「そうなりたいです」

水野がしみじみとした口調で言った。

「先生、俺、この学校に入って最初のマネージャー科の授業で感動したんです」

「うん？　どんな授業だ？」

「われわれの仕事の意味について教わりました」

「ああ、あれか。あれは開校以来変わらないな」

入学するとすべての専攻科目の最初の授業で、水商生は自分たちの目指す仕事の意義をこう教わる。

「君たちのサービスを受けた人たち、つまり、おかげで美味《うま》い酒を飲めたという人たちが、気分をリフレッシュさせて翌日も元気に働くだろう？　そこで初めて、君たちは生産に関わるわけだ。生産のないところに経済はない。君たちは直接には生産に関わらないが、誰かにサービスすることによって、間接的に生産に関わるんだ。こう考えていくと、『お客様は神様です』という言葉の意味がわかる。君たちはサービスすることによって金銭を得る。だが、金のためだけにサービスするんじゃない。サービスすることで社会に貢献するんだ」

伊東も最初にこの言葉を耳にしたときには感心した覚えがある。コンプレックスを抱えて入学してきた生徒に、「謙虚であること」と「矜持を持つこと」の両方を、同時に伝える名言だと思う。

「俺はあの授業で何かすっきりしたんです。たとえば、こうしてタンブラーを綺麗に磨くこともカウンターを清潔に保つことも、すべて意義があるんだと思えたんですよ。そう思えると、何もつらくないいんです。おかげで校外店舗実習でつらいと感じたことは一度もありません。これから先、就職してもきっと同じだと思います」

「そうだな、次の新入生にもそう感じてもらいたいもんだ」

きっと、この学校が生徒に期待してきたのは、学力ではなくこの心なのだ。

「ほんといい学校ですね」

石綿が静かに言った。

「そう思うかい?」

「はい、わたしは教員になって初めて卒業生を送るわけですが、水野君のような人を社会に送り出すと思うと誇らしいです」

「石綿先生、やめてくださいよ」

水野が顔をそむけるようにして笑った。

「いや、本気だよ、冗談じゃないんだ。自分の大学の同級生のことを思うとほんとにそう。就職するのも、みんな『どの仕事に就く』のではなく『どの会社に入る』かが基準だったよ」

「いやいや、それが一般的なんだ。何も特別卑下することではないさ」

伊東は石綿の同級生のために言った。

「ええ、まあそうなんでしょう。だからこそ、この水野君の進み方がとても立派に思えるんです」

これには伊東も同感だ。

「水野君、一つ聞いてもいいかな？」

石綿があらたまった口調で尋ねた。

「何ですか？」

「君はどうしてこの学校を選んだのかな？　親御さんに勧められたとか？」

「いえ、親は反対でした」

「水商に入るのに？」

「はい」

「それを押し切ってまで受験したんだ？」

「そうです。といっても、そんなに強く反対されたわけでもないです。父は公務員で母は保育士なんです。まったく畑違いですから、水商売を学ぶと聞いて戸惑っていた感じでしたね」

「君自身はどういう考えで？」

「それはですね、小学校からの親友がいたんです。勉強のできるやつです。うちの中学で断トツでした。今でも仲いいですし、尊敬もしてます。そう、勉強できる人は尊敬しますよ。そういう人には学問で頑張ってもらって世のため人のためになる仕事をしてほしいですけど、自分は同じ土俵で張り合う気はないです。そういう人と似たコースを辿っても無駄な気がします。その親友の行く高校には俺は行けません。ちょっとレベルの落ちるところで同じ勉強して、大学でまたちょっとランク下のところで同じことを学ぶ、というのに意味があるとは思えなかったんですよ。彼とはまったく違う分野で頑張りたいと思って、考えた結果が水商でした」

「へえ、伊東先生の考えに似てますね」

石綿は伊東の方に顔を向けて言った。

「いや、わたしの考えではないよ。この学校の設立を提案した滝川哲也《たきがわてつや》さんの考えだ。世の中には自分に一番向いている分野が何かあるはずだ。それを見つけて勉強した方が努力の効率はいいだろう、ということだな。人間にはそれぞれ持って生まれた才能があって、数学的直観に優れた人、文才のある人、音楽の才能のある人が、それぞれの分野で努力すればそれだけ大きな成果を期待できる。それがない者には二つのやり方がある。才能に恵まれた人以上の努力をするか、他の道で努力するかだ。滝川さんはすべての才能を生かせる道を子どもたちに示すべきだという考え方だった。だから、あの人はエリート教育も否定しなかった。頭のいい人間を集めて教育した方が切磋琢磨するだろうし、頭のいいことだけでは世の中で通用しないということにも早く気づけるだろう、という考えで昔の旧制高校の教育を理想とする面もあったよ」

「本当だ。今の水野君の言ったことに通じますね」

「そうだな、滝川さんが水野の考えを聞いたら喜ぶだろう。ちょっと言い方に困るけども、水野のような『ふつうの子』がうちの学校を選んでくれることは大変意味がある」

「『ふつうの子』ですか？」

「うん。『水商しか入れるところがない』という生徒ばかりでなく、『あえて水商』の生徒がいてくれないと困るという話さ。ゲイバー科が代表的だけど、創立以来水商は社会のマイノリティーを受け入れてきた。学習障害を抱えた子もそうだ。そういうマイノリティーに属するタイプの生徒がこれから生きていく方法を教える、というより一緒に考えようという姿勢を崩さずにやってきた。それは絶対に正しいやり方だ、とわたしは信じている。けれども、そんな子ばかりの学校になってしまうのも違うと思うんだ。それだといつまで経っても社会から差別はなくならない。水野のような選択をした生徒と、うちのクラスの中村峰明のような学習障害を抱えた子が一緒に学ぶこと、あるいは将来同僚となることが重要なんだ」

「なるほど、そういう意味の『ふつう』ですか。しかし、先ほどの水野君の水商を選んだ理由を聞いていると、十五歳の段階でかなり深く人生を考えていると思います。その辺はふつうじゃないですよ」

「もうやめてくださいよ、先生」

水野はまた顔をそむけて笑った。

「いや、石綿先生が感心するのも無理はないぞ。十五歳で自分の能力を見極められる人間はそんなにはいない。ある意味では、『高校ぐらい行っておくか』という消極的な選択も致し方ないよ。人は自分の才能を純客観的に分析するのは難しい、というか不可能かもしれないな。水野の場合は、あまりお金に執着せずに考えたこともよかったかもしれない。スポーツの例がわかりやすいと思うけど、わたしの若い頃なんて、足の速い運動能力の高い子はまず野球部に入っていたよ。これはね、その頃はお金になるスポーツは野球しかなかったからなんだ。世間の注目度もそれに比例していた。運動能力に優れた若い子が、自分の才能を生かす場所を考えたときに野球以外は選択肢に入りづらい時代だったわけだ。今思えばそういう事情を考慮に入れずに競技を選べば、もっと成功したかもしれない選手は大勢いた」

「足が速ければ野球よりまず陸上競技を選ぶべきですもんね」

「そういうことだけど、その頃は単純に陸上では『食えない』と思われていたわけだ」

「生き方を選ぶときにお金のことは判断を曇らせますね」

「そう。だから水野の選択の仕方はいいと思う。『何が稼げるか？』で選ぶと微妙に『自分のやりたいこと』『自分に向いていること』から離れてしまう」

水野は教師二人の会話の邪魔にならないようにお代わりのグラスを置いた。その仕草がまた自然でスマートだ。

「水野、この仕事楽しいか？」

「え？　そうですね、楽しいです。好きですから楽しいです。俺の本音としては進学も他の職種への就職も楽しそうじゃなかったんですよ。楽しい道に進む。それだけです。先生たちも楽しいでしょう？」

「そうだな」

「石綿先生は？」

「ああ、こんなに楽しい仕事とは想像してなかった、というぐらい楽しいね」

「それはよかったです」

そう答えた水野が、伊東の目には一瞬石綿よりもおとなに見えた。

「たまには楽しくない仕事もあるんだけどね」

「何ですか？　伊東先生」

「うん、水野、そろそろ帰らないか？」

「あ、そうですね。これ片づけて帰ります。嫌だなあ先生、早くそれ言ってくださいよ」

また三人で声を出して笑った。

クラスター

三年生が学校を去る日が近づいてきた。

やはり通常の卒業式は難しいということが学校側と生徒会側との共通認識だった。非常事態宣言も延長された以上、例年のように体育館に卒業生と在校生に加えて保護者が集うというのは難しい。

「卒業生のみが体育館で卒業式、および『卒業生を送る会』。それもソーシャルディスタンスを確保した座席表を作り、全員マスク着用。最後退場する際もクラス単位で順番に前庭に出ていって密集を避ける。担任教諭の胴上げは禁止」

という寂しいルールを設けざるを得ない。

在校生は教室のモニターでそれを見守る。「卒業生を送る会」では例年、入学からの映像を編集して卒業生の三年間を振り返るのだが、それを今回は特別に長いものにしよう、ということになった。これの担当は夏目美帆だ。

素材の動画の量は膨大なものだが、美帆のセンスならば昨年の木の実が編集した作品に劣らない出来が期待される。淳史は心配をしていなかった。

しかし、事態は急変した。緊急事態宣言下での卒業式まであと一週間と迫ったとき、校内でクラスターが発生したのだ。

水商ではかなり厳格にコロナ対策を行ってきた。校外店舗実習を一切行わなかったこともそうだが、校内生活においても手指の消毒とマスク着用は徹底指導していた。であったにもかかわらずこのクラスター発生だ。

おそらく感染のはじめは校門付近に屯していた他校の生徒や若者からによるものと推測される。

三学期になり、バスケット部の選手と野崎彩目当てに校門付近で彼らの登下校を見物する、いわゆる「出待ち入り待ち」のおっかけが現れ、野崎彩が「トウキョウトップアイドル」で勝ち進むにつれその人数は増えていった。

毎朝校門に立つ当番の教員がいるので、部外者は学校の敷地に立ち入らせないし、サインを求められても感染予防の観点から断る指導をしてきた。しかし、登下校の時間帯で水商生と彼らが密集した状態になったことは否めない。それに一部、「英雄くーん！」「彩ちゃーん！」と声をかけるファンのいたことも、今となっては気になる事実だ。

当の英雄と彩は感染を免れた。

彩の場合は女王様の貫禄で、近づこうとするファンを一にらみして遠ざけ、距離を保ったことが幸いしたと思われる。彼女がSMクラブ科の優等生であることは広く知られているから、にらまれて喜ぶファンはいても怒る者はいない。

英雄の場合は滅多にいない長身であるため、吸っている空気が人よりもかなり上の方なので影響を受けなかったと思われる。

最初に誰が感染したのか追及するのも虚《むな》しい話だ。最初に発症したのは教師一人と生徒三人で、同日のことだった。翌日の発症者は五人、PCR検査での陽性者は最終的に五十人を超えた。

当然即刻休校となり、

【新宿歌舞伎町都立水商業高校でクラスター発生】

のニュースは「ほれ見たことか」の反応を呼んだ。

「緊急事態宣言が出た時点で水商だけは休校の処置を取るべきだった」

「盛り場に接した高校であることをなぜ考慮しなかったのか？」

という声に続いて予想通り、

「休校というよりやはり閉校を検討すべきだ」

という主張が取り上げられる。

都知事の記者会見でも、

「都立水商でクラスターが発生しましたが？」

の質問が飛び、大地知事は、

「特定の場所や集団が問題とは考えていません」

と公平な態度を示したものの、続く、

「では都立水商閉校は考えていない、ということですか？」

には、

「それは別の問題です。ここではこれ以上お答えできません」

と嫌な含みを持たせた。

自宅待機中の水商生の感じた不安と悔しさは言葉では言い表せない。特に気の毒なのが、卒業目前の三年生だ。

三年生になって就職先が激減して進路を変えざるを得なくなり、ここにきて卒業式までなくなる事態だ。実際三年生は悔し泣きしているらしい。

淳史たちは「オンライン卒業生を送る会」の検討を始めた。

「これは心の問題だ。今年の三年生は、通常の卒業式ではなかった、という事実と一生向き合わねばならない。その痛みを少しでも軽減する方向で企画してほしい」

淳史は一年生に命令に近い言い方で頼んだ。

美帆の提案で、すべてを編集した録画にすることはやめて、スピーチはライブで流すことになった。少しでも臨場感を出すためにはこれは有効だろう。

「スピーチは例年より増やしていいんじゃないかな？　ほらみんな自宅で観るわけだから、リラックスしていて全体が長くなっても苦痛ではないと思うよ」

とは森田木の実の意見だ。これを演出の美帆は受け入れ、三時間に及ぶ「オンライン卒業生を送る会」は実施されることになった。

全校生徒が同時に参加する大がかりなリモート会議のようなものだが、この一年オンライン授業を通して培った技術があるから何とかなりそうだ。それでも準備には手間がかかった。その準備期間もリモート会議で進行させねばならず、それがまたもどかしい。淳史はこのタイミングで「隔靴掻痒《かっかそうよう》」という四字熟語を美帆から教わった。

「うまいもんだね、カッカソウヨウって耳で聞いてもピンとこなくても、文字を読めばすごくよく意味がわかるもの」

と、こんな場面でも勉強しつつ何とかぎりぎりで準備を終えた。

しかし、ここでさらに全水商関係者にとって大きな悲しみが訪れた。

卒業式の二日前、桜亭ぴん介先生が亡くなったのだ。

別れ

突然のことだった。

体調を崩したぴん介先生は、一人暮らしということもあり、念のために入院していたのだが、深夜に容体が急変したという。

年齢のことを思えば想定しておかなければならないことではあった。油断した。

全校生徒に訃報が流された。

淳史が心配したのは峰明のことだ。ショックで寝込んだりしないかと思ったが、元気にしているらしい。美帆によれば、

「それもぴん介先生の教えです。『あっしがおっちんでしまっても泣いちゃいけやせんよ。あっしみたいなやつが死んだぐらいで、世の中暗くしちゃ申し訳ないって話だ。どうかご陽気に送っておくんなさい』って。そのやりとりの場面も撮ってあります」

とのことだった。

「それに不思議なことがあるんです」

淳史のパソコンのモニターの中で、真剣な目をした美帆が語り続ける。

「今回、すべての先生方にスピーチをお願いしてありますけど、ぴん介先生だけは録画になっているんです。先生ご自身がパソコンもスマホもお持ちでないので。それで、お宅に伺って撮影したんですけど、その内容がご自身の亡くなることを予見しているようなお話しぶりなんです」

本番前日のリモート会議で、ぴん介先生のスピーチをプログラムの一番最後に持ってくることが決定した。

三月十七日午前九時。

登校したのは美帆たち一年生の演出部と放送部の生徒、教職員は黒沢校長と三年生の担任のみ。あとは自宅でモニターに向かった。

まず水商の校門が映った。ナレーションも音楽もない。そのままカメラは校門から前庭を通り、生徒昇降口に向かう。誰もいない。

カメラは切り替わり、各実習室へ。女子はドレス、男子は第二制服の黒服で集った実習室に今は誰もいない。

再びカメラが切り替わり、体育館の主体育室、武道場、卓球場、プール、ここでも各運動部員の姿はない。

教室棟に戻り、三年生の教室が並ぶ三階廊下。カメラは移動しながら各教室を覗き込む。ここでも無人だ。

（やっぱり美帆はやってくれるな）

淳史はこの時点で泣けてきた。

カメラは校長室に入り、そこに置かれている校旗に迫った。

『これより都立水商第二十七期生の卒業証書授与式を執り行います』

マネージャー科講師渡辺三千彦先生の声で開式が告げられる。

三年A組から出席番号順に卒業生の名前が読み上げられ、自宅のモニター前に座るそれぞれが映し出される。すでにみんな泣いている。当然だろう。見送る側の淳史でさえ泣けているのだ。三年間慣れ親しんだ校舎が無人であることを見せられて、ここで泣かずにいられようか。例年とは涙の意味が違う。卒業を迎えた晴れやかな涙ではなく、悔しさ、虚しさ、情けなさでこみ上げてくる涙だ。

マネージャー科とバーテン科は第二制服の黒服かリクルートスーツ、ホスト科は派手目のスーツを着ている。女子とゲイバー科はドレスや着物姿が眩しい。

全員の名前を呼び終えたところで、

『校長祝辞』

校長室のデスクの向こう側に黒沢先生がいる。

（あ、校長先生も泣いてる）

常に冷静な態度で威厳を感じさせる黒沢先生だ。水商生はこの校長の前では自然と背筋を伸ばす。それは恐れているのではなく心から尊敬しているためだ。その黒沢先生が自分の感情を制御できずに泣き、祝辞を述べる前にしばし間をとった。

『……卒業生の皆さん、おめでとうございます。わたしはこのような形の卒業式を初めて経験します。これはわたしがこうして動揺していることへの言い訳でしかありません。一生に一度の高校の卒業式を異例な形で迎えた皆さんは、さらに複雑な思いでいることでしょう。ですが、皆さん、このことは忘れないでください。本日は本当におめでたい、祝うべき日なのです。高校生活最後というより、皆さんの人生のスタートと呼ぶべき日です。そのスタートが新型コロナによって台無しにされたと思う人は間違っています。むしろ、試練の中のスタートに心が引き締まった日だと記憶してください。水商すべての教職員はこの三年間で、皆さんをどんな困難にも立ち向かえるように鍛え上げたと自負しています。

来年、わたしは定年を迎え、この職を辞することになります。本日スタートを切る皆さんもいずれリタイアの日を迎えます。それは少なくとも四十数年後の話です。わたしはその日を見届けることはないでしょう。しかし、そんなわたしが今確信しているのです。皆さんが有意義で価値ある人生を送り、本日のような涙ではなく、晴れやかな笑顔でその日を迎えることを。

本日はこの後の「卒業生を送る会」ですべての教職員がお祝いのスピーチをすると伺っております。短いですが、これでわたしからのお祝いの言葉とさせていただきます』

卒業生がこの校長先生の下で学べたことに感謝していることは容易に想像できる。

送辞は淳史だ。淳史は自室のパソコンモニターの前で姿勢を正した。随分前に原稿を用意し、何度も練習して完全に暗記している。

「送辞……」

あれ？　どうしたものか、また涙が込み上げてきた。先ほどのじわりとした涙ではなく、ポタポタと頰から手元に滴り落ちてくる。丸暗記するまで練習しておいてよかった。鼻声でグズグズになりながらも、なんとか言い終えた。

情けない生徒会長だな、と淳史は自嘲した。

答辞は前生徒会長水野博美先輩だ。

『校長先生、在校生代表の冨原淳史君、涙をありがとうございます。われわれは皆様の熱い惜別の心を決して忘れません。本日は、三年間お世話になった母校の体育館で、共に学んだ同級生と別れを告げ合うはずでした。クラスター発生という異常事態で、このような形のお別れとなったことは残念でなりません。しかしわたしにはまた別の考えもあります。わたしたちを成長させてくださったのは、教師講師の先生方であることはもちろんですが、校外店舗実習においてご指導いただいた現場のスタッフの方々も忘れることはできません。これまで母校の体育館の卒業式だけでは、感謝の気持ちを伝えられない人が大勢おられたわけです。今回に限り、この形の卒業式で校外に向けても感謝の気持ちを伝えられることは実は幸運なことなのかもしれません。

わたしたちを育ててくださった方たちは、現在大変な危機に直面して奮闘しておられます。短縮した時間で細々と営業を続けておられる方もいれば、いったん完全に休業して感染が抑えられるのを待つという決断をした方もおられます。どちらか一方が正しい判断ということはありません。夜の街が活気を取り戻すまで、どうやって生き延びるかということでぎりぎりの選択を迫られているのです。わたしはその苦闘中の現場に飛び込む選択をしました。これは一つには、育てていただいた恩義に応えようという気持ちからです。しかし、もっと強いのは、仲間を代表して水商売の世界に根を張ろうという気持ちです。昨年の今頃は、同級生のほぼ全員が自分の学ぶ専科に相応しい職場に進むつもりでおりました。この一年で多くの学友が、その人生設計を大きく狂わせることとなったのです。学友の皆さん、自分でも予想外の道に進む人もいますが、ここで共に学んだことはどの道でも必ずプラスになると信じます。お互い頑張りましょう。そして業界が活気を取り戻し、皆さんが水商で学んだ道をあらためて模索したい、と考えた際にはわたしがおります。わたしが皆さんの力になれるよう今から頑張っておきます。

その再会の日が来ることを祈って、本日はそれぞれの場所でお別れいたしましょう。さようなら』

やはり水野先輩は立派だ。その考え方が素晴らしい。きっと来年以降、夜の世界に身を投じる後輩たちの力にもなってくれるだろう。

続いて「卒業生を送る会」になり、司会の声が米村友行に変わった。休校になる前に撮っておいた水商名物のラインダンスから始まる。

ＢＧＭが変わると、今度は三年前の入学式から水商生活の思い出を綴《つづ》る映像になった。今は頼もしい先輩たちの、かつての初々しい姿。コロナを知らない頃の対校戦、水商祭、修学旅行。どの場面も輝いている。

思い出の動画は野崎彩先輩の「トウキョウトップアイドル」出演シーンで終わった。そこからは予告通りにすべての先生方のスピーチだ。しんみりしたムードを打ち破ろうと張り切る奮闘ぶりがおかしくもあり、ありがたくもある。しかし、ユーモアたっぷりに思い出を語る先生方も、最後はやはり声を詰まらせ、赤い目になってスピーチを締めくくるのだった。

画面が突然ウインターカップの場面になった。水商栄光の歴史に一ページを加えたバスケット部のメンバーが一人ずつスピーチする。そのトリはエース徳永英雄だ。英雄はまだ記憶に新しいウインターカップ決勝での最後のフリースローの裏話を披露してくれた。

『最後のタイムアウトで、石田先輩から「最後はヒデで勝負しよう」と言われました。僕は常々、両親から「英雄は根性がない」と言われていたので、ここで根性出そうと決心したんです』

英雄に根性がない？　それはないだろう、と思う淳史だが、それは他のみんなも同じでいくつかツッコミが入ったらしい。それをイヤフォンで耳にした英雄が答える。

『いえ、本当です。僕は根性なくて、妹がいるんですけど、妹の方が根性ある、とよく言われます。それは僕も自覚しているので、根性出そうと思ったんです。でも、相手の平成東北の三年生がどう見ても僕より根性ありそうで、それで同点でなく、一気に逆転するあの方法を選びました。ええ、延長戦になったら根性で負けると思ったんです』

あのとき応援しているみんなも延長はまずいと思っていたが、それはファウルとケガでメンバーが変わり、戦力が落ちていると見たからだ。英雄自身は他のメンバーの事情ではなく、自分の情けなさがあるゆえに延長が不利と思っていたのだ。

渡が言っていた。

「ヒデはどこから見ても、何をとっても、すごいやつなんだけど、ものすごく素直なやつなんだよ。あんないいやついないよ。日本一の長身投手だとか、日本一のバスケットプレイヤーとか色々呼ばれてるけど、間違いなく日本一のいいやつだな」

どうやらそれは真実らしい。今の英雄の言葉を聞いた水商関係者には、母校のエースという理由だけでなく彼を応援する気持ちが湧いていることだろう。

続く画面は水商祭の舞台だった。舞台中央のセットの古風な籐椅子にゴスロリファッションの「生き人形」が座っている。微動だにしない。本物の人形以上の美しさだ。

次に「SM風新体操」の動画となった。舞台いっぱいに躍動するしなやかな肉体。健康的な色気が画面からあふれ出てくる。

最後は「漫才」の映像が流れ、水商祭の女王野崎彩先輩の登場だ。野崎先輩は泣いてはいなかった。何か思いつめた表情で息が荒い。

『皆さん、戦う準備はできていますか？　卒業生も在校生も先生方も、これから戦い続けねばなりません。わたしはわたしのやり方で戦います。水野博美君は水商売の世界で戦ってくれます。学友の皆さん、それぞれの場所で戦い方を考えてください。そうでないと、この学校の出身者すべての努力が虚しいものとなりかねません。わたしはこの学校に関わるすべての人が報われる世の中を望みます。みんなで力を合わせてそんな世の中にしましょう』

そうだ、今は感傷に浸っている場合ではない。野崎先輩の言葉は聞いている者を奮い立たせる何かがある。やはり類稀《たぐいまれ》な政治家の資質を持った人なのかもしれない。

美帆の演出は実によく計算されていて飽きさせず、三時間以上に及んだ長丁場も苦痛ではなかった。

【いよいよ本当のお別れのときが迫ってまいりました】

司会米村友行のナレーションが厳かなトーンで流れる。

【最後のスピーチとなります。一昨日、長年本校で講師としてご指導くださいました桜亭ぴん介先生が亡くなりました。最期まで現役の幇間として九十年の人生を全うされたのです。ここに本日のために先生にスピーチをお願いした映像があります。卒業という晴れの門出でございますが、水商関係者一同、ぴん介先生と永遠《とわ》のお別れをいたしましょう】

画面に映されたのは古い集合写真だ。

「第一回芸者幇間ゼミ」

とある。その中のぴん介先生の顔がアップになった。淳史の知るぴん介先生よりも若い六十代と見受けられた。初期のゼミの模様の静止画像が続いた後、動画になった。

ＢＧＭの流れる中、声は聞こえないものの、先生がゼミ生を笑わせているのがわかる。

ぴん介先生のユーモアは独特だった。多少の毒があっても誰も傷つけない笑いで、そのセンスの良さに生徒はみんな感心していたものだ。ゼミを受けたことがあるＯＢ

OGなど、懐かしさいっぱいの光景だろう。

やがて画面はぴん介先生宅の居間になった。淳史には見覚えのある和箪笥にカメラは向いているが、誰も映っていない。そこに着流しのぴん介先生が現れ、正座してお辞儀した。もう亡くなっていると思うと変な感じだ。

『ええ、ご卒業おめでとうございます。ね、めでたいやねえ。あちしは芸者幇間ゼミてえので生徒の皆さんとおつき合い願いやしたが、ゼミを取らなかった生徒さんもみんな見てやすよ。ええ、まあ水商祭ってのが手っ取り早かったですがね、常々学校行くたび目を配ってやしてね。お、こりゃいい男だねえ、だの、こいつは別嬪だ、だのから始まって、気の利く子だねえ、よく動く人だねえ、って調子でね。そのあちしが言うけどねえ、この、えっと今年の卒業生は二十……七、か、二十七期生だね。二十七期生のみんなはどこに出しても恥ずかしくねえ、立派な人たちばかりだよ。ね、こりゃ間違いねえよ、あちしが言うんだから。あ、こいつあヨイショじゃないからね。ヨイショでもハッタリでもありゃしねえよ。ね、だから、この先自信を持ってやっておくんなさいよ。って、こんなもんかねえ？』

カメラ目線で問いかけるぴん介先生の横に峰明が現れた。

『いやだな、先生、短いですよ。もっとしゃべっておくんなさい』

『なんだよ、ぽん吉は、出しゃばっちゃいけないよ』

『いや、出しゃばりやすよ。この二十七期生の皆さん方はあっしの一個上の先輩で、そりゃあ、色々教えていただいてお世話になったんです。師匠だったら弟子の代わりに沢山話しておくんなさい』

『そりゃお前、あちしがそんなに話したんじゃ、僭越《せんえつ》ってもんだよ』

『そんなことありませんって、お願いしますよ』

『そうかい、じゃあ』

峰明が姿を消すと、ぴん介先生は座り直した。

『ええと、そうだねえ、卒業生の皆さんがあちしの年になるのに、えっと……七十二年だ。こりゃ長いよ。時間はたっぷりあると思ってたら……大間違いでげすよ。人生あっという間だ。あちしもアッと言ってたら九十になっちまった。……ねえ、怠けてる暇はありゃしねえよ。怠けず精出しておくんなさい、何につけてもねえ。で、幸せになっておくんなさい。

幸せになるのを恐れちゃだめだよ。

世の中にゃあ、幸せは悲しみの種と思う考え方もあるんですがね。どういうことかと言うと、一途《いちず》に惚れた相手と晴れて夫婦《めおと》になれたと思いねえ。こりゃ、幸せだ、果報者だ、と思ったところで、相手に先立たれてみねえな、そりゃ悲しいよ。幸せであればあるほど悲しみも大きいやね。それで幸せになるのに臆病になる人はあるもんで、こりゃあれだ、フラれるのが嫌だからハナから惚れねえって話だね。特に水商売や芸事の世界ってのは、若い時分から男と女のいろんな修羅場を見ちまったり、人生の浮き沈みの激しさなんてものを目にしたりで、どうも疑《うたぐ》り深くなるのかもしれねえな。だから水商のみんなに言うんだけどね、幸せになるのを恐れちゃいけない、臆病になっちゃいけないってね。

実はね、こんなこと言ってるあちしがそうだった。幸せに背を向けちまったっていうのかねえ、だって、肉親が死ぬのはつれえもの。

で、幸せになるのを恐れたんだねえ。

幸せは悲しみの種だ。あちしは悲しい目に遭いたかないよ、ってね。

馬鹿だねえ。馬鹿だったよ。一番大事な人を失いたくなかったんだけど、そしたらこの年になって、一番大事な人も、一番大事と思ってくれる人もいないんだ。寂しいもんだね。出来の悪い子どもでもいてくれりゃあ、おとっつあんと呼んでくれて、あちしがおっちねば涙の一つも流してくれたろうにね。

思えばあちしは臆病者だった。失うことばかり恐がるケチな男だったんだねえ。ケチなもんで、自分のことばっかし考えて、誰も幸せにしてねえもの。まあ、この年になって寂しさと二人連れってのも自業自得ってことだあね。

で、そんな失敗人生のあちしが皆さんに言うんだよ。

違うな。

あちしからのお願いだ。

どうか皆さんお願いしやす。幸せを恐れないで、幸せに臆病にならずに生きておくんなさい。

人間どうせ死ぬんだ。自分が死ぬほど悲しいことがありますか、ってんだ。

最後にその一番悲しいことが待ってんだったら、途中でどんな悲しみがあろうが恐れることはありゃしねえよ。きっと乗り越えられるから。それ以上に幸せを味わえたらいいじゃねえか。

さ、これがあちしからのはなむけの言葉ってやつだ。

皆さん、お幸せに。

長いことお世話になりやした』

美帆の言っていたのはこのことか、淳史は納得した。ぴん介先生は自分の人生に別れを告げている。

最後はストップモーションだった。

画面いっぱいにぴん介先生の笑顔だ。それが涙で滲《にじ》んでいく中、【校歌！】米村友行の声に続いて、前奏が流れ出した。

『♪　ネオン輝く歌舞伎町……』

校歌は元気よく、が合言葉だ。淳史は自宅にいることもお構いなしに大声で歌い始めた。

モニターに次々映し出される卒業生たちも涙を頬に元気よく歌っている。自宅が近い者同士だろう、中には肩を組んで歌っている先輩もいる。

間奏になると、無人の校内の画面となり、再び胸が塞がれる。

歌に戻れば画面いっぱいに二十人ほどの卒業生の顔。

（美帆、いいぞ）

この演出なら先輩方も満足してくれるだろう。

三番の最後では三年G組の女子が映し出された。ＳＭクラブ科二十人が歌っている。

淳史は入学早々に、ＳＭクラブ実習室でこの人たちが松岡尚美先輩から鞭打ちの指導を受けているのを目撃した。昨日のことのようにも思えるし、ずいぶん昔のことのように懐かしくもある。その二十人が涙の笑顔で歌っている。

いよいよ最後だ。最後の歌詞、

『……都立水商業高校』

の歌声の直後、

『コロナのバカヤロー！』

画面の全員が絶叫し、校舎全景の画に切り替わった瞬間、

『さようなら！』

野崎先輩の声が淳史の鼓膜を打った。

―本書のプロフィール―

本書は、書き下ろしです。

小学館文庫

都立水商《とりつみずしょう》！　２年《ねん》A組《ぐみ》

著者　室積《むろづみ》　光《ひかる》

二〇二二年十二月十一日　初版第一刷発行

発行人　石川和男
発行所　株式会社　小学館
〒一〇一-八〇〇一
東京都千代田区一ツ橋二-三-一
電話　編集〇三-三二三〇-五九五九
　　　販売〇三-五二八一-三五五五
印刷所――――大日本印刷株式会社

この文庫の詳しい内容はインターネットで24時間ご覧になれます。
小学館公式ホームページ　https://www.shogakukan.co.jp

ISBN978-4-09-407205-1